Felicitas Kind

Das kleine Weihnachts-boot an der Nordsee

Roman

PIPER

Mehr über unsere Autorinnen, Autoren und Bücher:
www.piper.de

Wenn Ihnen dieser Roman gefallen hat, schreiben Sie uns unter Nennung des Titels »Das kleine Weihnachtsboot an der Nordsee« an *empfehlungen@piper.de*, und wir empfehlen Ihnen gerne vergleichbare Bücher.

Von Felicitas Kind liegen im Piper Verlag vor:
Winterzauber in den Dünen
Der Markt der Weihnachtswunder
Das kleine Weihnachtsboot an der Nordsee

Unser Versprechen für mehr Nachhaltigkeit
• Klimaneutrales Produkt
• FSC®-zertifiziertes Papier
• Hergestellt in Europa

FSC www.fsc.org
MIX
Papier | Fördert gute Waldnutzung
FSC® C083411

Originalausgabe
ISBN 978-3-492-32037-5
1. Auflage September 2024
2. Auflage Oktober 2024

Redaktion: Lisa Wolf
Umschlaggestaltung: zero-media.net, München
Umschlagabbildung: FinePic®, München; Getty Images (wellsie82; Westend61; vnlit)
Gesetzt aus der Calluna
Druck und Bindung: CPI Books GmbH, Leck
Printed in the EU

Kapitel 1

Es war schön, wieder auf der Insel zu sein. Schön und gleichzeitig auch unendlich traurig.

Nina stand auf dem obersten Deck des Fährschiffs Frisia, das eben in den Juister Hafen einfuhr, und atmete tief die frische Luft ein. Über ihr kreischten die Möwen aufgeregt ihr Willkommen. Die dicke gefütterte Norwegermütze hatte Nina bis zum Rand ihrer roten Brille gezogen, um Ohren und Stirn zu schützen, denn der kalte Wind blies kräftig.

Hoffentlich würde er ihr auch die trüben Gedanken aus dem Kopf pusten!

Dort drüben lag sie – die Gertje. Onkel Pitts Hausboot. Nein, *ihr* Hausboot. An diese Tatsache musste sie sich erst gewöhnen.

Alles war anders. Es gab keinen Onkel Pitt mehr, der sie freudestrahlend mit lauten Schmatzern rechts und links begrüßte, wenn sie ihn besuchte. Weder hier noch in Köln-Ehrenfeld, wo er zu Hause gewesen war. Nun ruhte er auf dem Kölner Melaten-Friedhof. Dort hatte er schon vor vielen Jahren eine Grabpatenschaft übernommen, um sich ein angemessenes Plätzchen zu sichern, wie er es augenzwinkernd genannt hatte.

Sie waren oft auf jenem Friedhof spazieren gegangen, wenn Nina die Weihnachtstage bei ihm verbracht hatte. Dann hatten sie Bekannte und Unbekannte besucht, wie Onkel Pitts

Freunde Jupp und Willi oder die Klosterfrau Maria Clementine Martin, Erfinderin des Melissengeistes, deren Grabstätte so viel bescheidener war als die ihres Nachfolgers Peter Gustav Schaeben.

Danach waren sie immer auf einen der zahlreichen Kölner Weihnachtsmärkte gegangen. »Adäquates Kontrastprogramm« hatte ihr Onkel das genannt. Dort hatten sie dann das schrille Geträller des Kinderkarussells, den Duft von Backfisch, Grillwürstchen oder gebrannten Mandeln, den Glühwein und die vielen fröhlichen Lichter mit allen Sinnen genossen.

Nina schluckte. Nein, sie würde jetzt nicht weinen. Das konnte sie später tun, wenn sie auf der Gertje und allein war. Dann würden die Tränen sicher ohnehin wieder kommen, und Onkel Pitt hatte jede einzelne davon verdient. Aber jetzt hieß es vor allem, nach vorn zu sehen und Entscheidungen zu treffen.

Eine kräftige Böe schlug Nina ins Gesicht und nahm ihr einen Moment lang die Luft. Sie half ihr jedoch, endlich den Blick von der Gertje und die Gedanken von Onkel Pitt zu lösen. Es war Zeit zum Aussteigen. Zeit, den Boden der Insel zu betreten, die in den nächsten Wochen ihr Zuhause sein würde. Bis spätestens zum Weihnachtsfest würde sich hoffentlich entscheiden, ob sie die Stelle in Reykjavik bekam. Dann konnte sie weiterplanen.

Langsam verließ Nina ihren Aussichtsplatz auf dem Oberdeck und begab sich zum Ausstieg.

Geschäftigkeit und eine gewisse Spannung hatten das Schiff ergriffen, und die Passagiere warteten in einer großen Traube auf den Zugang in eine andere Welt. Denn das war diese Insel, so hatte Nina es immer empfunden. Eine Welt, in der keine Autos die Straßen verstopften und verschmutzten, sondern das Klippklapp der Pferdehufe daran erinnerte, dass die Uhren hier etwas langsamer tickten.

Genau das, was sie brauchte. Töwerland – das Zauberland.

Die Menschen um sie herum setzten sich in Bewegung, und Nina ließ sich von ihnen mittreiben. Als eine der Letzten verließ sie die Fähre und schlenderte zu den Koffercontainern hinüber.

Die meisten Leute hatten ihr Reisegepäck und was sie sonst aufgegeben hatten, bereits abgeholt und waren zu Fuß mit ihren Rollkoffern oder mit den Handwagen der Unterkünfte unterwegs zu ihren Hotels oder ihrem Zuhause.

Plötzlich jauchzte eine Kinderstimme laut: »Kutsche! Kutsche!«

Nina drehte sich um. Eine Familie mit zwei kleinen Kindern stieg gerade in das Pferdetaxi ein. Die Umstehenden schmunzelten. Auch Nina lächelte, als sie nach ihrem himmelblauen Trekkingrucksack griff und ihn mit geübtem Schwung auf den Rücken nahm. Sie brauchte kein Taxi, zur Gertje waren es nur wenige Schritte. In plötzlicher Panik tasteten ihre Finger nach dem Seitenfach ihrer Brusttasche. Ja, da war ihr Bund mit dem neuen Schlüssel, natürlich hatte sie ihn nicht vergessen. Und wenn, dann hätte sie auch zur Hafenmeisterei gehen können, wo Onkel Pitt für Notfälle einen weiteren hinterlegt hatte. Falls überhaupt jemand dort im Büro war, schließlich würden im Sportboothafen im Winter wohl keine anderen Schiffe liegen.

Nina atmete einmal tief durch und ging das kurze Stück zur Gertje. Es war ein seltsames Gefühl, die Tür aufzuschließen und zu wissen, dass dieses Mal niemand hier auf sie wartete.

Letztlich war es weniger schlimm, das leere Hausboot in Besitz zu nehmen, als Nina befürchtet hatte. Alles war tipptopp, da hatte es Onkel Pitt mit der ostfriesischen Tugend der Ordnung gehalten, auch wenn die Luft natürlich abgestanden roch. Aber das war ja nichts, was ein wenig Lüften nicht bereinigen würde. Kalt und klamm war es und nicht wirklich gemütlich, doch dagegen konnte sie hoffentlich etwas tun. Erleichtert betrachtete Nina den modernen Pelletofen, den ihr Onkel erst im letzten Jahr im Wohnraum installiert hatte. Allzu viele Pellets waren nicht vorhanden, doch fürs Erste würde es reichen.

Die Gasflaschen waren abgedreht, aber Onkel Pitt hatte sie nach seinem letzten Aufenthalt hier noch nicht entfernt, um die Gertje winterfest zu machen. Ganz offensichtlich war er davon ausgegangen, vor der kalten Jahreszeit wieder herzukommen. Morgen musste Nina jemanden finden, der ihr half, die Heizung anzustellen. Allein wagte sie sich nicht daran, Gas war ihr immer schon etwas unheimlich gewesen.

Natürlich war der Wassertank leer, damit nichts einfrieren konnte, aber sie hatte extra eine Zweiliterflasche stilles Mineralwasser mitgebracht, das reichte für heute zum Trinken und Zähneputzen. Morgen würde sie sich um alles Nötige kümmern, was Wasser und Abwasser betraf.

Einkaufen musste sie dann auch gleich, bis auf ein paar Konserven und ein Sixpack Kölsch-Dosen hatte Onkel Pitt keinerlei Vorräte an Bord.

Zum Glück brauchte sie heute Abend keine Mahlzeit mehr, sie hatte zwischen der Ankunft ihres Zuges in Norddeich Mole und der Abfahrt der Fähre genug Zeit gehabt und sich dort eine große Portion Kibbelinge mit Bratkartoffeln und Salat gegönnt.

Gemütlich war es wirklich nicht, dachte Nina, als sie sich im Schein der Taschenlampe auf Onkel Pitts Sofa setzte, sondern einfach nur kalt und feucht und klamm. Der letzte Rest Tee aus der Thermosflasche und die mitgebrachten Schokokekse trugen leider auch nicht richtig dazu bei, sich wohlzufühlen. Zwar hatte Nina sich einen der warmen Daunenschlafsäcke um die Schultern gehängt, was zumindest gegen die Kälte etwas half, doch beim Anblick der gestreiften Kissenbezüge in Onkel Pitts – und auch ihren – Lieblingsfarben grün, türkis und blau, die sie ihm vor ein paar Jahren zum Geburtstag gehäkelt hatte, kamen schon wieder die Tränen.

»Mach dir keine Sorgen, Onkel Pitt«, flüsterte sie. »Ich werde gut auf deine Gertje aufpassen.«

Es nahm sie doch mehr mit, als sie erwartet hatte, und Nina bereute, dass sie sich für die erste Nacht nicht irgendwo ein Zimmer gemietet hatte, um die Gertje zuerst richtig bewohnbar zu machen, bevor sie dort übernachtete. Aber es war ja zum Glück nicht nötig, die ganze Zeit hier an Bord zu bleiben, schließlich befand sie sich nur wenige Hundert Meter entfernt vom Ort und somit von der Spelunke. Das Bierlokal war einer von Onkel Pitts Lieblingsplätzen auf Juist gewesen.

»Weil die Leute da vernünftig sind und auch Kölsch ausschenken«, hatte er stets mit einem Augenzwinkern gesagt.

Gut, dann würde sie dorthin gehen. Zwar zog sie Wein dem Bier vor, aber den würde es da sicher ebenfalls geben. Und inmitten anderer Gäste würde die dunkle Leere, die gerade ihre Finger nach ihr ausstreckte, sich bestimmt wieder zurückziehen.

Der Wind hatte deutlich nachgelassen, als Nina den Weg antrat, doch der Himmel war weiter bedeckt. Sie genoss es, die herrlich frische, salzhaltige Luft einzuatmen und mit kräftigen Schritten auszuschreiten. Ein wenig wollte sie das noch auskosten, also beschloss sie, die Spelunke rechts liegen zu lassen und zunächst das kleine Stück weiter bis zur Strandpromenade zu gehen.

Im Gegensatz zum Hafen sah es im Ort bereits adventlich aus: Lichterketten strahlten in den Fenstern, und auf dem Kurplatz stand ein geschmückter und beleuchteter Tannenbaum. Es herrschte eine ganz andere Atmosphäre als bei ihren Sommerbesuchen, die kaum Erinnerungen an Onkel Pitt wachrief. Weihnachtsstimmung verspürte sie allerdings keine, und ob die in diesem Jahr überhaupt aufkommen würde, war fraglich.

Oben auf der Strandpromenade brüllte ihr das Meer sein Willkommen entgegen. Wie jedes Mal, wenn sie hierherkam, war sie erneut überrascht, wie laut die Nordseewellen waren. Einen Moment lang überlegte Nina, über den Strand bis zum Wasser zu gehen, aber es war sehr dunkel da unten. Deshalb blieb sie einfach nur stehen und atmete bewusst tief ein und wieder aus. Es war gut, dass sie hier war und Zeit hatte, sich in Ruhe um Onkel Pitts Nachlass zu kümmern – und um ihre eigene Zukunft.

Ihr Chef im Reiseunternehmen war alles andere als begeistert gewesen, als Nina sechs Monate unbezahlten Urlaub genommen hatte, aber dann hatte er ihn doch genehmigt. Wahrscheinlich war ihm klar geworden, dass sie entschlossen genug war, um ihre Stelle notfalls auch zu kündigen, sollte er sich sperren. Zum Glück ahnte er nicht, dass sie sich gedanklich bereits verabschiedet hatte. Wenn es mit der Bewerbung in Island klappte, würde sie nicht zurückkommen.

Doch erst einmal brauchte Nina diese Pause. Sie war jetzt fünfundvierzig, für sie der richtige Zeitpunkt, um noch einmal neu anzufangen, das Leben anders weiterzuführen als bisher. Lange hatte sie es genossen, viel unterwegs zu sein, fremde Länder kennenzulernen, sich ständig auf neue Menschen einzustellen, sie zu betreuen und mit den örtlichen Besonderheiten vertraut zu machen. In den letzten Wochen war Nina allerdings immer bewusster geworden, wie allein sie doch war. Nicht unbedingt einsam, aber eben allein. Ihre wenigen Freundinnen und Freunde sah sie viel zu selten, und nie hatte sie Zeit, neue zu finden. Irgendetwas musste anders werden. Und es würde hier und jetzt beginnen.

Noch einmal nahm Nina einen tiefen Atemzug, dann wandte sie sich um. Nun konnte sie wieder unter Menschen gehen.

Neben der Doppeltür zur Spelunke an der Ecke lehnte malerisch ein schwarzes Herrenfahrrad. Nina zog die rechte Tür auf und trat ein. Sie war früher schon einmal mit ihrem Onkel hier gewesen, das war allerdings eine Weile her. Mindestens zweieinhalb Jahre. Im folgenden Sommer war sie nur schnell für zwei Tage von Norddeich aus hergeflogen. Für mehr hatte es nicht gereicht, bevor sie die nächste Reisegruppe nach Norwegen begleiten musste.

Dieses Jahr war es Onkel Pitt nach seinem ersten kurzen Aufenthalt im Frühling leider zu schlecht gegangen, um seine geliebte Gertje noch einmal auf der Insel zu besuchen.

Nina pellte sich aus den warmen Klamotten und setzte sich an einen kleinen Tisch in der Ecke. Es war überraschend voll hier so mitten in der Woche.

Die Gruppe von sieben oder acht Leuten, die an der Theke stand und den Wirt in ihr Gespräch einbezog, schien aus Juistern zu bestehen, ab und zu konnte Nina Wortfetzen heraushören, aus denen sie schloss, dass einer der Männer heute seinen Geburtstag feierte.

Statt für den Wein entschied sie sich spontan für einen Gin Tonic. Wein passte nicht hierher.

Es war gemütlich, mit ihrem Drink in der Ecke zu sitzen und unauffällig die anderen Leute zu beobachten. Drei Männer, die um die achtzig sein mochten, saßen in trauter Harmonie beieinander. Sie sprachen nur sporadisch, schienen das Zusammensein aber auf stille Art zu genießen. Am Nebentisch unterhielt sich leise ein Paar in den späten Fünfzigern, das sehr verliebt wirkte. Der Mann hatte die Hand der Frau gefasst, und sein Daumen strich immer wieder über ihre Finger.

Schnell wandte Nina die Augen ab. Ihr Blick blieb unwillkürlich an einem der Typen in der Geburtstagsclique hängen. Sie hatte eine Schwäche für große Männer, und dieser hier war bestimmt eins neunzig und wirklich gut aussehend. In Jeans und dunkelblauem Troyer kamen sein blondes Haar und der kurze Vollbart bestens zur Geltung, und wenn er so lachte, wie jetzt gerade, hoben sich automatisch auch ihre Mundwinkel. Sie schätzte ihn auf Mitte bis Ende vierzig.

Eine der Frauen boxte ihn nun spielerisch in die Seite und schüttelte den Kopf, sodass ihr blonder Pferdeschwanz flog, dann lachte auch sie. Es wirkte sehr vertraut, wie er sie nun angrinste. Sie war ebenfalls ziemlich groß und trug einen auffallenden weinroten Aran-Pullover mit breiten Flecht- und Zopfmustern.

Die Frau mit dem braunen Bob, deren Gesicht Nina sehen konnte, schien das Gesagte weniger spaßig zu finden. »Reiß dich zusammen, Morten«, sagte sie missbilligend und so laut, dass Nina sie über dem Gemurmel der Kneipengäste verstehen konnte.

Das brachte die anderen nur noch mehr zum Lachen.

Die Frau mit dem Pferdeschwanz sah zu Nina herüber, grinste breit und legte den Kopf schief. Sie schien Nina, die sich ebenfalls ein Lächeln abrang, zu begutachten. Kein Wunder, denn Nina fiel oft durch ihre farbenfrohe Kleidung auf. Heute trug sie einen ihrer peruanischen Pullover in knalligem Grün mit schwarz-weißen Musterborten an Ärmeln, Bund und Halsausschnitt.

Die Frau sagte etwas zu den anderen und kam dann an ihren Tisch.

»Moin! Wartest du auf jemanden, oder bist du allein hier?«

»Mutterseelenallein«, antwortete Nina und zog ein übertrieben trauriges Gesicht.

»Na, das muss nicht sein. Komm doch mit rüber, Käpt'n Keno hat Geburtstag und gibt einen aus.«

Nina zögerte. »Wirklich? Ich möchte mich nicht aufdrängen.«

»Ach was. Ich kann es nicht mitansehen, wie du hier einsam in dein Wasserglas starrst. Ich bin Tessa.«

»Nina. Aber das ist kein Wasser, sondern ein Gin Tonic.«

»Fein, dann nimm deinen Gin Tonic und komm.«

Nina folgte der Frau zu der Clique am Tresen.

»Das ist Nina, und sie ist ganz allein!«, stellte Tessa sie vor.

»Das müssen wir ändern.« Der Mann mit dem kahl rasierten Kopf unter der dunkelblauen Fischermütze lachte. »'N Lütten für die Neue«, bestellte er. »Willkommen auf dem Töwerland. Du wirst hier garantiert einen wunderschönen Urlaub haben!«

»Bist du das Geburtstagskind?«, fragte Nina ihn.

»Höchstpersönlich. Keno Harms.« Er reichte ihr das gefüllte Schnapsglas.

»Nina Schulze. Herzliche Glückwünsche und auf dein Wohl!« Sie nahm einen kräftigen Schluck.

Der Schnaps brannte angenehm im Hals und breitete seine Wärme bis in den Magen aus.

Keno nickte anerkennend, dann stellte er die anderen vor:

Sven und Wiebke, Hajo, Lientje, Morten, Tessa und Lars. Tessa gehörte ganz offensichtlich zu Lars, so nah wie sie neben ihm stand. Möglicherweise war sie außerdem die Schwester des hochgewachsenen Mannes im blauen Troyer, Morten. Ein bisschen ähnlich sahen sich die beiden, fand Nina.

Während Keno einen neuen Witz riss, der alle zum Lachen brachte, hatte sie die Gelegenheit, die Leute unauffällig zu mustern. Vielleicht könnten sie sich ja noch einmal treffen, sympathisch waren sie. Wenn ihr dazu Zeit blieb. Sie war schließlich aus ganz anderen Gründen hier. Um die Sache mit der Gertje zu regeln und zu entscheiden, ob sie sie verkaufen oder behalten wollte. Um in Ruhe über ihre Zukunft nachzudenken.

»Gefällt dir Tessas Pullover?«, drang plötzlich eine Männerstimme zu ihr durch.

Nina sah auf. Mortens blaue Augen waren interessiert auf sie gerichtet. Sie musste Tessas Pulli angestarrt haben, wie peinlich!

»Ja, sehr«, antwortete sie. »Der sieht selbst gestrickt aus.«

»Klar, unsere Tessa kann das!«

»Was kann ich?«, mischte sich Tessa ein, die offenbar ihren Namen gehört hatte.

»Stricken«, antwortete Nina. »Ich habe gerade das Flechtmuster in der Mitte deines Pullis bewundert. Der ist echt toll.«

»Danke. Strickst du auch?«

Nina nickte. »Ich finde das immer sehr beruhigend. Soll ja beide Gehirnhälften miteinander verbinden.«

»Eine Frau nach meinem Geschmack!«, rief Tessa begeistert.

»Du wirst doch nicht deinem Lars untreu werden?«, scherzte Keno.

Tessa schmunzelte. »Nun ja, stricken kann er nicht, aber ansonsten bin ich wirklich äußerst zufrieden mit ihm.«

Lars legte ihr den Arm um die Schultern und zog sie ein wenig an sich. Die beiden schienen ein sehr harmonisches Paar zu sein.

Es war befreiend, mit der Clique hier zu stehen, angeregte Gespräche zu führen und sich nicht mehr so verloren und einsam zu fühlen wie vorhin auf der Gertje. Ab und zu schob der Wirt eine Runde Korn über den Tresen, dann tranken sie auf Kenos Wohl.

Käpt'n Keno trug seinen Spitznamen zu Recht, denn er war tatsächlich Kapitän auf einem Frachtschiff und würde übermorgen schon wieder auf hoher See unterwegs sein, wie er erzählte.

»Und deshalb gehe ich jetzt nach Hause«, fügte er hinzu. Er wechselte ein paar Worte auf Platt mit dem Wirt und bezahlte sämtliche Getränke der Gruppe, inklusive Ninas Gin Tonic.

»Lasst euch nicht stören«, sagte er in die Runde. »Wir sehen uns. War super, dich kennenzulernen, Nina. Morten – ich komme morgen noch mal kurz bei dir vorbei, bevor ich losmuss.«

Morten nickte, und alle verabschiedeten sich herzlich von Keno.

»Ich gehe dann auch«, sagte Nina kurz darauf. »Ich hatte eine ziemlich lange Anreise und bin nun rechtschaffen müde.«

»Woher kommst du denn?«, fragte Tessa. »So wie du sprichst, vermute ich mal aus Süddeutschland.«

»Aus dem Schwarzwald. Freiburg.«

»Puh, ja, das ist Welten entfernt!«

Nina lachte. »Und deshalb geht's jetzt für mich in die Koje.«

»Sprachlich hast du dich also mit der Koje aber schon ein ganz kleines bisschen an den Norden angepasst.« Morten zog spaßig die Brauen mehrfach hintereinander hoch. »So viel Mühe geben sich nicht alle Gäste auf der Insel.«

Nina ging nicht auf seine Worte ein. Sie hatte sich während des Gesprächs entschlossen, die Gertje nicht zu erwähnen. Womöglich kannten die Leute hier Onkel Pitt, dann würde sie erklären müssen, dass er gestorben war. Und Beileidsbekundungen entgegennehmen ... nein, danach war ihr heute ganz und gar nicht.

Lieber sollte man sie für eine Touristin halten, die in ihr warmes Hotelbett schlüpfte. Dass auf sie eine eher traurige und ungemütliche Nacht auf der Gertje wartete, ging niemanden etwas an.

»Gute Nacht also«, sagte sie, »es war wirklich schön, euch kennenzulernen.«

»Das finde ich auch«, antwortete Tessa.

»Man sieht sich«, fügte Morten hinzu.

Nina zog sich wieder warm an und ging zur Tür. Dort drehte sie sich um und hob die Hand zum Abschiedsgruß.

Das war doch ein vielversprechender erster Abend auf der Insel gewesen.

Kapitel 2

Morten war wie jeden Morgen früh unterwegs zum Hafen. Noch war es stockdunkel, im Winter dauerte es sehr lange, ehe der Tag die Nacht wirklich verdrängte. Es war ihm heute allerdings schwergefallen aufzustehen, weil er gestern nach dem Kneipenbesuch bei Tessa und Lars noch einen Absacker getrunken und dann nur schwer ein Ende gefunden hatte. In der Woche waren solche Aktionen fatal, denn Mortens Wecker klingelte gnadenlos um sechs Uhr, weil er meist einiges bei den ankommenden Versorgungsschiffen zu regeln hatte.

Morten kümmerte sich zusammen mit anderen Kollegen um das Löschen der Ladung und fuhr die Waren mit der Kutsche von der Frachtfähre zu den Geschäften. Er war auf Juist für mehrere Dinge zuständig, denn seine Anwesenheit am Hafen war nie den ganzen Tag lang erforderlich. Heute stand allerdings ein Vormittag im Büro der Hafenmeisterei an.

Das Aufstehen wurde ihm zusätzlich von diesem typischen Schietwedder erschwert. Nebel, kaum Sicht und um die fünf Grad. Eigentlich ein Grund, im Bett zu bleiben und sich die Decke über beide Ohren zu ziehen. Vor allem nach dem Abend gestern, da es sich sein Kopf zur Aufgabe gemacht hatte, jeden Herzschlag mit einem dumpfen Schmerz zu kommentieren.

Von der vorweihnachtlichen Atmosphäre war um diese Tageszeit gar nichts zu spüren. Die Fenster waren noch unbeleuchtet, die Lichter am Tannenbaum am Kurplatz ausgeschaltet. Um sich selbst in Stimmung zu bringen, hatte Morten sich einen Zimttee und ein paar Spekulatius eingepackt. Auf seinem Schreibtisch stand seit gestern ein Tannengesteck mit einer roten Kerze, im Fenster schaukelten zwei Strohsterne. Ansonsten war sein Büro eher spartanisch und zweckmäßig eingerichtet. Ein immer aufgeräumter Schreibtisch, rechts ein grauer Spind und gegenüber ein Aktenschrank, ebenfalls in charmantem Grau. Neben der Fensterfront hingen Stores, allerdings brachten auch die keinen Farbtupfer, sondern blendeten allenfalls die Sonne aus, wenn sie ihn am PC störte.

Morten hatte das Büro erreicht, schloss die Tür der Hafenmeisterei auf und knipste das Licht an. Die Neonröhre flackerte wie immer erst auf, bevor ihr kaltes Strahlen den Raum erhellte. Viel lag heute nicht an.

Jetzt im Winter waren zwar alle Segel- und Sportboote in Lagerhallen oder auf Böcken abgestellt, aber es gab trotzdem immer noch das eine oder andere Administrative zu erledigen, schließlich gingen schon Buchungen ein, und es standen auch im Winter Arbeiten am Hafen an. Morgen mussten die Toiletten generalüberholt werden. Das war nicht gerade seine Lieblingsarbeit, aber wie sagte man so schön: Wat mutt, dat mutt.

Im Augenblick lag nur die Gertje, Pitts altes Hausboot, das wirklich schon bessere Jahre gesehen hatte, am linken Steg. Es war ein Schiffchen mit schwarzem Eisenrumpf und weißem Holzaufbau. Über die Gangway gelangte man ins Innere mit dem Wohntrakt.

Zum Bug hin war ein kleines Bullauge zu erkennen, davor befand sich ein Fenster, hinter dem sich der geräumige Schlafraum mit einer überaus großzügigen Koje versteckte. Ein zweiter, kleinerer Raum diente als Gästekabine. Meist aber hatte Pitt diesen als Abstellkammer genutzt.

Natürlich gab es eine Kombüse mit Vorratsschrank und im Heck einen Wohnraum mit Wasserrundumblick und zwei Terrassen. Eine halb überdacht Richtung Bug und eine mit Liegestühlen auf dem Dach.

»Meine einzigartige Panoramasicht«, hatte Pitt immer angegeben.

Morten musste zugeben, dass die Gertje Charme hatte. Pitt hatte sogar einen Pelletofen eingebaut, um das Hausboot auch im Winter nutzen zu können, aber nun war er lange nicht mehr auf Juist gewesen, und alles lag brach.

Verließ der Kölner die Gertje, waren der Wasser- und Fäkalientank natürlich entleert und die Gasflaschen abgestellt, damit nichts passieren konnte. Es war allerdings traurig, über welch großen Zeitraum die Gertje nun schon verwaist an ihrem Platz lag.

Pitt hatte zwar die Liegepacht weiter entrichtet, war nun jedoch bestimmt ein Dreivierteljahr lang nicht mehr auf Juist gewesen. Im Sommer hatte Morten mal kurz mit ihm telefoniert, da war es Pitt gesundheitlich nicht so gut gegangen, aber er wollte zum Weihnachtsfest herkommen.

Morten hoffte, dass er das auch tat, denn er wollte mit ihm reden. Es war bereits beschlossene Sache, dass das Hausboot Juist verlassen musste, da es den Sportbooten in der Hauptsaison den Platz wegnahm. Vielen war die Gertje schon lange ein Dorn im Auge, weil sie meinten, ein Hausboot passte einfach nicht hierher. Im Prinzip hatten sie ja recht, es war tatsächlich ungewöhnlich. Ein Sportboothafen war nun mal kein Liegeplatz für ein Hausboot.

Aber Pitt war ein feiner Kerl. Obwohl er außerfriesisch war, kam Morten gut mit ihm aus. Es würde für ihn ein harter Schlag sein! Nur musste er dazu erst einmal herkommen, denn Morten wollte unbedingt persönlich mit ihm reden, statt einen förmlichen Brief zu schreiben.

Er hatte Pitt in diesem Sommer vermisst, sein überschwängliches rheinisches Gemüt, das sich in den vergangenen zehn Jahren den ruhigen Gegebenheiten der hiesigen Menschen und der Insel jedoch mehr und mehr angepasst hatte. Und Morten hatte Pitts kölschen Humor und seine oft weisen Sprüche sehr zu schätzen gelernt. Auch wenn seine Art immer ein bisschen fremd für ihn geblieben war.

Morten fuhr den PC hoch und begann mit seiner Arbeit. Doch als er zufällig einen Blick aus dem Fenster warf, stutzte er.

Hatte er Pitt etwa als Geist herbeigewünscht, oder war er jetzt komplett durch den Wind?

Er schüttelte den Kopf, aber es bestand kein Zweifel daran, dass auf der Gertje Licht flackerte. Fast so, als hantierte jemand mit einer Taschenlampe. Als er vorhin gekommen war, hatte das Boot ganz sicher noch im Dunklen dagelegen.

Morten atmete tief durch. Das konnte nur eines bedeuten: Irgendwer trieb sich an Bord herum. Wäre es Pitt, hätte der sich gemeldet, den Strom zuvor anstellen lassen, alles aktiviert. Der alte Mann würde jetzt wohl kaum mit einer solchen Funzel herumleuchten.

Kurz überlegte Morten, ob es besser war, den Inselpolizisten als Verstärkung zu holen, denn wer wusste schon, auf wen er gleich treffen würde. Aber er entschied sich anders.

Erst mal nachsehen, was da los war. Viel Lust, wieder hinaus in den nebeligen, noch dunklen Morgen zu gehen, verspürte er jedoch nicht.

Sicherheitshalber nahm er einen Schirm als Waffe mit.

Morten schlich sich über den Steg bis zur Gertje. In gebeugter Haltung betrat er das weiß gestrichene Hausboot, und wieder wurde ihm deutlich, wie sehr die Farbe schon überall abgeblättert war.

Er warf einen Blick in die Kombüse und umklammerte den Griff des Schirmes etwas fester. Was er dann durchs Fenster sah, verschlug ihm den Atem.

»Das gibt's doch nicht«, murmelte er. Im schwachen Lichtschein einer Taschenlampe, die auf dem Tisch lag, bewegte sich eine Gestalt. War das nicht die Frau, die er gestern Abend kennengelernt hatte? Was trieb sie da an Bord?

Er klopfte gegen die Scheibe, und die Frau fuhr herum. Sie war in einen dicken Rollkragenpulli mit einer bunten Passe gehüllt und trug die Norwegermütze, an der er sie wiedererkannt hatte. Ihre Füße steckten in weißen Boots, ihre Hände in fingerlosen Handschuhen.

Sie winkte ihm zu, kam dann zur Tür und öffnete.

»Moin, Morten«, begrüßte sie ihn und rieb sich fröstelnd die Arme. »Warum bist denn du hier?«

»Gegenfrage: Was machst du auf Pitts Boot?«

»Das erkläre ich dir gleich, aber ich versichere dir, dass alles seine Ordnung hat«, antwortete sie bibbernd.

Morten musterte sie, nickte dann jedoch. »Okay, ich glaube dir.«

»Danke! Es ist so kalt. Da muss sich schnell was ändern. Hast du eine Ahnung, ob der Hafenmeister da ist und ob er mir helfen kann?«

»Allerdings, der ist da«, antwortete Morten vage und musterte sie.

Nina machte mit ihrem extrem kurzen, dunklen Haar, dessen Spitzen sich unter der Wollmütze zeigten, und den katzengrünen Augen hinter der silberrandigen, eckigen Brille, die sie an diesem Morgen trug, einen fast exotischen Eindruck auf ihn.

»Darf ich trotzdem erst fragen, was du hier machst?«

Morten ging es vorsichtig an, denn gestern Abend war Nina ihm sehr sympathisch gewesen, und er wollte es sich mit ihr nicht verscherzen. Morten hasste Streit.

»Können wir erst das mit der Heizung klären? Ich bin wirklich ganz legal hier, versprochen!«

»Okay«, wiederholte Morten. »Dann nehmen wir das mal in Angriff.« Er verbeugte sich formvollendet. »Darf ich mich vorstellen? Ich bin der Hafenmeister und habe ein Auge auf alle Boote, die hier liegen und festmachen.«

»Du?«, fragte Nina ungläubig, aber anschließend grinste sie zufrieden. »Super, dann muss ich ja nicht über den Steg zum Büro rennen und dabei möglicherweise den Kältetod sterben.«

»Nein, musst du nicht«, beruhigte Morten sie. »Pass auf! Ich bringe mal eben den Pelletofen und deine Gasheizung samt Herd in Ordnung und fülle Wasser auf. Aber auch wenn ich dich mit meiner Fragerei nerve, hätte ich danach schon gerne gewusst, was du in Pitts Boot verloren hast.«

Nina wirkte erleichtert, trat einen Schritt zur Seite und bat Morten hinein. »Du bekommst eine ausführliche Antwort, versprochen. Aber jetzt hereinspaziert! Es ist zwar drinnen fast genauso kalt wie draußen, weil ich die Heizung einfach nicht zum Laufen kriege. Und wie der Pelletofen funktioniert, weiß ich auch nicht.«

Sie klang etwas gefrustet.

Morten trat ein und nahm seine Lampe aus der Halterung am Gürtel. Er schaute sich um, während Nina im Schlafraum verschwand.

Auf dem Sofa türmten sich Decken und Kissen. Wahrscheinlich hatte Nina dort geschlafen, weil die Matratzen in den Kojen nach der langen Zeit wohl zu feucht waren.

Es sah ansonsten genauso aus, wie Pitt das Boot verlassen hatte. Etwas altbatsch und doch überaus charmant.

Er riss seinen Blick los. »Komm, ich zeig dir, wie das alles funktioniert, und dann schalte ich auch den Strom an. Wenn der Wassertank gefüllt ist und die Ventile geschlossen sind, musst du im Winter durchheizen, sonst friert alles schnell ein, und wenn die Rohre platzen, kannst du hier drin baden. Das wird dann ein Indoorpool.«

Nina schaute ihn entsetzt an.

»Kleiner Scherz, aber die Rohre gehen wirklich kaputt, und dann tropft es.« Morten verzog bedauernd das Gesicht. »Ich zeige dir auch noch, wo du deinen Fäkalientank leeren kannst.«

»Danke«, erwiderte Nina. Vermutlich hatte sie es sich deutlich einfacher vorgestellt, auf einem Hausboot zu wohnen.

Morten fuhr mit seinen Erklärungen fort. »Im Frühling und Sommer sind hier am Hafen die Duschen und Toiletten geöffnet, im Winter allerdings nicht. Wie du siehst, liegt hier ja sonst keiner. Du hast aber ohnehin alles an Bord, was du brauchst.«

Er ging voraus und kümmerte sich mit großer Gelassenheit um alles. Zuerst stellte er den Strom an und sorgte dafür, dass das Gas wieder da war. Dabei zeigte er Nina geduldig, auf was sie achten musste. Sie schien ihm aufmerksam, ja geradezu hoch konzentriert zuzuhören.

»Willst du länger auf dem Hausboot bleiben?«, fragte er dann.

»Ja. Ich habe ein Sabbatical genommen und kann in der Zeit ganz entspannt überlegen, wie es für mich weitergeht.«

»Also eine Auszeit«, kommentierte Morten.

Was auch immer das sollte. Man konnte doch in Ruhe

seine Arbeit wegarbeiten und dann Feierabend machen. Ein Bierchen trinken oder einen Genever … Sabbatical war wohl eher was für Städter als für einen waschechten Insulaner. Wenn Morten die Nase von etwas voll hatte, ging er ans Wasser und spuckte in die Nordsee. Manchmal fuhr er mit Hajo und Sven mit dem Boot raus. So einfach war das.

Klar war es auch mal anders gewesen. Früher war er mit seinem VW-Bus und Merle in der Weltgeschichte herumgereist.

Einmal rund um die Iberische Halbinsel, zum Beispiel. Erst die spanische Küste entlang und dann über Faro an die Algarve und hoch bis Lissabon. Danach hatten sie die Route nach Nordspanien und durchs Baskenland gewählt und waren an der französischen Atlantikküste über die Bretagne und Normandie wieder nach Hause gefahren.

Für diese Reise hatte er sogar etwas Spanisch gelernt, was ihm recht leichtgefallen war und viel Spaß gemacht hatte. Er konnte die Sprache natürlich nicht fließend sprechen, aber er verstand durchaus einige Redewendungen, und er war dazu imstande, einzukaufen und im Restaurant zu bestellen.

Es war nicht bei dieser einen Reise geblieben. Die nächste Tour hatte sie durchs Languedoc und die Provence geführt, in der Schweiz hatten sie die Berge rund um Haute Nendaz erkundet und in Kroatien sämtliche Inseln mit dem kleinen Camper bereist. Sie waren im Allgäu und in Österreich gewesen, und natürlich kannte er auch Ninas Heimat, den Schwarzwald. Doch diese Zeit war vorbei …

Morten räusperte sich, weil er spürte, dass Nina ihn ununterbrochen anblickte.

»Gut, dann wäre für deinen Aufenthalt erst mal alles geklärt.«

Morten schaute Nina nun ebenfalls an. »Bekomme ich jetzt deine Geschichte zu hören? Eher verlasse ich das Boot nämlich nicht. Das bin ich dem alten Pitt schuldig. Immerhin hat er mich beauftragt, auf die Gertje aufzupassen.«

»Dann lass uns doch mal in die gute Stube gehen, da wird es mit dem Pelletofen wahrscheinlich am schnellsten warm«, schlug Nina vor.

Morten war das nur recht. Er saß immer gern hier bei Pitt und blickte von der Gertje aus aufs Hafenbecken.

Er setzte den Ofen in Gang, und schnell prasselte es gemütlich.

Nina sah ihn zweifelnd an. »Ich kann dir leider nichts anbieten, oder möchtest du einen Früchtetee? Da habe ich Beutel im Schrank gesehen. Trinkt ein Ostfriese so was überhaupt?«

»Besser als nichts«, gab Morten zur Antwort. »Dann können wir mit dem Wasserkocher gleich prüfen, ob der Strom funktioniert. Du könntest allerdings auch den Lichtschalter betätigen.«

Morten, fahr runter, raunte eine innere Stimme. Du musst hier nicht klugscheißen.

Zum Glück blieb Nina entspannt, und er fragte: »Woher nimmst du das Wasser? Das ist ja noch nicht aufgefüllt. Ich würde aus dem Tank aber auch nicht trinken, da kannst du dir besser einen Kanister vollmachen. Ich gebe dir einen Schlüssel zu den Sanitäranlagen, dort sind die Leitungen nicht abgestellt.«

»Danke. Tee kann ich übrigens trotzdem machen, weil ich noch Wasser in der Flasche habe. Für jeden einen halben Becher müsste es reichen.«

Nina stellte den Kocher an, und schon kurz darauf balancierte sie zwei Becher mit Früchtetee zur Sitzecke.

Sie ließ sich Morten gegenüber auf dem alten Ohrensessel nieder, in dem sonst Pitt saß.

Es war noch immer ziemlich kühl im Raum, und daher tat es gut, das heiße Getränk in den Händen zu halten und den fruchtigen Duft zu inhalieren.

»So, genug gewartet!«, sagte er, nachdem sie eine Weile geschwiegen und ihren Gedanken nachgehangen hatten. »Ich hätte jetzt gern alles gewusst.«

Morten nahm einen Schluck Tee, dabei verbrannte er sich die Lippen.

»Melde gehorsamst: Strom scheint zu funktionieren«, sagte er. »Das Wasser ist heiß.«

Nina nahm ebenfalls einen kleinen Schluck. »Gut, dann also … Ist jetzt nicht einfach.« Sie wirkte plötzlich nachdenklich, ein wenig verletzlich.

Morten schaute sie fragend an, wartete aber, bis sie sich die Worte zurechtgelegt hatte.

Durch ihren Körper ging sichtlich ein Ruck, als sie sagte:

»Ich mach's doch besser kurz. Wir haben uns ja gestern schon kennengelernt, also weißt du, dass ich Nina bin. Also Janina Schulze, und ich habe die Gertje von meinem Onkel geerbt.«

Morten runzelte die Stirn. »Geerbt?«

Nina nickte.

»Aber das heißt ja, dass Pitt … Also Pitt soll tot sein?«

»Ja, er ist vor sechs Wochen gestorben und hat mir das Hausboot hinterlassen. Und nun bin ich da.« Nina schluckte. »Ich hab ihn früher im Sommer oft für ein paar Tage hier besucht.«

Morten konnte es nicht fassen, erinnerte sich aber dunkel daran, dass Pitt gelegentlich Besuch gehabt hatte. Das war angesichts dieser furchtbaren Nachricht jetzt allerdings ziemlich unwichtig. »Pitt ist tot, und ich weiß davon nichts.«

»Leider. Glaub mir, ich wünschte, es wäre anders.«

Nina stand auf und kam kurz darauf mit einem Dokument zurück.

Als Morten die Bestätigung auf der Sterbeurkunde und Ninas Erbschein schwarz auf weiß sah, durchfuhr ihn großer Schmerz. Er trank etwas Tee und schüttelte immer wieder fassungslos den Kopf.

»Wie ist er gestorben?«, fragte er leise. »Im Sommer haben wir noch telefoniert.«

Morten bereute jetzt, dass er sich danach nicht wieder bei Pitt gemeldet hatte.

»Er hat einen Herzanfall«, erklärte Nina. »Seit dem Frühling ging es ihm schon nicht gut, deshalb ist er auch nicht mehr hier gewesen. Wenn du Onkel Pitt kanntest, weißt du ja, wie stur er sein konnte. Ärzte waren für ihn nur Quacksalber. Es ging dann nach der Herzattacke ganz schnell.«

»Immerhin hat er ein Testament hinterlassen«, sagte Morten, »und die Gertje gehört jetzt dir.«

»So ist es«, bestätigte Nina.

»Und nun?«

Sie zuckte mit den Schultern. »Nun bin ich hier, friere, und habe ein paar Monate Zeit, mir zu überlegen, was mit dem Boot passieren soll.«

»Die Gertje muss auf jeden Fall hier weg«, entfuhr es Morten.

Was war er doch für ein Trampel! Zwar entsprach es den Tatsachen, aber musste er denn gleich mit der Tür ins Haus fallen?

»Wie, muss ich etwa die Gertje zum Festland bringen lassen?« Nina wirkte überrascht.

Jetzt war es ohnehin zu spät, und sicher war es besser, gleich mit offenen Karten zu spielen, als unnötige Hoffnungen zu schüren.

»Für Pitt haben wir auf Juist lange sämtliche Augen zugedrückt, aber es geht leider nicht mehr, das wollte ich ihm eigentlich sagen, wenn er das nächste Mal kommt. Tut mir leid.«

»Also keine Chance? Ich hatte gehofft ...«

Morten zuckte mit den Schultern. »Sobald Saison ist, kann das Boot übersetzen. Nach kleinen Ausbesserungen ist es möglich, die Gertje fortzubringen. Am besten lässt du sie abschleppen. Pitt hat sie damals auch so hergebracht.«

»Aber das geht doch nicht!«, sagte Nina, die nun offenbar die Dimension des Ganzen begriffen hatte.

Morten tat es unfassbar leid, dass er ihr keine besseren Nachrichten überbringen konnte. »Ich fürchte, da ist nichts dran zu drehen.«

»Puh!« Nina senkte den Kopf. »Das muss ich erst mal sacken lassen!«

Morten hatte seine Tasse leer getrunken und stand auf. »Hier ist einmal der Schlüssel für die Sanitäranlagen, damit du dich mit frischem Trinkwasser versorgen kannst. Pitt hat unter der Spüle einen Kanister stehen. Ich würde ihn nur umspülen.«

»Danke.« Nina seufzte. Dass es so kompliziert werden würde, hatte sie offensichtlich nicht erwartet.

»Ich rate dir, die Gertje schon bald auf Vordermann zu bringen. Drüben kannst du das auf einer Werft machen, hier ist das sehr aufwendig. Bestimmt ist sie am Bootsrumpf voller Seepocken und Muscheln. Das schadet dem Material. Die gute Dame muss vor dem nächsten Winter davon befreit werden. Lieber früher als später. Falls du sie verkaufen möchtest, wäre das zwingend notwendig. Solltest du woanders einen Liegeplatz finden, dann natürlich auch. Sonst bekommst du schnell Probleme. Ein Schiff sollte regelmäßig gepflegt werden, vor allem, wenn es ständig im Wasser liegt. Pitt war da leider nie so richtig hinterher, und jetzt musst du es ausbaden.«

Morten rieb seine Hände, denn es war noch immer kühl. »Ich werde eine Schadensbestandsaufnahme machen lassen, wenn du einverstanden bist. Das spart dir Kosten, weil du keinen Sachverständigen beauftragen musst, und du weißt, was auf dich zukommt.«

»Das wäre toll. Du würdest mir wirklich helfen. Danke.«

»Nun ist es ja gleich muckelig warm«, erklärte Morten. »Ich hoffe, die Bettwäsche hat keine Stockflecken bekommen und die Matratze ist nicht schwarz, so feucht wie es hier war. Das geht auf so einem Boot ganz schnell. Wenn das so sein sollte, melde dich bei Tessa. Ich gebe dir gleich mal ihre Nummer. Die hat Ferienwohnungen und bestimmt eine oder zwei Garnituren übrig.«

»Einfach so?«, fragte Nina erstaunt.

»Natürlich einfach so. Du bist auf Juist, da hilft man sich gegenseitig«, gab Morten zurück und schrieb die Nummer seiner Schwester auf einen Zettel seines Notizblocks. Er reichte ihn Nina, warf einen letzten Blick auf den Pelletofen und prüfte vorsichtshalber noch die Gasflamme auf dem Herd.

»Wasser fülle ich gleich auf, nicht dass du dich wunderst, wenn es plätschert.« Er nickte Nina, die zur Tür gekommen war, um ihn zu verabschieden, kurz zu und verließ das Boot.

»Die Kontaktdaten von der Hafenmeisterei gebe ich dir später noch. Falls mal was ist.«

Nina wirkte enttäuscht, bevor sie die Tür schloss.

Morten war hin- und hergerissen. Einerseits war er froh, dass sich jemand um die Gertje kümmerte, andererseits war er tieftraurig über Pitts Tod. Und irgendwie war es auch schade, wenn die Gertje Juist verlassen musste. Morten kümmerte sich in Gedanken versunken um die Wasserversorgung der Gertje, bevor er zurück ins Büro ging. Dort trank er seinen Zimttee und knabberte an einem Spekulatius. So richtig konnte er sich allerdings nicht mehr konzentrieren. Die Gertje musste wirklich in Ordnung gebracht werden. Wie aber sollte das ein Landei aus dem Schwarzwald, für das das Meer ein romantischer Kuschelpool war, allein bewerkstelligen?

Fast wäre es ihm lieber gewesen, Nina wäre gar nicht erst hier aufgetaucht, obwohl sie einen freundlichen Eindruck machte. Auch wenn ihre Pullover ein wenig zu knallig bunt waren und ihre Brille etwas zu sonderbar anmutete. Ein solches Gestell hatte er noch nie gesehen. Gestern hatte sie allerdings eine rote getragen.

Nina hatte nicht unwirsch reagiert, sondern eher überrascht. Trotzdem hatte Morten kein gutes Gefühl. Es würde sicher noch ein paar Probleme mit der Gertje geben.

Kapitel 3

Was für ein vermaledeiter Mist!
Nina starrte auf die geschlossene Tür.

Wie man sich doch irren konnte! Gestern Abend noch hatte sie gedacht, sie würde frei entscheiden können, ob sie das Hausboot verkaufen oder selbst nutzen wollte. Sie hatte sogar überlegt, ob sie es nicht gelegentlich anderen als originelle Ferienwohnung vermieten sollte. Sonst würde die Gertje die meiste Zeit leer stehen. Oder sagte man leer liegen?

Zugegeben, von Booten verstand sie nichts, aber man konnte das alles lernen. Onkel Pitt war schließlich auch nicht als Seemann geboren worden, sondern hatte erst durch seinen Freund Kalle die Liebe zum Meer entdeckt. Jahrelang waren die beiden auf der Nordsee gesegelt, bis Kalle seine letzte Reise angetreten und Onkel Pitt sich etwas »Altersgerechteres« gesucht hatte.

Und er hatte sich so gut auf Juist und auf der Gertje eingelebt, dass man ihm sogar das Liegerecht auf dieser Insel gegeben hatte. Doch das war mit ihm gestorben.

Verdammt, was sollte sie nun machen?

Immerhin hatte sie noch eine kleine Schonfrist, bevor sie mit der Gertje von hier verschwinden musste. Sobald Saison ist, hatte Morten gesagt, was immer das heißen mochte. Das hatte sie in ihrem Schock ganz vergessen zu fragen.

Vielleicht war es tatsächlich das Beste, alles zu verkaufen.

Das Einfachste war es allemal. Sollte doch ein anderer das Hausboot überholen lassen und weiternutzen. Mit etwas Glück war sie ohnehin bald weit weg.

Hoffentlich fiel die Entscheidung in Reykjavik vor Weihnachten, aber noch musste sie sich gedulden. Überraschenderweise hatte man die Vorstellungsgespräche nicht online führen wollen, und so dauerte es eben ein wenig länger, bis alle vier Kandidatinnen und Kandidaten anreisen und ihre Ideen für das neue Reisekonzept vorlegen konnten. Sie selbst war vor einer Woche in Island gewesen und hatte nach dem Job-Interview eigentlich ein gutes Gefühl. Allerdings wusste sie natürlich nicht, wer sich sonst noch beworben hatte.

Der Gedanke an Onkel Pitts geliebte Gertje in fremden Händen war schwer zu ertragen und trieb Nina Tränen in die Augen. Verflixt, sie musste sich endlich in den Griff bekommen!

Blinzelnd gelang es ihr nun, den starren Blick von der Eingangstür zu lösen.

Zwar würde Morten gleich den Tank befüllen, aber er hatte ihr geraten, das Wasser nicht zu trinken. Nina drehte den Schlüssel in der Hand. Es nützte nichts, als Erstes brauchte sie Trinkwasser. Sie holte den Kanister aus der Kombüse, schlüpfte in die dicke Winterjacke und machte sich auf den Weg zum Sanitärhaus.

Als sie zurückkam, war es auf der Gertje schon merklich wärmer, aber noch immer nicht richtig gemütlich, sodass sie die Mütze vorerst aufbehielt.

Nina ging in die Kombüse, um erneut den Wasserkocher einzuschalten. Tee half immer, da waren sich Ostfriesen und Engländer einig. Und seitdem Nina ein paar Jahre in Oxford gelebt und deutsche Reisegruppen durch die altehrwürdige Universitätsstadt geführt hatte, war ein schöner starker

Schwarztee ihr Allheilmittel geworden. Am liebsten britisch mit Milch, aber ohne Zucker.

Durch Onkel Pitt hatte sie später auch die ostfriesische Variation mit Kluntjes und Wulkje kennengelernt. Wobei sie im Gegensatz zu ihrem Onkel ihre Tasse immer schnell leer trank, damit das Ganze nicht zu süß wurde. Oder sie nahm gleich einen Becher und nicht die winzigen Tassen, die mit drei Schlucken geleert wurden. Erst bitter, dann cremig, dann süß.

Natürlich wusste Nina, dass die Ostfriesen das nicht schätzten. Genau wie die Tatsache, dass sie gleich einen der hier sicherlich verpönten englischen Beutel benutzen würde, die sie mitgebracht hatte, und dass sie von Schwarztee sprach. Es hieß bei ihnen Ostfriesentee oder schwarzer Tee. Natürlich hatte sie nicht gewagt, Morten ein solches Getränk anzubieten. Schon gar nicht, weil er so hilfsbereit gewesen war. Zum Glück hatte Onkel Pitt ein Paket Früchtetee hinterlassen.

Leider gab es weder Sahne noch Milch. Nina musste dringend einkaufen, und jetzt würde sie ihn eben pur trinken.

Sie goss den Tee also nicht in der bauchigen Kanne, sondern in einem der blau-weißen Becher auf, wartete, bis er drei Minuten gezogen war und entsorgte den Beutel. Vorsichtig trug sie das Trinkgefäß zurück zum Sofa, stellte es vor sich auf den Tisch und wärmte ihre immer noch eisigen Finger am heißen Porzellan.

Die Temperatur im Raum war spürbar gestiegen, und Nina nahm ihre Mütze vom Kopf. Die ersten Schlucke Tee halfen nicht nur, sie zu wärmen, sondern auch, einen klareren Blick auf das Problem zu werfen.

Zuerst einmal war Nina Morten dankbar, denn er hatte sich um Onkel Pitts Eigentum gesorgt und nachgesehen, ob jemand eingebrochen war. Und er hatte ihr tatsächlich ohne

Umschweife geholfen, das Hausboot bewohnbar zu machen. Was allerdings als Hafenmeister wohl auch seine Aufgabe war. Mit Licht und Wasser und Heizung war der Aufenthalt hier doch wesentlich leichter zu ertragen als in der vergangenen Nacht.

Ob sie länger auf dem Hausboot bleiben wollte, hatte Morten gefragt.

»Ja, das will ich«, sagte Nina noch einmal laut. »Auf jeden Fall.« Nirgendwo sonst würde sie von Onkel Pitt so ruhig Abschied nehmen können.

Morten hatte bei ihrer Antwort überrascht gewirkt, vielleicht sogar ein bisschen skeptisch, was ihre Pläne betraf. Aber sie hatte schon ganz anderen Umständen getrotzt – im Andenhochland und im Amazonas-Regenwald. Auf der Gertje war es im Vergleich dazu geradezu komfortabel, und Nina musste ihre Unterkunft nicht mit riesigen Kakerlaken teilen wie damals in Lima. Nun ja, die waren dennoch angenehmer gewesen als die Bettwanzen in Paris.

»*La cucaracha, la cucaracha, ya no puede caminar …*«, begann Nina zu singen.

Dafür, warum die Kakerlake im Lied nicht gehen konnte, gab es je nach Region unterschiedliche Gründe, mal fehlten die Stiefel, mal die Beine selbst, oder das Tierchen hatte kein Marihuana zum Rauchen.

Egal, die Melodie war mitreißend, und Ninas Laune stieg. Sie räumte ihren kleinen Rucksack aus, steckte eine Leinentasche und den Geldbeutel hinein und setzte ihre Mütze wieder auf. Bis sie vom Einkaufen zurückkam, war es hier sicher warm genug, um nicht mehr in gefühlt dreizehn Kleidungsschichten herumzulaufen.

Ein letzter kurzer Blick auf die Kojen und in Onkel Pitts Schrank zeigte keine Stockflecken auf der Bettwäsche. Auch die Matratze war in Ordnung. Onkel Pitt hatte sie zum Glück ordentlich aufgestellt. Nina atmete auf. So musste sie Tessa nicht belästigen. Sie kam vorerst zurecht, und alles Weitere würde sich ergeben.

*

Von ihren früheren Besuchen wusste Nina, wo einer der kleinen Supermärkte zu finden war. Ohne Umwege steuerte sie direkt darauf zu, spazieren gehen konnte sie später immer noch, wenn sie ihre körperlichen Grundbedürfnisse gestillt hatte. Gute Luft gab es hier auf der Insel genug, für Unterkunft und Wärme im Hausboot war inzwischen gesorgt, der nächste Schritt war, Lebensmittel und Getränke zu besorgen.

Der Laden war bis auf die Frau an der Kasse und einer Kundin, mit der sie sich auf Platt unterhielt, leer. Nina suchte in Ruhe alles zusammen, was sie fürs Erste brauchte, und genoss, dies einmal ganz ohne Hektik zu tun. Kein Chef wartete auf sie, keine Reise musste schnell noch umorganisiert werden, weil ein Flug ausfiel oder das Hotel einen Norovirus-Ausbruch gemeldet hatte.

Mit vollgepacktem Rucksack und einer ebenso vollen Tasche in der Hand machte sie sich schließlich auf den Rückweg, um alles auf der Gertje zu verstauen. Unterwegs wollte sie in der Bäckerei frisches Brot und Brötchen kaufen, damit sie endlich frühstücken konnte.

Vielleicht gab es sogar Kuchen. Sie dachte an ein Streuselteilchen. Oder lieber Mohn? Nein, sie liebte den ostfriesischen Butterkuchen mit Mandeln. Allein, wenn sie an den vanilligen Geschmack dachte und daran, wie zart der Teig in ihrem Mund schmelzen würde, bevor sie die knackigen Mandeln zerbiss …

Doch als sie bald darauf vor der Inselbäckerei stand, war da alles dunkel und leer, und ein Schild an der Tür verkündete, dass das Geschäft den ganzen November über geschlossen blieb. Ninas Magen protestierte mit einem lauten Knurren.

Eine Frau mit einer bunt geringelten Pudelmütze auf dem Kopf radelte an Nina vorbei, bremste dann, hielt und sah sich nach ihr um.

»Die Bäckerei macht erst am Montag wieder auf«, rief sie.

»Hab ich eben gelesen.« Nina wandte sich der Frau zu. Sie erkannte ihre neue Bekannte vom Vorabend sofort. »Ah, moin, Tessa.«

»Moin! Ja, halb Juist ist im November in Urlaub. Da sind hier die wenigsten Touristen. Ab dem kommenden Wochenende trudeln dann die ersten Advents- und Weihnachtsurlauber ein. Du bist einfach ein bisschen zu früh dran. Ich hoffe, du verhungerst nun nicht.« Tessa wies grinsend auf die verschlossene Tür der Bäckerei. »Es gibt aber in anderen Läden auch Brot und so was.« Sie stellte das Rad ab und kam näher.

Nina schüttelte den Kopf. »Das meiste habe ich schon besorgt, ich hatte mich nur auf frische Brötchen und vielleicht ein Stück Butterkuchen gefreut. Ich erinnere mich, dass der hier sehr gut geschmeckt hat.«

Wieder stieg das Bild von eben in ihr auf, und Nina lief das Wasser im Mund zusammen.

»Du warst schon mal auf Juist?«

»Mehrmals, aber immer nur kurz. Und meistens im Sommer. Wenn ich meinen Onkel besucht habe.«

»Du hast Verwandte hier? Warum hast du das gestern nicht gesagt? Oder hat dein Onkel auf Juist eine Ferienwohnung?«

Nina zögerte nur kurz. Bald würde ohnehin jeder über sie Bescheid wissen.

»Nicht ganz. Und leider muss es ›hatte‹ heißen. Er ist kürzlich gestorben«, erklärte sie. »Mein Onkel hatte ein Hausboot. Die Gertje«, fügte sie hinzu.

Tessa riss die Augen auf. »Das Hausboot hier im Hafen? Dein Onkel ist … war der alte Pitt?«

Nina nickte.

»Das ist ja traurig. Mein Beileid. Ich mochte ihn, er war immer freundlich.« Tessas Stimme klang ein wenig belegt, auch sie schien die Nachricht zu treffen.

»Ich habe das Hausboot geerbt und muss sehen, was damit geschieht«, erklärte Nina und bemühte sich um Fassung.

»Aber du wohnst doch sicher nicht auf dem kalten Ding, oder? Das stelle ich mir ziemlich ungemütlich vor.«

Ein Windstoß blies Nina ins Gesicht, gerade so, als wollte die Natur Tessas Worte unterstreichen.

»Jetzt, wo ich Strom und Gas und Wasser habe, ist es ganz okay. Und Pellets für den Ofen bekomme ich noch geliefert. Dann wird es sicher richtig kuschelig«, sagte sie mit einem Funken Hoffnung, dass es wirklich so kommen würde.

Tessa sah sie zweifelnd an. »Für mich wäre das nichts. Aber ich mache dir ein Angebot: Wenn du es dir anders überlegst, melde dich. Die eine kleine Ferienwohnung, die ich vermiete, ist noch zehn Tage frei. Ich gebe dir mal meine Nummer, okay?«

Nina zögerte. »Ehrlich gesagt hab ich die schon. Morten hat sie mir heute Morgen gegeben, er meinte, ich sollte mich an dich wenden, falls ich was brauche oder Fragen habe.«

»Du hast Morten getroffen? Ja klar, wahrscheinlich am Hafen. Ich hoffe, er hat dir geholfen, das Hausboot einigermaßen bewohnbar zu machen. Hast du seine Nummer, falls noch mal was ist?«, fragte Tessa. »Ich kann sie dir geben. Wenn wir dich hier mit hilfsbereiten Menschen in Kontakt bringen, dann doch gleich richtig.«

»Ich habe die Unterlagen von der Hafenmeisterei. Da steht alles drin.«

Tessa schüttelte den Kopf. »Ich gebe dir seine Privatnummer.«

Nina zögerte. Natürlich hatte Tessa recht, man konnte nie zu viele Bekannte haben, falls mal was war. Und sie musste Morten ja nicht privat anrufen, nur weil sie seine Nummer kannte.

Nina öffnete also die Kontaktliste und speicherte zunächst Mortens Namen ein, dann diktierte Tessa.

»Auf Morten kann man sich immer verlassen«, erklärte sie. »Für seine Freunde würde er bei Gewitter durchs Meer schwimmen.«

Es war schön, in ihren Worten zu hören, wie nahe Tessa ihrem Bruder stand.

»Gut, ich muss dann mal weiter«, sagte Tessa. »Aber … Du bist ja jetzt ganz allein hier. Hast du vielleicht Lust, morgen Nachmittag zu mir zum Tee zu kommen? Ich könnte Waffeln backen. Dazu heiße Kirschen und Vanillesoße. Oder Schlagsahne. Als Ersatz für den entgangenen Butterkuchen. Klingt das gut?«

»O ja! Hört sich super an!«

»Vor allem klingt es nach Gemütlichkeit und Weihnachten. Finde ich. Allein der Duft und das leise Zischen, wenn ich das Waffeleisen schließe!« Tessa schloss verzückt die Augen.

»Das stimmt. Ich liebe Waffeln mit Kirschen und Sahne. Hab ich ewig nicht gegessen.«

Mit erfreutem Lächeln gab Tessa Nina ihre Adresse. »So um halb vier?«

»Abgemacht.«

Tessa stieg wieder auf ihr Rad, hob noch einmal die Hand zum Gruß und fuhr davon.

Langsam machte sich auch Nina auf zum Supermarkt, um dort Brot zu kaufen. Ihr Magen verlangte dringend nach Nahrung, und der Gedanke an frische Waffeln am morgigen Nachmittag ließ ihn erneut heftig grummeln.

Wie schön, dass sie Tessa getroffen hatte! Eigentlich hatte Nina vorgehabt, sich auf der winterlichen Insel etwas zurückzuziehen, aber eine Teepause mit einer so netten Frau klang wirklich überaus verlockend.

Kapitel 4

Morten verspürte nach Feierabend Lust auf einen Grog. Die Feuchtigkeit und die Temperaturen knapp über null waren verdammt ungemütlich.

Er rieb sich die Hände und hauchte immer wieder hinein. Warum hatte er bloß die Handschuhe am Morgen auf der Garderobe in der Wohnung liegen gelassen? Seinen Kopf wärmte die blaue Rollrandmütze, und der Schal, den Tessa eigens für ihn gestrickt hatte, war auch mollig warm.

Zum Glück hatte er es von der Hafenmeisterei nicht weit bis zur Spelunke. Seine Freunde warteten in der Kneipe sicher längst auf ihn. Sie trafen sich dort häufig am Abend, um den Tag Revue passieren zu lassen und dabei ein Bier zu trinken.

»Bist du der Hafenmeister?«

Morten wäre am Kai fast über den sommersprossigen Jungen gestolpert, dessen rotes Haar unter einer blauen Pudelmütze hervorlugte.

»Ja, warum?«

Morten sah seinen Grog schon in Joosts oder Fietes Hals verschwinden. Oder Sven und Hajo würden ihn abwechselnd schlürfen. Morten hatte ihnen vor ein paar Minuten in die gemeinsame Gruppe eine WhatsApp geschickt, dass sie den schon mal vorbestellen sollen, weil er gleich komplett durchgefroren in der Spelunke ankommen würde.

Fragend schaute er auf den Jungen hinab.

»Weil auf dem Boot da der Ekke Nekkepenn ist, und das muss ich dir ja mitteilen. Du hast schließlich was zu sagen.« Der Junge zog geräuschvoll den Inhalt seiner Nase hoch.

Morten mochte Kinder, und er liebte ihre Fantasie. Er selbst hatte als kleiner Junge auch an den Ekke Nekkepenn geglaubt und ihm sogar heimlich eine Schale Milch und etwas Krintstuut hingestellt. Obwohl seine Oma immer behauptet hatte, dass der Meermann mit so etwas nichts anfangen könnte, weil er auf dem Grund der Nordsee wohnte. Ekke Nekkepenn sah zum Fürchten aus. Ein langer Bart zierte sein Gesicht, und er hatte ekelig grüne Fischzähne.

Aber Morten wollte sich gut mit dem Meermann stellen, schließlich konnte der Zaubertränke brauen und Ertrinkende retten. Man wusste ja nie, wozu seine Hilfe mal wichtig wäre.

Am schnellsten würde Morten jetzt wohl zu seinem Grog kommen, wenn er dem Jungen zuhörte, dann die Beine in die Hand nahm und sich sputete.

»Wo genau hast du den Ekke Nekkepenn entdeckt?«, fragte er deshalb.

Der Junge wies zu Ninas Boot.

»Da vorn. Er saß auf dem Dach.«

»Das kann nicht sein. Er ist nämlich nicht schwindelfrei«, antwortete Morten amüsiert. »Ekke ist ein Wasserwesen und begibt sich nur in Notfällen an Land.«

So ganz überzeugt war der Junge nicht. »Er kann verschiedene Gestalten annehmen, das solltest du wissen, Herr Hafenmeister. Er saß da mit seinen Zähnen, ist zur Möwe geworden und weggeflogen. Du musst aber aufpassen, weil das Boot jetzt bewohnt ist, und vielleicht will er die Frau darin verfluchen. Oder sie heiraten.«

Na ja, das ist fast dasselbe, dachte Morten.

»Ich verspreche dir, dass ich ein Auge auf das Boot und die Frau, aber auch auf Ekke Nekkepenn haben werde!«

Nun schien der Junge beruhigt. »Gut, dann kann ich jetzt zu meiner Mama gehen, die hat Kakao! Und Weihnachtskekse. Ich mag nämlich gern Spekulatius. Am liebsten die mit Mandeln.« Er winkte kurz und zog ab.

Bevor Morten sich auf den Weg zur Spelunke machte, sah er sich noch einmal um. Im Hausboot brannte Licht. Nina hatte sogar eine Kette mit beleuchteten Sternen im Fenster aufgehängt, was ihm mal wieder deutlich machte, dass die Adventszeit mit großen Schritten nahte. Es wurde Zeit, dass er eine neue Tür für seinen Weihnachtswichtel Hanno baute. Da war mal ein Update nötig, sonst würde der kleine Mann noch sauer werden. Morten war bereits eine Idee gekommen, wie er die neue gestalten wollte. Ein winziges Sprossenfenster wäre schön. Dazu ein grüner Anstrich.

Jetzt wollte er zunächst mal einen Grog. Inzwischen spürte er seine Hände kaum noch. Er musste ins Warme.

Gerade als er loslaufen wollte, entdeckte er einen Schatten auf dem Dach des Hausbootes. Er zuckte zusammen und musste über sich selbst lachen. Nein, das war nicht Ekke Nekkepenn! Sondern wieder eine Silbermöwe, die kurz darauf in den Abendhimmel flog.

»Ekke Nekkepenn! So ein Quatsch«, murmelte er.

Morten stapfte los und war froh, schon bald vor der Spelunke zu stehen.

Er trat ein und wurde sofort von dichtem Qualm umnebelt. Okay, das war der einzige Nachteil an dieser Kneipe, denn wenn man wie Morten Nichtraucher war, konnte diese dicke Luft durchaus eine Belastung sein.

Er brauchte eine Weile, ehe er sich zum Tisch seiner Freunde durchgekämpft hatte, denn die Spelunke war ein beliebter Treffpunkt der Insulaner und auch in der Nebensaison immer voll.

»Moin!«, begrüßte er Joost Joosten und Fiete Wilkenjohanns. Neben ihnen kauerte auch Harm Jarau und hielt sein Bier umklammert. Aber der war wortkarg und hob auch jetzt nur kurz zur Begrüßung die freie Hand. Die drei waren alte Juister Urgesteine, mit ihren fast achtzig schon arg in die Jahre gekommen, und Pitts Boot war ihnen seit jeher ein Dorn im Auge. Sven und Hajo entdeckte er nicht.

»Die sind schon wech«, erklärte Joost, der Mortens Gedanken erraten hatte. »Müssen morgen früh mit dem Schiff raus. Die Flut kommt schon um drei.«

Leider musste Morten feststellen, dass auch Lientje mit am Tisch saß. Sie war Joosts Nichte und freute sich immer, wenn ihr Onkel einen ausgab. Morten blieb keine Wahl, als sich neben Lientje zu quetschen, was zur Folge hatte, dass sich ihr Knie sofort an seinem rieb.

Lientje Carls war eine Augenweide – kein Zweifel. Mit ihrem dunklen Bob, der ihr feines Gesicht stets sacht umschmeichelte, und den dunkelblauen Augen, die dazu einen starken Kontrast bildeten, fiel sie auf.

Lientje hatte viele Verehrer auf der Insel, und das nicht nur unter den Insulanern. Auch die Urlauber drehten sich nach ihr um. Sie genoss die Aufmerksamkeit, wusste um ihre Reize und setzte sie gekonnt in Szene.

Morten versuchte, ihre Flirtversuche und auch Lientje selbst mal wieder zu ignorieren, was schon deshalb schwierig war, weil sie ein auffällig süßes Parfüm trug, das sogar den Zigarettenqualm vergessen ließ und ihm vermutlich die ganze Nacht in der Nase hängen würde.

»Habt ihr meinen Grog schon bestellt?«, schrie er gegen den Lärm an.

»Jo, aber der ist bereits leer.« Joost rieb seinen Bauch. »Wer zu spät kommt, den bestraft das Leben.«

Morten hatte das erwartet, und er winkte der Bedienung, die ihn zum Glück gleich sah und die Bestellung aufnahm.

»Kalt draußen, was?«, fragte Lientje mit ihrem strahlenden Lächeln, das ebenmäßige weiße Zähne freigab und jeden anderen wohl zum Dahinschmelzen gebracht hätte.

Morten leider nicht. Lientje und er waren in früher Jugend mal ein Paar gewesen, etwa einen Monat lang. Doch er hatte schnell gemerkt, dass Lientje nicht zu ihm passte, und hatte Schluss gemacht. Sie war darüber nie ganz hinweggekommen. Und als Mortens spätere Beziehungen allesamt gescheitert waren, hatte sie sich in den Kopf gesetzt, die einzig Richtige für ihn zu sein. Allein, weil sie auch von Juist kam. Morten wusste, dass Lientje nur von ihrem verletzten Stolz getrieben wurde. Am besten ignorierte er ihre Avancen, so wie er es stets tat.

»Ich freu mich auf meinen Grog.«

Harm wischte sich eben den Bierschaum von den Lippen. »Warum bist du so spät?«

»Ekke Nekkepenn«, gab Morten zur Antwort.

»Also een Froo«, kommentierte Joost.

»Indirekt. Nein, ich hatte einfach viel zu tun.«

Er wollte lieber nichts von dem sommersprossigen Jungen erzählen.

»Und direkt?«, hakte Tammo sofort nach. »Direkt doch een Wiev?«

Morten seufzte. Er konnte ruhig darüber sprechen, denn dass Nina Pitts Boot geerbt hatte, würde sowieso bald die Runde machen.

Er nahm der Bedienung den Grog ab und gab erst einmal Zucker hinein.

»Dass Pitt tot ist, wisst ihr?«, begann er und nahm einen vorsichtigen Schluck, weil er sich die Lippen nicht verbrennen wollte.

»Harrijasses nej«, entfuhr es Fiete. »Dat war so een fein Keerl! Und nun hat der 'nen Abgang gemacht?«

»Leider!« Morten rührte mit dem Glasstab um. Ihm schmeckte der Grog in der süßen Variante besser.

»Das ist nicht schön, auch wenn wir ewig Meut mit ihm hatten. Wegen der Gertje«, meinte Harm, der tatsächlich ein wenig betroffen wirkte.

»Jo, so sieht dat aus«, bestätigte Joost. »Aber keiner einer soll deswegen gleich übern Deister gahn.«

»Darauf trinken wir gleich noch een Lütten. Ohne den kann Pitt nicht von Juist verschwinden.« Fiete nickte sich selbstbestätigend zu und wirkte mit seiner Entscheidung, diese traurige Nachricht zu begießen, sehr zufrieden.

»So word dat good«, bestätigte Harm und versank wieder in seine Bierlethargie. Es war alles gesagt.

»Was ist denn jetzt mit der Gertje?«, fragte Joost doch noch.

»Das Boot ist ein unansehnlicher Schrotthaufen«, meinte Lientje. »Endlich kann der Kahn von der Insel weg. Ihr hättet schon Pitt mal ordentlich Beine machen sollen, dann müssten sich jetzt die Erben nicht mit einer solchen Last herumplagen.« Sie strich sich lässig eine Haarsträhne hinters Ohr.

»Es ist eine Erbin«, tat Morten kund. »Sie wohnt da gerade.«

Lientje sog die Luft scharf ein. »Wie, die wohnt da?«

Morten nickte. »Ich habe ihr schon gesagt, dass die Gertje zu Saisonbeginn den Hafen verlassen muss. Das ist beschlossene Sache.«

»Aber bis dahin wird sie bleiben? Ich meine die Frau?«, hakte Lientje sofort nach.

Nun ritt Morten der Teufel, denn ihm war klar, dass es ihr überhaupt nicht gefiel, wenn er engeren Kontakt zu anderen weiblichen Wesen hatte – und sei es auch nur beruflich.

»Sie ist sehr nett, und heute Morgen habe ich ihr erst einmal geholfen, die Gertje wieder flottzumachen. Die Heizung ging nicht, und Wasser war auch abgestellt.«

»Hast den Helden gespielt, oder was?«, maulte Lientje. »Erst sagst du, der Kahn soll weg, und dann bringst du ihn wieder in Ordnung. Das passt doch nicht! Lass doch einfach alles so, wie es ist. Das Thema wäre rasch durch, weil die Deern mit fliegenden Fahnen auf und davon wäre, wenn die Schwierigkeiten nicht einfach so verschwinden.« Lientje schaute sich Beifall heischend um.

»Das sehe ich auch so.« Fiete orderte jetzt die Runde für alle, damit Pitt einen würdigen Abgang bekam. »Bier und 'nen Lütten. Danach muss ik na Huus hin.«

»Morten, so ganz leuchtet mir das auch nicht ein«, mischte sich Joost ein. »Wäre es nicht besser gewesen, du hättest ihr gar nicht erst erlaubt, darauf zu wohnen? Jetzt wird alles viel komplizierter!«

»Dann hätte sie unter der Brücke schlafen müssen!«

»Auf Juist gibt es ja wohl genug Hotels und so. Auch im November. Nicht alle haben geschlossen.« Lientje schaute ihn herausfordernd an. »Ist sie hübsch, oder warum bist du eingeknickt und hast ihr geholfen?«

Morten fühlte sich zunehmend in die Ecke gedrängt. Der Grog war von der Temperatur her jetzt einigermaßen trinkbar, und er nahm einen großen Schluck. Es brannte angenehm in der Kehle. Morten setzte das Glas noch einmal an.

»Das hat mit ihrem Aussehen gar nichts zu tun. Außerdem hast du sie gestern schon kennengelernt.«

In Lientje arbeitete es. »Nein, sag nicht, es ist diese Eule aus dem Schwarzwald?«

»Eine Süddeutsche?«, entfuhr es Fiete, und es klang, als hätte Morten von einem Alien gesprochen. Er nickte stumm.

»Na, in dem Fall bleibt die ohnehin nicht.« Lientje wirkte erleichtert.

Die Bedienung brachte das Bier und den Schnaps. »Doornkaat ist richtig, oder?«

»Jo, das passt.« Fiete griff gleich nach dem kleinen Glas, das von dem eisgekühlten Getränk angelaufen war. »Trinken wir darauf, dass die Deern sich schon bald wieder vom Acker macht und uns nicht weiter auf die Nerven fällt. Nich lang schnacken, Kopp in Nacken!«

»Prost!«, kam es dreifach zurück.

Nachdem die Gläser geleert waren, fixierte Joost ihn. »Du sorgst dafür, Morten, dass es keinen Rückzieher gibt. Kein Hausboot mehr auf Juist! Wir zählen auf dich!«

Morten trank erst den letzten Schluck Grog aus und nippte dann an seinem Bier. Inzwischen war er schon ganz schön beduselt.

»Ich kümmere mich darum!« Er hob das Glas. »Kein Hausboot auf Juist. Notfalls rufe ich den Meergeist!«

»Der erledigt das!«, lallte Tammo, dem die Schnäpse, Grogs und das Bier nun auch schon zu Kopf gestiegen waren.

»Ein Hoch auf Ekke Nekkepenn, der bestimmt keine Fremde in einem hässlichen Hausboot auf der Insel haben will!«, wieherte Joost übermütig. »Weg mit der Gertje!«

»Es wird Zeit, dass im Hafen wieder Ruhe einkehrt«, bestätigte Morten und wiederholte: »Weg mit der Gertje.«

Seine Kumpel hatten ja recht. Nina würde nicht lange bleiben, und je eher die Gertje samt Erbin von Juist verschwand, desto besser.

»So mok wi dat!«, schallte es ihm im Dreierchor entgegen.

Und trotzdem fühlte es sich plötzlich für Morten falsch an. Ihm würde etwas fehlen.

Kapitel 5

Erfreulicherweise traf der Koffer, den Nina bei der Bahn aufgegeben hatte, gleich am Tag nach ihr ein. Damit hatte sie nicht nur eine größere Auswahl an winterlicher Kleidung und ihre dicken Stiefel an Bord, sondern auch das Strickzeug und ein bisschen Weihnachtsdeko, um es sich in ihrem neuen, vorübergehenden Zuhause gemütlich zu machen.

Zwar hatte Nina sich gestern im Supermarkt schon eine kleine Lichterkette besorgt, aber nun hängte sie auch die lange aus ihrem Koffer im Wohnraum auf und schaltete sie ein. Tatsächlich veränderten die kleinen weißen Lämpchen die Stimmung auf der Gertje, gerade so, als ob sich das alte Hausboot unter seinem neuen Schmuck stolz aufrichtete. Auch die quadratische Weihnachtstischdecke, die Ninas Mutter ihr vor vielen Jahren in der Adventszeit nach Peru geschickt hatte, fand gleich ihren Platz auf dem Tischchen neben dem Sofa.

Nina trat einen Schritt zurück und betrachtete die feinen Silbersterne und die Tannenzweige, die den Rand der Decke schmückten. Mama hatte so gern gestickt und dabei stets eine heitere Ruhe und Gelassenheit ausgestrahlt.

Nina seufzte. Sie war ein Einzelkind und hatte nie viel Verwandtschaft gehabt. Der frühe Tod ihrer Eltern bei einem Autounfall hatte sie schwer getroffen, vor allem, weil sie zu dem Zeitpunkt gerade erst frisch geschieden gewesen war. In den letzten Jahren hatte es immerhin noch Onkel Pitt gegeben, mit dem sie ein kleines zweisames Weihnachten feiern konnte. Zumindest, seit sie wieder in Deutschland lebte.

Doch nun gab es auch keinen Onkel Pitt mehr.

Sie war allein.

Nina öffnete die alte Zigarrenkiste mit den gebastelten Sternen, die sich in den vergangenen Jahren angesammelt hatten. Jeder einzelne davon weckte Erinnerungen. An ihre Freundin Ana Catarina in Lima, an die Hendersons in Oxford, an die kleine Lisa, die Tochter ihrer Schulfreundin Steffi in Freiburg, die inzwischen längst ein Teenager war ... Nein. Energisch schloss Nina die Schachtel. Sie war nicht bereit, sich von diesen melancholischen Gedanken herunterziehen zu lassen.

Stattdessen zog sie sich warm an und ging spazieren. Schmücken konnte sie später immer noch. Es wurde schon langsam dunkel, also wählte Nina nicht den Weg zum Strand, sondern marschierte einfach auf dem Deich entlang Richtung Loog. So würde sie später über die beleuchtete Billstraße zurückkommen können.

Der Sonnenuntergang, der sie auf ihrem Weg begleitete, war zwar nicht spektakulär, aber dennoch stimmungsvoll, und das flotte Gehen tat gut. Ninas Stimmung stieg. Als sie schließlich zur Gertje zurückkehrte und ihr die kleinen Lichtlein durch das Fenster zublinzelten, ging es ihr deutlich besser.

*

»Et es wie et es«, sagte Onkel Pitt in breitem Kölsch. Und fügte dann hinzu: »Nix bliev wie et wor.«

Nina schlug die Augen auf, und der Traum, der noch irgendwo im Raum zu verharren schien, ließ sie lächeln. Es würde dem alten Herrn gefallen, dass sie sich hier auf der Gertje aufhielt und sich um sein geliebtes Boot kümmerte.

Eigentlich hatte Nina sich überlegt, dass sie in den nächsten Wochen ein paar kleinere Reparaturen vornehmen und das Hausboot so instand halten könnte. Aber wenn sie sich genauer umsah, musste sie zugeben, dass sie keine Ahnung hatte, was an Bord zu tun war. Würde es sich überhaupt lohnen, Zeit zu investieren, wenn die Gertje doch ohnehin zum Festland gebracht und dort generalüberholt werden musste?

Nina konnte Morten nach seiner Meinung fragen, wenn sie ihn traf. Aber das musste nicht heute sein. Zuerst einmal würde sie einfach nur genießen, dass sie es warm und bequem hatte, und es sich ein wenig adventlich einrichten.

Gestärkt von einem ausgiebigen Frühstück griff Nina erneut nach der Zigarrenkiste und schlug den Deckel auf. Nun, am Vormittag, blitzten sie die Sterne fröhlich an und ließen sie in Erinnerung an vergangene Festtage ein Weihnachtslied nach dem anderen schmettern.

Sie stimmte *Soon There Will Be Christmas* an, zählte laut die Tage, ganz wie es sich gehörte, und hängte dabei die Sterne so auf, dass sie möglichst gut zur Geltung kamen.

Anschließend begann sie zum schwungvollen *Los Peces En El Río* gründlich zu putzen, denn am Vortag hatte sie nur das Allernotwendigste getan. Beim letzten Ton von *Petit Papa Noël* sah sie sich schließlich zufrieden um. Es war genauso weihnachtlich, wie sie es von daheim kannte.

Endlich konnte Nina es sich guten Gewissens gemütlich machen und an der Passe ihres Islandpullovers weiterstricken. Sie würde den dicken Pulli hier gebrauchen können. Oder sollte sie doch zuerst einmal den Laptop auspacken und schauen, was in der Welt so los war und ob ihr jemand etwas

Wichtiges gemailt hatte? Bis zur Einladung zum Tee bei Tessa war noch ausreichend Zeit, um beides zu erledigen.

Oder um ein Gastgeschenk zu besorgen. Ohne ein kleines Mitbringsel an Tessas Tür zu klingeln, war nicht besonders höflich. Es war aber auch nicht einfach, für eine fremde Frau etwas Passendes zu finden.

Ein Buch? Nina wusste nicht, was Tessa las, und ob sie das überhaupt gern tat. Außerdem hatte die Buchhandlung noch bis Montag geschlossen. Blumen? Oder …

Plötzlich kam ihr eine völlig andere Idee. Ja, das würde wahrscheinlich zu Tessa passen.

Als Nina um kurz vor halb vier aufbrach, hatte sie zwei grüne Tannenbäumchen, zwei rote Herzen und zwei weiße Spitzensterne gehäkelt, mit Aufhängebändchen versehen und in einer weihnachtsroten Serviette verpackt.

Wie gut, dass sie das dünne Baumwollgarn mitgebracht hatte, weil sie in diesem Jahr solche Zieranhänger mit in ihre Weihnachtspost legen wollte!

*

Tessa musste schon auf sie gewartet haben, denn sie öffnete auf das Klingeln sofort.

»Fein, dass du da bist, komm rein ins Warme.« Sie ließ Nina ins Haus.

»Ich finde es schön, dass du mich eingeladen hast, obwohl wir uns gerade erst begegnet sind. Danke«, antwortete Nina und zog Mütze, Jacke und Schuhe aus. »Ich kenne hier ja wirklich niemanden.«

Tessa lächelte. »Ich wollte nicht, dass du dich auf Töwerland einsam fühlst, wo doch gerade dein Onkel gestorben ist. Und ich habe furchtbar gern Besuch.«

Nina zog das kleine Päckchen aus der Jackentasche und

überreichte es Tessa. »Eine Kleinigkeit«, sagte sie. »Ich hoffe, es gefällt dir.«

Tessa nahm das Präsent mit strahlendem Blick entgegen.

Als Nina Sekunden später das Wohnzimmer betrat, war ihr klar, dass sie genau das richtige Geschenk gewählt hatte. Tessas gute Stube duftete nicht nur angenehm leicht nach Zimt, sondern war auch adventlich geschmückt, ohne dabei kitschig überladen zu wirken.

Am Fenster strahlte unter einer Lichterkette ein großer roter Spitzenstern, während auf der Fensterbank darunter mehrere Weihnachtskakteen in Rot, Rosa und Weiß um die Wette blühten. Ein Orchester aus hölzernen Engelsfigürchen hatte seinen Platz auf einem grünen Filzstern im Bücherregal gefunden. Auf dem hölzernen Blumenständer in der Ecke drehten sich über vier brennenden Teelichtern die Flügel einer Weihnachtspyramide, ließen die kleinen, geschnitzten Figuren Karussell fahren und warfen bewegte Schatten an die Zimmerdecke. Überall standen rote Kerzen. Dicke und dünne, lange und kurze.

»Wie kuschelig!«, entfuhr es Nina.

»Ja, nicht wahr? Ich liebe Kerzen, auch wenn Lars meint, ich übertreibe es damit. Aber setz dich doch. Ich habe da drüben gedeckt«, sie deutete auf die Sofaecke, »dort ist es gemütlicher als am Esstisch. Wir können aber auch …«

Nina schüttelte den Kopf und nahm auf einem der Sofas Platz.

Bei der Tischdeko hatte Tessa sich ebenfalls adventlich inspirieren lassen und eine weiße Decke mit eingewobenen goldenen Sternen gewählt, auf der das Geschirr mit der ostfriesischen Teerose besonders feierlich zur Geltung kam. Die dicke rote Kerze hier brannte bereits, und die Kekse auf dem goldenen Teller sahen selbst gebacken aus.

»Du verwöhnst mich«, sagte Nina.

»Du mich auch.« Tessa setzte sich zu ihr und nahm das Päckchen genauer in Augenschein. »Das muss ich gleich auspacken. Ich bin nämlich neugierig.«

Sie zog die Schleife der rot-weiß-grünen Kordel auf, die Nina vorhin gedreht hatte, und faltete die Serviette auseinander. Vorsichtig nahm sie den Spitzenstern, der ganz oben lag, in die Hand.

»Sag bloß, der ist selbst gemacht? Diese Herzen! Und Tannenbäume, wie cool!« Tessa wirkte ehrlich erfreut.

»Ja, ich habe ein wenig Garn dabei, also habe ich schnell zur Häkelnadel gegriffen«, antwortete Nina.

»Extra für mich?« Tessa ließ die Anhänger von ihren Fingern baumeln. »Dann muss ich gleich morgen einen Adventsstrauß zurechtmachen, an dem ich die aufhängen kann. Bis zum Aufstellen des Weihnachtsbaumes dauert es noch viel zu lange.«

Nina schmunzelte. Es war schön zu sehen, wie begeistert Tessa war.

»Warte einen Moment, ich brühe noch schnell den Tee auf, und dann erzählst du mir genau, wie du die gemacht hast.«

Tessa verschwand Richtung Küche, und Nina lehnte sich auf dem bequemen Sofa zurück, erleichtert, dass es so einfach war, mit dieser sympathischen Frau ins Gespräch zu kommen. Sie war überraschend offen für eine Insulanerin, die Onkel Pitt immer als extrem zurückhaltend beschrieben hatte.

Der Tee schmeckte natürlich hervorragend, und Nina war froh, dass Onkel Pitt ihr beigebracht hatte, wie man ihn mit dem richtigen Zeremoniell genoss und sich in Ostfriesland nicht blamierte. Dazu gab es nicht nur Weihnachtskekse, sondern Tessa hatte auch noch einen Apfel-Streuselkuchen gebacken.

»Ohne Rosinen«, verkündete sie, als sie ihn hereintrug und neben die kleine Schüssel mit Schlagsahne stellte. »Ich wusste nämlich nicht, ob du die magst. Da scheiden sich ja die Geister. Mein Vater kann Rosinen nicht ausstehen. Und mein Bruder ist so scharf darauf, dass er sie früher immer auch aus meinem Kuchen gepickt hat, wenn ich nicht aufgepasst habe.«

»Ich liebe Rosinen«, erklärte Nina entschieden. »Und ich würde sie mir nicht klauen lassen.«

Tessa lachte. »Gut, beim nächsten Mal weiß ich Bescheid. Ich setze dich in dem Fall lieber nicht neben Morten, dann bist du sicher.«

Beim nächsten Mal. Das klang schön.

Nicht neben Morten. Das wäre ein bisschen schade, weil sie sich gern einmal länger mit ihm unterhalten würde. Er schien Onkel Pitt gut gekannt zu haben. Zu dessen Freunden und Bekannten in Köln hatte Nina keinen Kontakt gehabt, sodass es niemanden gab, mit dem sie über ihren Onkel sprechen und Erinnerungen austauschen konnte.

Nina trank ihr erstes Tässchen Tee und wandte sich dann dem Kuchen zu, den Tessa ihr auf den Teller gegeben und mit Sahne bedeckt hatte.

»Mit Apfelkuchen und Sahne machst du bei mir nie was falsch«, verriet sie und probierte. »Hm, der ist lecker.«

»Ich mische immer etwas Vanille in den Zimt. Freut mich, wenn's dir schmeckt.« Tessa steckte ebenfalls eine Gabel voll Kuchen in den Mund, kaute und schaute dann auf ihre Armbanduhr. »Wundere dich übrigens nicht, gleich dürfte es etwas laut werden. Wenn die Fähre pünktlich angelegt hat, müssten die Kinder in den nächsten Minuten nach Hause kommen. Die beiden gehen aufs Gymnasium und wohnen unter der Woche im NIGE, dem Internat in Esens. Niedersächsisches Internatsgymnasium«, fügte sie erklärend hinzu, weil Nina sie fragend anschaute.

»Störe ich dann nicht?«, fragte Nina schnell.

»Nein, die jagen hier nur einmal durchs Haus, holen ihre Sportsachen und verschwinden zum Fußballtraining. Wir haben auf Juist eine gemischte Jugendmannschaft.«

Kaum hatte sie den Satz beendet, knallte die Haustür, und ein etwa fünfzehnjähriger Junge platzte ins Wohnzimmer. Seine Schwester, die Nina etwas jünger schätzte, folgte ihm auf dem Fuß. Tessa sprang auf, um ihre Kinder zu begrüßen und herzlich zu umarmen.

»Du hast Besuch«, stellte das Mädchen fest.

»Ja. Das ist Nina. Sie wohnt zurzeit auf dem Hausboot. Und das sind Lia und Arne.«

»Moin!«, sagten die beiden im Chor.

Nina schmunzelte. »Moin. Ich freue mich, euch kennenzulernen.«

»Sorry, wir müssen gleich wieder los«, verkündete Lia. »Fußball.« Sie wandte sich zum Gehen und rief. »Tschüs, bis später.«

Ihr Bruder nickte nur und folgte ihr hinaus.

Tessa atmete einmal tief durch und setzte sich dann wieder.

»Gut. Wo waren wir stehen geblieben?«

»Ich weiß nicht«, schwindelte Nina und schob den letzten Gedanken an Morten beiseite. »Aber wir wollten noch über Handarbeiten reden.«

»Stimmt. Wunderbar. Dass du häkelst, weiß ich nun schon, und wenn ich deine Socken so anschaue, strickst du auch.«

»Das sogar noch lieber«, verriet Nina. »Wenn ich nicht gerade ein kompliziertes Muster stricke, kann ich das blind, und dann ist es mit das Entspannendste, das ich kenne. Es hindert mich bei langen, zähen Videokonferenzen daran einzuschlafen.«

Tessa nickte amüsiert. »Das kann ich mir vorstellen. Aber du hast nicht zufällig jetzt Strickzeug dabei?«

»Nicht hier. Nur auf der Gertje. Einen Islandpullover im Endstadium. Der ist zu groß, um ihn einfach so in der Handtasche mitzunehmen.«

»Schade, sonst hätten wir jetzt nebenbei mit den Nadeln klappern können.«

»Ja, schade, aber ich schau dir auch gerne zu«, versicherte Nina. »Lass dich von mir nicht abhalten.«

Tessa zögerte, dann stand sie auf. »Komm mal kurz mit, ich habe da eine Idee.«

Nina folgte ihr zur Treppe in den ersten Stock. Kaum hatten sie die Stufen betreten, preschten Lia und Arne von oben an ihnen vorbei und liefen aus dem Haus. Wieder knallte die Eingangstür zu.

Tessa schnaubte. »Wenn die beiden doch wenigstens ein einziges Mal ... Aber das soll uns jetzt egal sein.« Sie blieb vor einer Tür stehen und öffnete sie mit einem theatralischen »Tadaa!«

Der schmale Raum diente als Abstellkammer für zahlreiche Umzugskartons, die sich an den Wänden bis zur Decke türmten. Jeder von ihnen trug eine Nummer. Tessa hob einen der Kartons herunter, stellte ihn auf den Boden und machte sich an den nächsten, auf dem eine große schwarze Drei prangte.

Mit zufriedenem Gesicht öffnete sie den Pappverschluss und zeigte Nina den Inhalt.

»Sockenwolle?« Damit hatte Nina nicht gerechnet.

Tessa nickte. »Die ganze Kiste ist voll davon. Such dir was

aus. Dann kannst du gleich mit einem neuen Strickzeug anfangen. Nadeln habe ich unten. Natürlich nur, wenn du magst.«

Nina griff nach einem Knäuel mit Farbverlauf in verschiedenen Rottönen. »Die Farbe hier ist hübsch.«

»Nimm dir zwei Knäuel mit. Und wenn du mehr brauchst, sag Bescheid.« Mit einer ausladenden Handbewegung deutete sie auf die Kartons.

»Alles Garne?« Staunend versuchte Nina sich auszurechnen, wie viele Kilos das sein mochten. »Hast du ein Wollgeschäft ausgeraubt?«

»So ähnlich.« Tessa seufzte. »Allerdings ganz legal. Ich hatte bis zum Spätsommer einen Laden. Leider hat mir der Vermieter gekündigt, weil er umbauen will. Ferienwohnungen sind rentabler als meine kleine Miete.«

»Nein, wie schade!«

»Absolut. Auch wenn ich damals ehrlich gesagt ein ganz anderes Wort benutzt habe«, gab Tessa zu. »Aber immerhin geht mir so bald das Strickgarn nicht aus. Alles bin ich nämlich beim Ausverkauf nicht losgeworden.«

Nina nickte schweigend. Was sollte sie auch Hilfreiches dazu sagen, dass man Tessa ihren Wollladen und damit wohl ihr Einkommen genommen hatte?

*

Tatsächlich floss das Gespräch kurz darauf mit einem Strickzeug in der Hand noch leichter als zuvor. Bis Nina sich schließlich von Tessa verabschiedete, wussten sie schon eine ganze Menge mehr voneinander, als dass sie beide der Spaß am Handarbeiten verband.

Tessas Studienjahre nach dem Abi in Münster waren wohl sehr aufregend gewesen. Bevor sie das Heimweh und ein gewisser Kapitänsanwärter namens Lars doch auf die Insel zurückgetrieben hatten.

Im Gegenzug hatte Nina sogar kurz von ihrer gescheiterten Ehe gesprochen, obwohl sie das seit ihrer Scheidung vor über zehn Jahren nur äußerst selten tat. Doch Tessas offener und verständnisvoller Blick verführte einfach dazu, ihr auch Privates anzuvertrauen.

Nina schlüpfte in ihre Jacke, setzte die Mütze auf und schlang den Schal zweimal um den Hals. Draußen würde sie die Wärme brauchen, man konnte den Wind von hier drinnen ums Haus pfeifen hören.

»Das müssen wir bald wieder machen«, sagte Tessa.

»Aber dann bei mir auf der Gertje«, schlug Nina vor. »Ich kann zwar nicht backen, aber am Montag macht ja die Bäckerei wieder auf.«

»Also sagen wir am Montag? Vielleicht ein bisschen später, so gegen Abend? Die Kinder sind dann wieder weg, und Lars und Morten treffen sich für den Heimatverein mit einem Kunsthandwerker, der demnächst im Haus Siebje ausstellen will.«

»Passt. Komm einfach, wann du willst, ich bin da. Obwohl … würde gegen Abend nicht Glühwein besser passen als Tee?«

»Wir trinken hier auch spätabends noch Tee, aber ich bin zu allen Schandtaten bereit«, versicherte Tessa glaubhaft.

»Gut, ich denke mir was aus.«

Nach kurzem Zögern umarmten sich die beiden Frauen zum Abschied, und Nina machte sich auf den Weg Richtung Hafen. Der kalte Wind blies ihr kräftig ins Gesicht, aber sie empfand die steife Brise als belebend. Genauso belebend wie das Gefühl, heute eine neue Freundin gefunden zu haben.

Kapitel 6

Morten war mit dem Gespräch zufrieden. Der Kunsthandwerker hatte es drauf, und die Ausstellung versprach, ein voller Erfolg zu werden.

»Wollen wir noch was trinken?«, fragte Lars, der ihn begleitet hatte. Er rückte die Rollrandmütze zurecht.

Es war noch kälter geworden, laut der Wettervorhersage rechneten sie mit dem ersten Schnee.

»Ich muss erst noch zur Gertje«, sagte Morten. »Nina hat mir eine Nachricht geschickt, dass etwas mit der Gaszufuhr nicht stimmt. Sie wollte wohl Glühwein aufwärmen, und der Herd hat nur leicht gefunzelt.«

Lars schmunzelte. »Der alkoholische Kick sollte für meine Frau sein. Die beiden treffen sich dort zum Stricken.«

Morten rollte mit den Augen. »Hat Tessa sie auch schon angesteckt?«

»Sie kann es nicht lassen«, bestätigte Lars. »Wenn meine Frau Wolle sieht, muss sie alle Welt dazu bringen, mit ihr zu stricken oder zu häkeln.« Er hob abwehrend die Hände. »Nur an mir ist das bislang abgeprallt. Ich nehme solche Folterinstrumente nicht in die Hand.«

»Meinst du ich? Dann kommt womöglich der gute alte Ekke Nekkepenn und rammt uns die Nadeln ins Bein.«

Lars schaute seinen Freund befremdet an. »Wie kommst du denn jetzt auf unseren Meermann?«

Morten zuckte mit den Schultern. »Ein kleiner Junge hat mich draufgebracht. De lüttje Keerl hat behauptet, Ekke Nekkepenn auf der Gertje gesehen zu haben.«

»Bestimmt hat ihm seine Mutter die Geschichten vom Meermann erzählt, und dann ist seine Fantasie mit ihm durchgegangen. Ganz ehrlich? Ich habe ihn als kleiner Junge geliebt. Jetzt hört man seltener von ihm, aber schön, wenn er nicht ganz vergessen wird.«

»Ich mag diese Mythen auch«, musste Morten zugeben. »Auf jeden Fall sollte ich das Gasproblem erst einmal lösen.«

»Ich begleite dich«, schlug Lars vor. »Was soll ich allein in der Wohnung? Alle ausgeflogen, und dann hocke ich inmitten eines kompletten Weihnachtswahnsinns und muss in ein Kerzenmeer abtauchen. Du kannst dir gar nicht vorstellen, was Tessa so alles auffährt!«

»Doch kann ich.« Morten hob den Daumen.

Sie stapften durch die winterlich kalte Luft. Der Himmel zeigte sich in einem tiefen Schwarz, an dem die Sterne wie winzige Diamanten funkelten. Der Mond thronte als Wächter in einem geformten Halbrund dazwischen.

»Das sieht fantastisch aus, fehlt nur noch die Nase«, sagte Morten. »Eine so klare Nacht gibt es selten.«

»Du bist echt ein Kindskopf!« Lars stieß ihn freundschaftlich an. »Dem Mond fehlt die Nase, und der Meermann besucht die Gertje!«

Morten feixte. Er mochte diese alten Geschichten eben. Punkt. Allerdings war es besser, Lars nicht zu beichten, dass sein Wichtel eine neue Haustür bekam. Sein Freund war eher nüchtern veranlagt, und es reichte ihm sicher, wenn Tessa dem Weihnachtswahn verfallen war. Da musste sein bester Kumpel nicht auch noch damit anfangen. Das war und blieb dann eben sein Geheimnis.

Sie waren am Hafen angelangt und steuerten auf die Gertje zu, die inzwischen das Hausboot des Weihnachtsmanns hätte sein können. In jedem der Fenster schimmerten kleine Lichter.

»O nein, das ist nicht Ninas Ernst!«, entfuhr es Lars. »Die passt zu Tessa, aber hundertpro!«

»Früher gab's einen Adventskranz, und das war's«, murmelte Morten.

Er dachte insgeheim allerdings etwas wehmütig an seine Junggesellenbude, die im Vergleich zu diesem Lichterwunder, das ehrlicherweise an Behaglichkeit kaum zu überbieten war, extrem kalt und ungemütlich wirkte. Morten wollte nicht so schnell dorthin. Im Gegenteil: Er mochte die Gertje und war neugierig, sie gleich zu betreten.

Es war eigentlich bedauerlich, wenn das Boot den Hafen verlassen musste. Nina schien auf dem alten Kahn wahre Wunder zu vollbringen. So prächtig hatte die Gertje noch nie ausgesehen, und Morten ahnte, dass ihn im Inneren gleich ein weihnachtliches Feuerwerk erwarten würde.

Er war froh über die vertrauten Geräusche, als sie den Steg betraten. Er knarrte unter den Schuhsohlen, und die Wellen plätscherten leise gegen die Poller.

Morten klopfte, und kurz darauf öffnete ihm Nina.

»Wie nett, dass du kommst. Tessa und ich dachten schon, wir würden heute auf dem Trockenen sitzen bleiben. Beinahe hätten wir den Glühwein kalt getrunken. Aber schließlich haben wir uns erst mal mit Tee versorgt. Das ging mit dem Wasserkocher.«

Dann entdeckte Nina Lars. »Hej, du auch da! Dann kommt erst einmal rein. Ihr könnt gern einen Glühwein mittrinken. Ich mach ihn nach dem Rezept meiner Mutter mit badischem Weißburgunder. Allerdings habe ich auch noch einen Spätburgunder da, falls ihr lieber Rotwein wollt.«

»Ich gucke jetzt erst mal, wo das Problem liegt«, antwortete Morten, während sich Lars neugierig an ihm vorbeischob, seiner Frau, die mit ihrem Strickzeug auf dem Sofa saß, einen Kuss auf die Wange gab und sich dann genauso interessiert umschaute, wie Morten es tat.

»Gern. Ich zeig dir, was los ist.« Nina riss ihn aus seinen Betrachtungen und führte ihn in die Kombüse, die er kaum wiedererkannte.

Über Pitts altem Bild, das einen Veermaster mit weißen Segeln zeigte, war eine Lichterkette drapiert, und nun wirkte es, als würde sich das Schiff durch ein Sternenmeer bewegen. Über den Küchentisch hatte Nina eine knallbunte und fremdländisch aussehende Decke gebreitet. Darauf lag ein großes Brett mit Orangen- und Zitronenscheiben, daneben standen eine Zuckerschale und mehrere Gewürzdosen. Es blitzte vor Sauberkeit.

»Bist du Innenarchitektin?«, fragte er.

»Ne, hab nur Geschmack«, kam es mit einem Augenzwinkern zurück.

Wenn Morten im Vergleich an das karge Büro in der Hafenmeisterei dachte, an seine Zweizimmerwohnung im Haus seiner Eltern in der Wilhelmstraße … Bei ihm herrschte ein heimeliges Männerchaos, und seine Deko bestand gelegentlich aus leeren Bierflaschen und Pizzakartons, die er in unregelmäßigen Abständen zusammenräumte.

Wofür soll ich es auch gemütlich machen?, dachte er. Seitdem ihn Emilia, seine letzte Freundin, verlassen hatte, weil sie das Leben auf Juist zu eng und zu langweilig fand, verspürte er nur selten Lust, allein in der Wohnung zu sein. Meist besuchte er einen seiner Freunde, davon gab es auf Juist mehr als genug. Auch die alten Zausel Harm, Joost und Fiete zählte er dazu.

Nina stupste ihn an. »Der Herd?«

Morten zuckte zusammen. »Klar, ich guck dann mal.«

Er prüfte alles und kam dem Fehler rasch auf die Spur. »Der Schalter klemmt und lässt dadurch nur eine geringe Menge Gas durch.« Er schaute Nina an. »Ist eben alles schon in die Jahre gekommen. Ich kriege das aber hin. Gut, dass du nicht selbst Hand angelegt hast, damit ist nicht zu spaßen. Dreh bitte das Gas erst einmal ab. Wo das ist, weißt du?«

Nina nickte und verschwand. Das war gut, denn er konnte besser arbeiten, wenn sie ihm nicht auf die Finger schaute.

»Erledigt!«, hörte er.

Morten nahm die Zange, stellte alles wieder richtig ein und prüfte, ob es wirklich in Ordnung war. Nicht, dass noch Gas austrat oder sonst was passierte.

»Kannst es jetzt wieder anmachen!«, rief er und testete die Flamme.

Super, alles in Butter.

Nina war neben Morten getreten.

»Setz dich schon mal zu den anderen, ich mach uns schnell den Wein warm. Ihr wollt doch sicher auch einen! Ist der weiße okay?«

»Gerne!« Er hatte schließlich nichts anderes vor, also ging er weiter in den Wohnraum, der von Nina wie auch die Kombüse weihnachtlich geschmückt war. Strohsterne und wieder mit Nelken gespickte Orangenscheiben. Er entdeckte sogar eine Minikrippe auf dem Beistelltisch. Sie war interessant gearbeitet.

Morten glaubte sich in einem Weihnachtsmärchen. Auf der Gertje lachte ihn das Fest in all seinen Facetten an. Es war grandios, wie Nina das mit dem wenigen und in der kurzen Zeit geschafft hatte.

Der Pelletofen gab behagliche Wärme ab, die Flammen

roter Kerzen züngelten auf dem Tisch, und die ganze Atmosphäre lud zum Verweilen ein.

Zum Glück gab es kein Glitter, stellte Morten zufrieden fest. Denn der Schmuck war geschmackvoll, zum Teil etwas exotisch – aber alles war harmonisch aufeinander abgestimmt. Nina schien keine Glitzerfee zu sein, das hätte auch nicht zu ihr gepasst. Er schätzte sie eigentlich eher pragmatisch ein, obwohl sie wohl ein Händchen fürs Design hatte.

»Gefällt es dir?« Nina, die auf einmal neben ihm stand, legte fragend den Kopf schief. »Die kleine Krippe habe ich aus Peru mitgebracht.«

»Sie ist wunderschön«, sagte Morten. »Wie alles hier. Ich hoffe allerdings, du hast einen Feuerlöscher. Du musst auf dem alten Kahn höllisch aufpassen. Wenn dir eine der Kerzen umfällt, dann brennt das wie Zunder, und vergiss nie, dass du Gas an Bord hast und vieles aus Holz besteht. Ich würde auf LED-Kerzen gehen.«

»Du hast recht, das mache ich«, sagte Nina. »Jetzt trinken wir aber erst mal Glühwein. Den haben wir uns verdient.«

*

Zwei Stunden später saßen Morten und Lars immer noch in der Gertje. Die Atmosphäre war locker, und sie hatten es geschafft, sowohl den weißen als auch den roten Glühwein bis auf den letzten Tropfen zu leeren. Eigentlich mochte Morten Punsch nicht besonders, aber dieser selbst gemachte Würzwein war richtig lecker gewesen. Zimt, Sternanis, Nelke, Muskatnuss, Kardamom wiederholte er in Gedanken die Gewürze, die Nina aufgezählt hatte, als Tessa das Rezept wissen wollte.

»Juist könnte insgesamt etwas mehr Adventszauber gebrauchen, und wir sollten uns überlegen, ob wir nicht einen

Basar veranstalten können«, meinte Tessa. »So etwas gab es früher schon mal, ist aber wieder eingeschlafen, dabei war es eine so schöne Tradition. Jetzt, in der Vorweihnachtszeit, wenn die ersten Gäste kommen, wäre das ein idealer Zeitpunkt. Wir könnten weihnachtliche Basteleien verkaufen.« Sie schaute Nina an. »Es sollte aber auch den echt ostfriesischen Orangenpunsch geben. Und einen richtig starken Grog. Dein Glühwein war so gut, meinst du, den können wir auch in größeren Mengen anbieten, oder wird das zu teuer? Das fertige Glühweinzeugs aus der Flasche schmeckt zu süß und einfach schauderhaft.«

»Ja, das würde klappen. Eine wunderbare Idee!«

Tessa legte das Strickzeug auf die Knie und schaute die anderen fragend an. »Was meint die Männerfraktion zu der Idee?«

»Grog, Punsch und das andere klingt super«, antwortete Morten. »Dann wankt halb Juist über die Insel. Was zu essen bräuchten wir dann aber auch noch.«

Tessa nickte. »Darüber machen wir uns Gedanken. Versprochen. Aber wo soll das Ganze stattfinden? Wir müssen einen geeigneten Ort finden.«

Morten zog fragend die Brauen hoch und zuckte dann mit den Schultern.

»Könnten wir den Basar nicht hier auf der Gertje machen?«, schlug Nina vor. »Ich finde Basteleien gut, aber warum nicht auch Strickwaren? Das wäre dann ein Adventszauber mit Wolle! Du hast doch noch Unmengen an Resten, und die schreien förmlich danach, verstrickt zu werden.«

»Verstrickt?« Morten verzog schelmisch das Gesicht.

»Was hast du damit für ein Problem?« Nina schaute ihn verständnislos an.

»Verstrickt ist wie verfahren oder verlaufen«, erklärte

Morten. »Wenn du also Wolle verstrickst, dann ist damit was schiefgegangen.«

Nina prustete los und wechselte einen raschen Blick mit Tessa. »Witzbold.«

Es dauerte eine Weile, ehe die vier sich wieder eingekriegt hatten, weil jedem noch weitere Wörter einfielen.

»Verimpft«, schlug Lars am Ende vor. »Wer weiß, wo dann die Nadel gelandet ist.« Er hielt sich die Stirn.

»So, nun aber wieder ernsthaft«, meinte Tessa, konnte aber ein neuerliches Kichern nicht unterdrücken. Sie atmete tief durch und trank einen Schluck Glühwein. »Ich finde die Idee mit den Wollwaren nämlich grandios. Trotzdem können wir auch Basteleien anbieten, was meinst du, Nina?«

»Natürlich. Der Schwerpunkt müsste dennoch auf den Stricksachen liegen. Aber vor allem müssen wir dafür sorgen, dass du deine Wolle loswirst. Da lagert ja ein Vermögen.« Nina krauste die Stirn. »Aber wir zwei schaffen das nicht allein.«

»Das ist richtig.«

»Auf Juist gibt es doch genug Frauen, die bestimmt gerne mitstricken«, mischte sich Lars ein.

»Was für ein genialer Einfall, werter Herr Gemahl!« Tessa gab ihm einen Kuss auf die Wange. »Ich hör mich mal um.«

»Wenn ihr LEDs und keine echten Kerzen auf dem Kahn nehmt, habe ich keine Einwände, sondern sogar noch eine gute Idee«, warf Morten ein.

»Und die wäre?«, fragte Nina.

»Ihr könnt doch den gesamten Hafen miteinbeziehen. Auf der Gertje wird das mit den Getränken und dem Essen viel zu eng. Ich sehe vor meinem geistigen Auge schon Unmengen dieser Pullover und Schals. Daneben eine Currywurst oder eine Waffel mit Puderzucker! Dann könnt ihr euch gern zuvor verstricken, weil eure Arbeit ohnehin ruiniert wird.«

»Oje, da hat er recht«, stimmte Nina sofort zu.

»Morten, unser Pragmatiker! Kannst du das klären?«, fragte Tessa. »Ich kümmere mich um die Strickdamen. Nina kann den Basar planen, er findet schließlich in ihrem derzeitigen Zuhause statt.«

»Und an wen geht der Erlös?«, fragte Lars.

»Wir ziehen meine Materialkosten ab, Nina bekommt eine kleine Miete, die Strickfrauen werden entlohnt, und den Rest teilen wir auf. Was in den Buden eingenommen wird, müssen die Besitzer selbst klären.«

»Klingt gut!« Morten stand auf.

Es wurde Zeit, in seine Wohnung zu gehen, sich mit einer Sportsendung berieseln und dann den Tag ausklingen zu lassen. Er hatte noch Nudeln von gestern, ein paar Kohlenhydrate nach dem vielen Alkohol wären sicher gut.

»Wir kommen mit.« Tessa packte das Strickzeug zurück in die Tasche. Sie nahm Nina beim Abschied in den Arm. Lars und Morten begnügten sich mit einem Kopfnicken.

»Es war ein toller Abend«, sagte sie.

»Den wir wiederholen werden«, versprach Tessa. »Jetzt erst recht, denn wir müssen so schnell wie möglich in die Planung gehen. Sobald ich mich umgehört habe, melde ich mich bei dir. Der Basar sollte kurz vor Weihnachten stattfinden. Ich stelle ihn mir als eine Art Tag der offenen Hausboottür vor. Selbst wenn es eine Abschiedsparty von der Gertje ist.«

Tessa umwickelte den Hals mit einem dicken Strickschal und zog den Daunenmantel an, den Lars ihr hinhielt.

»Dein Glühwein macht ihn zum Kavalier«, sagte sie. »Mehr davon.«

Lars wuschelte seiner Frau liebevoll durchs Haar, bevor sie die Mütze darüberstülpte.

Morten trat als Erster auf die Kaianlage. Er schaute in

Richtung Festland, doch dann glitt sein Blick gen Norden. Das gab es doch gar nicht! Es war ein seltenes Schauspiel, aber es kam ab und zu auch bei ihnen vor.

»Schnell«, rief er. »Wenn ich mich nicht täusche, gibt es gerade ein echtes Spektakel. Wir müssen zum Strand. Sofort! Holt Nina!«

»Die ist schon da. Was ist los?«

»Ekke Nekkepenn hat was für uns«, erklärte Morten.

*

In Windeseile war Nina in ihre Jacke geschlüpft, gemeinsam hatten sie sämtliche Kerzen gelöscht und waren dann quer durch den Ort zu den Dünen gelaufen.

Ehrfürchtig bestaunten sie den Himmel, der sich in bunten, umherhuschenden Farben präsentierte.

»So etwas Schönes habe ich noch nie gesehen«, murmelte Nina und konnte offenbar den Blick nicht vom Horizont reißen. »Ich bin zwar schon weit herumgekommen, auch im Norden, aber Polarlichter habe ich bisher tatsächlich erst einmal bestaunen dürfen. Und das war nur ziemlich kurz und farblos. Wie eindeutig sie mit bloßem Auge zu erkennen sind, hängt von der Intensität des Sonnensturms ab.«

»Juist empfängt dich tatsächlich sehr freundlich«, sagte Morten mit bewegter Stimme.

»Das kommt nicht oft vor, oder?«

»Nein«, raunte er. »Vielleicht einmal in der Dekade, wenn der Sonnensturm so heftig ist, dass auch wir die daraus entstehenden Lichter sehen können. Im letzten Monat konnten wir es schon einmal beobachten. Genieße es!«

»Das mache ich!«

Es war schön, so nah neben seinen Freunden und Nina zu stehen und das Himmelsspektakel zu bestaunen. Der Horizont spiegelte ein sehr zartes Türkis, ein leichtes Gelb und einen huschenden Blauton. Die Männer zückten das Handy und machten mehrere Fotos. Morten zeigte seine Nina.

»Auf Fotos ist es richtig deutlich zu erkennen«, sagte er. »Sogar das Pink. Sonst wirkt es ja eher schwach, aber auch da schon beeindruckend.«

»So sehen also Wunder aus«, flüsterte Nina, während sie die Fotos betrachtete.

Morten freute sich, dass er ihrem Gast etwas so Einzigartiges bieten konnte. Wo er Nina doch schon die Gertje nehmen musste.

*

Nach einer halben Stunde war die Erscheinung leider vorbei, und die festliche Stimmung, die von den vieren Besitz ergriffen hatte, verschwand.

Morten räusperte sich.

»So, das war's.«

»Schade. Es war fantastisch.«

»Einzigartig«, schwärmte Tessa. »Für mich war es auch das erste Mal, dass sich mir die Nordlichter gezeigt haben.« Sie seufzte wohlig. »Aber nun müssen wir nach Hause. Da kann ich mir die Fotos in Ruhe ansehen. Außerdem ist mir echt kalt.«

»Ich geh dann ebenfalls«, sagte Nina.

»Besser, ich bringe dich«, bot Morten an. »Am Hafen ist es jetzt doch sehr einsam. Das Stück durch die Dünen können wir ja noch alle zusammen gehen.«

Und so stapften sie schweigend los, in Gedanken immer noch bei dem beeindruckenden Naturschauspiel.

An der Ecke Strandstraße, Friesenstraße trennten sich ihre Wege, weil Tessa und Lars nach rechts abbiegen mussten, um schnellstmöglich zu ihrem Haus zu kommen, das an der Stichstraße zum Damenpfad lag.

»Was war das eigentlich vorhin mit diesem Typen, von dem du auf der Gertje gesprochen hast?«, fragte Nina.

»Ekke Nekkepenn?«

»So hieß der, ja.«

Morten schmunzelte. »Das ist unser Meermann. Davon gibt es eine Menge an der Küste, aber Ekke ist der bekannteste. Hast du noch nie von ihm gehört?«

»Nein.«

Morten verstellte seine Stimme, gab ihr einen schaurigen Unterton und begann beim Reden wild zu gestikulieren: »Darf ich vorstellen, ich bin der uralte Wassergeist Ekke Nekkepenn, und ich lebe am Grund der Nordsee. Siehst du meine grünen Fischzähne? Wenn ich will, kann ich zahlreiche Gestalten annehmen!«

Nina blieb stehen. »Ähnliche Geister kenne ich aus Schottland, und in Island gibt es Trolle und wilde Weihnachtsgesellen, die aus den Bergen kommen. Aber mit dem Fest hat der Nekkepenn nichts zu tun, oder?«

»Nein, er ist nur für die See zuständig. Dafür hat jedes Haus, wenn es das möchte, seinen eigenen Wichtel«, erklärte Morten. Er wusste selbst nicht, warum er nun ausgerechnet Nina von Hanno und der neuen Wichteltür erzählte. Vielleicht war es die besondere Stimmung durch die Nordlichter, die ihn so gesprächig machte.

»Die baust du tatsächlich selbst?« Nina schien interessiert zu sein, sogar ein wenig beeindruckt.

»Ja, schließlich muss ich meinen Hanno freundlich stimmen, sonst macht er mir zu viel Unfug. Obwohl – heutzutage ist er zahm. Ich vermisse seine Streiche etwas, aber so ist das eben, wenn man erwachsen wird. Nur so eine Tür ohne

Leben dahinter ist zwar ein bisschen langweilig, aber ich will trotzdem nicht drauf verzichten.«

»Was hat Hanno denn früher alles angestellt?«

»Als Kind hat er zum Beispiel mal meine Socken durchlöchert. Da habe ich ihm etwas Holz vor die Tür gelegt, damit er gut heizen kann, und dann gab es als Dankeschön Pudding zum Frühstück. Natürlich weiß ich, dass es meine Eltern waren. Ich wohne bis heute über ihnen im selben Haus. Das ist hier häufig so, hat also nichts damit zu tun, dass ich ein Mamasöhnchen bin. Wohnraum auf der Insel ist knapp und sehr teuer«, fügte Morten erklärend hinzu. »Da ist es gut, wenn man Eigentum besitzt.«

»Das hab ich gelesen«, antwortete Nina. »Schade, wenn das ein Problem auf einer so zauberhaften Insel ist.«

Sie waren an der Gertje angekommen.

Nina umarmte ihn spontan zum Abschied. »Mir gefällt es trotzdem richtig gut auf Juist«, erklärte sie. »Allein wegen dieser mystischen Geschichten. Obwohl ich mal vermute, dass hier auf der Insel nicht jeder seinen Weihnachtsgeist hat.«

»Das könnte stimmen, aber auf der Gertje, da kann zumindest unser Ekke mal auftauchen. Sei unbesorgt, ich bin dann in der Nähe.«

»Mach dir keine Gedanken – mit dem Meermann werde ich schon fertig.« Nina stupste Morten an.

Er musste doch ein wenig enttäuscht ausgesehen haben, denn sie fügte schnell hinzu: »Aber wenn es richtig brenzlig wird, dann melde ich mich. Versprochen. Ich hab ja deine Nummer.«

Kapitel 7

Ekke Nekkepenn.

Nina schmunzelte immer noch, als sie begann, Wohnraum und Küche aufzuräumen. Sie hatte tatsächlich noch nie von diesem Meermann gehört, obwohl ihr andere Sagenfiguren vertraut waren, die ihre Form verändern konnten. Zum Beispiel die schottischen Selkies: mythologische Wesen, die zwischen menschlicher und Robbengestalt wechselten. Männliche Selkies galten in ihrer menschlichen Form als sehr gut aussehend und für menschliche Frauen mit verführerischen Kräften ausgestattet.

Nein, Morten war ganz bestimmt kein Selkie, auch wenn das mit dem guten Aussehen stimmte. Zu einer anderen Zeit und unter anderen Umständen hätte sie durchaus an einem Mann wie ihm Interesse gehabt. Aber sie würde nur wenige Wochen hier sein und war ohnehin nicht auf der Suche.

Ekke Nekkepenn.

Mit welch berührender Ernsthaftigkeit Morten von dem alten Wassergeist gesprochen hatte. Er war richtig aufgetaut dabei, obwohl das vielleicht auch an ihrem selbst gebrauten Glühwein lag. Wie Morten mit verstellter Stimme und wilden Gesten versucht hatte, ihr die Sagengestalt näherzubringen! Sie hatte sich köstlich amüsiert.

Dann die Geschichte vom Weihnachtswichtel. Es war fast so, als ob Morten ihr seinen Mitbewohner vorgestellt hatte.

Er bedauerte also, dass Hanno einfach nur stumm bei ihm wohnte. Brauchte der kleine Wichtelmann vielleicht Hilfe? Ihre Hilfe, um wieder richtig lebendig zu werden?

Zufrieden sah Nina sich in der nun wieder ordentlichen und sauberen Kombüse um. Dann ging sie hinüber in den Wohnraum, setzte sich noch ein Weilchen auf das Sofa und griff nach ihrem Strickzeug, um langsam herunterzufahren. Sie hatte häufig Einschlafschwierigkeiten, doch das stille Vor-sich-hin-Arbeiten entspannte sie.

Nur nicht *ver*stricken, schoss ihr durch den Sinn, und sie musste schon wieder lachen.

*

Nina hatte sich fest vorgenommen, Mortens Weihnachtswichtel bei seinen Streichen zu unterstützen. Ihr gefiel dieser alte Brauch. Allerdings war das nicht ganz einfach, denn Morten kam nur selten in die Hafenmeisterei, sodass es wenig sinnvoll erschien, ihn dort heimzusuchen. Außerdem lebte Hanno ja bei Morten zu Hause. Sie musste also zunächst einmal herausfinden, wo dieser wohnte.

Am einfachsten wäre es natürlich, Tessa zu fragen, allerdings möglichst unauffällig, sodass sie nicht auf falsche Gedanken kam, warum sich Nina für die Wohnung ihres Bruders interessierte.

Nach kurzem Hin- und Herüberlegen fiel ihr endlich ein plausibel klingender Grund ein, und sie rief Tessa an.

»Moin, Nina. Wie schön, dass du dich meldest«, sagte die sofort, »ich wollte mich noch für den gemütlichen Abend bedanken.«

»Der ist nur durch euch so wunderschön geworden. Und dann die Nordlichter! Das war wirklich was Besonderes.«

»Das war es. Ich habe heute Morgen übrigens noch einmal nachgedacht«, fuhr Tessa fort. »Zum Thema Basar.«

»Hat unsere spontane Idee die Nacht nicht überlebt?« Nina versuchte, die aufkommende Enttäuschung in ihrer Stimme zu verbergen.

»Doch, natürlich. Die Idee ist grandios. Aber willst du dir wirklich so viel Arbeit aufhalsen, nur um uns hier auf Juist einen Gefallen zu tun? Und dann noch alle möglichen Leute sozusagen in deinem Wohnzimmer herumtrampeln lassen? Ich könnte auch die Inselpastorin fragen, ob der Terrassensaal frei ist.«

»Nein, nein. Wenn ich was sage, dann meine ich das auch so. Glaub bloß nicht, dass du aus der Sache rauskommst, nur weil wir ein bisschen beschwipst waren! Ich will weiter Spaß mit dir haben, und den wird der Basar bestimmt bringen!«

Tessa lachte. »Das höre ich natürlich gern. Dann beginne ich heute Nachmittag mal mit der Orga und spreche, wie abgemacht, ein paar Leute an, ob sie Zeit und Lust haben dabei zu sein. Allein schaffen wir das nicht.«

»Stimmt. Dabei kann ich aber schlecht helfen. Was also soll ich inzwischen tun?«

»Stricken«, antwortete Tessa. »Wie gut und schnell bist du im Sockenstricken?«

»Das kommt auf die Dicke der Wolle an. Übung hab ich auf jeden Fall.«

»Das war meine Hoffnung. Ich mache das nämlich nicht besonders gern. Ich bin mehr der Typ für Pullis und Jacken. Beides habe ich sogar noch, weil ich sie nicht mehr in meinem Laden verkaufen konnte. Der Grundstock wäre also da.«

»Dann soll ich die Socken übernehmen?«

»Ja, das würde helfen. Die sind nicht so groß und aufwendig, und man kann sie bestimmt gut verkaufen. Hast du Zeit und Lust dazu? Warte mal, da kommt gerade ein Anruf. Bin gleich zurück.«

Tessa hatte offenbar das andere Gespräch angenommen, denn Nina hing nun in der stummen Leitung. Sie wartete und blickte sich dabei in ihrem Wohnraum um. Wenn man den kleinen Tisch aus der Küche als Ausstellungsfläche dort drüben hinstellen würde …

»So, bin wieder da«, meldete sich Tessa zurück. »Ich packe noch ein paar Knäuel Sockenwolle in eine Tasche, die kannst du später irgendwann bei mir abholen. Dann geht dir das Material nicht aus. Alles Weitere besprechen wir, wenn ich weiß, dass es auch mit dem ganzen Genehmigungskram klappt, okay? Ich denke, bis morgen Abend müsste alles klar sein. Morten trete ich noch einmal auf die Füße, damit er sich schnell darum kümmert, dass wir den Hafen miteinbeziehen dürfen.«

»Klingt gut. Wann soll ich vorbeikommen und die Wolle holen?«

»Ist heute alles ein bisschen knapp. Ich muss noch einiges erledigen, und abends sind Lars und ich bei Freunden eingeladen. Am besten also zwischen fünf und halb sechs, wenn das geht.«

»Ich bin ein freier Mensch und mache es einfach möglich«, erklärte Nina. »Ach, da fällt mir ein«, fügte sie schnell hinzu, »Morten hat gestern einen Schraubenzieher bei mir liegen lassen. Ich würde ihm den auf dem Weg gerne in den Briefkasten werfen. Wo wohnt er denn?«

Tessa nannte ihr die Adresse und fragte im selben Atemzug: »Brauchst du sonst noch was? Vielleicht Baumwollgarn für solche Spitzensterne, wie du sie mir geschenkt hast? Ich habe weißes mit einem Silberfaden drin. Also falls du mal eine Pause von den Socken einlegen willst …«

Nina mochte Tessas engagierte Art und ließ sich nur zu gern von ihr mitreißen.

»Wenn du willst, häkle ich auch noch ein paar Sterne. Allerdings würde ich meine Pausen tagsüber lieber draußen verbringen. Falls du es übersehen haben solltest – ihr habt hier einen fantastischen, langen Sandstrand.«

Tessa stimmte ihr freudig zu. »Das ist wahr. Nutz die Zeit und das Wetter. Es soll heute und morgen trocken bleiben.«

»Bis später also, ich bin um fünf bei dir.«

*

Nina verbrachte tatsächlich einige Stunden mit einem langen Strandspaziergang, ließ sich vom Wind durchpusten und kehrte glücklich und zufrieden mit den Jackentaschen voller Schätze zurück. Eigentlich hatte sie gar nichts sammeln wollen, doch immer wieder einmal hatte sie eine Muschel entdeckt, die sie einfach mitnehmen musste. Eine in einer anderen Farbe oder einer anderen Form als die umliegenden, eine, die irgendwie besonders war. Interessant geformte Schneckenhäuser waren ihnen gefolgt und kleine bunte Steine.

Das erste braune Steinchen hatte sie erfreut als Bernstein identifiziert, den man hier auf der Insel ja gelegentlich fand. Dann jedoch hatte sie bald darauf zwei weitere braune und schließlich auch ein grünes und ein weißes Steinchen entdeckt und genauer hingesehen. Es war doch nur Strandglas, alte Scherben, die das Meer glatt geschliffen hatte. Dennoch waren sie hübsch anzusehen, und als Kind hätte sie die kleinen »Edelsteine« wohl stolz in ihre Geheimkiste gepackt.

Nina wusch die neuen Schätze und legte sie zum Trocknen auf Zeitungspapier. Ihre Freundin Steffi würde sich darüber freuen und außergewöhnliche Schmuckstücke daraus herstellen, die sie dann auf einem der Kunsthandwerkermärkte verkaufte. Allerdings erst im Januar, denn jetzt stand sie gerade mit ihrem Stand auf dem Freiburger Weihnachtsmarkt.

Ninas Gewissen meldete sich – sie hatte Steffi längst anrufen wollen. Überhaupt hatte sie sich vorgenommen, besseren Kontakt zu ihren Freundinnen und Freunden zu halten. Es waren ihr ja über die Jahre ohnehin nur wenige geblieben. Für viele galt eben doch *Aus den Augen, aus dem Sinn*. Bei jedem Umzug, bei jedem neuen längeren Auslandsaufenthalt und vor allem auch nach ihrer Scheidung waren Menschen zurückgeblieben, von denen sie nie wieder gehört hatte.

Wahrscheinlich würde es mit Tessa nicht anders sein. Das war schade. Die Juisterin war ihr ungeheuer sympathisch, und sie hatten bereits viele Gemeinsamkeiten entdeckt, angefangen von ihrer Liebe zur Wolle und zum Handarbeiten, bis zu dem Bedürfnis, ihre Umgebung adventlich zu schmücken.

Wobei Tessa ihr da deutlich überlegen war, selbst nachdem Nina noch einige zusätzliche Lichterketten und Kerzen erstanden hatte.

Sie würde Tessa zum Abschied den Adventsschmuck dalassen, denn wenn es mit der Stelle auf Island klappte, würde sie dorthin nur mit dem üblichen kleinen Gepäck ziehen. Und dann hoffentlich in Reykjavik endlich einmal so etwas wie eine dauerhafte Bleibe und eine Heimat finden. Anders als bei ihrem Job in Freiburg würde sie bei *Íslandsferð – Icelandic Travels* nicht mehr ständig auf Reisen sein müssen.

*

Als Nina schließlich aufbrach, um die Wolle abzuholen, hatte sie einen Klebebandabroller dabei. Sie ging nicht direkt zu Tessa, sondern machte einen Umweg an Mortens Haus vorbei. Nirgendwo brannte Licht, also war niemand zu Hause, das war gut so. An einem der beiden Briefkästen stand R. + M. Janßen, an dem darüber M. Janßen. Das musste also Mortens Briefkasten sein.

Natürlich hatte er am Vorabend keinen Schraubenzieher auf der Gertje vergessen, aber durch Tessas Auskunft konnte Nina nun erkunden, wo und wie sie Hanno bei seinen Streichen zur Seite stehen konnte.

Zu ihrer Freude stellte sich heraus, dass Morten an der Seite des Hauses eine eigene Eingangstür hatte. Mit einem schnellen Blick die Straße entlang vergewisserte sich Nina, dass niemand sie beobachtete, nahm das Klebeband aus der Tasche, riss zwei längere Stücke vom Abroller und klebte sie kreuzweise über das Schlüsselloch.

Das entsprach zwar nur einem winzigen Streich, aber Morten würde sich bestimmt wundern. Das war es schließlich, was sie beabsichtigte. Hanno und sie mussten sich ja erst mal warmlaufen.

Schnell ging Nina wieder zurück zur Straße und weiter zu Tessa. Die drückte ihr nach dem Öffnen sofort eine Stofftasche voller Wollknäuel in die Hand und entschuldigte sich, dass sie leider kein bisschen Zeit hatte, weil sie sich noch die Haare waschen wollte.

»Bei mir dauert es leider immer etwas länger, als du das wahrscheinlich kennst«, sagte sie mit einer Grimasse und betrachtete nachdenklich Ninas superkurzen Haarschnitt.

»Ich bin in drei Minuten fertig. Hat seine Vorteile«, erklärte Nina.

»Vielleicht sollte ich Lars mal fragen, was er davon hält, wenn ich zum Friseur gehe?«

»Ich wette, gar nichts. Stehen Männer nicht immer auf langes blondes Haar?«

»Lars steht auf mich, nicht auf mein Haar!«, erklärte Tessa

entschieden. »Aber ich glaube, ich traue mich ohnehin nicht, so etwas Radikales auszuprobieren.«

»Für mich ist das die ideale Frisur, weil ich ja so viel unterwegs bin. Ich brauche nicht einmal einen Föhn.«

»Klingt wirklich sehr praktisch.«

»Ist es. Aber ich störe dich nicht länger, habt einen schönen Abend.«

»Du auch – Wolle hast du ja jetzt genug.« Tessa grinste. »Zum Thema Basar melde ich mich morgen gegen Abend oder so.«

Zufrieden marschierte Nina zurück zur Gertje. Zu schade, dass sie nicht sehen konnte, wie Morten reagierte, wenn er den Schlüssel ins Schloss stecken wollte und das nicht gleich klappte. Hoffentlich verstand er den Spaß und fand ihre Aktion nicht völlig daneben. Aber eigentlich hatte Nina am gestrigen Abend den Eindruck gehabt, dass er durchaus einen ähnlichen Humor hatte wie sie selbst.

*

Nina schlief in dieser Nacht ausgesprochen gut und erwachte am folgenden Morgen voller Energie. Der Himmel zeigte sich, wie Tessa angekündigt hatte, zum größten Teil blau, und Nina beschloss, dass heute ein idealer Tag war, um sich ein Fahrrad zu mieten und zur Bill zu fahren.

Sie war einmal mit Onkel Pitt am Westende der Insel gewesen, allerdings im Sommer, und dort dann in der Domäne Bill eingekehrt. Nina erinnerte sich nur allzu gern daran, wie ausgesprochen lecker der zentimeterdicke mit Butter beschmierte Rosinenstuten geschmeckt hatte. Bestimmt war das Ausflugslokal um diese Jahreszeit geschlossen, aber war nicht ohnehin der Weg das Ziel?

Als Nina aufbrach, stellte sie erfreut fest, dass der Wind

der letzten Tage deutlich nachgelassen hatte. Natürlich hatte sie sich gut eingemummelt und Regenzeug in ihren Rucksack gepackt – am Meer wusste man ja nie, wie schnell das Wetter umschlagen konnte, besonders jetzt zu Winterbeginn.

Es gab auf Juist ausreichend Fahrradverleihe, auch wenn nicht alle geöffnet hatten. Nina wählte einfach den nächstgelegenen und betrat den großen Raum, in dem sich unzählige Fahrräder befanden. Es gab große und kleine, Kinderräder und E-Bikes. Auch Helme und Fahrradsitze waren im Angebot. Der ganze Raum roch nach Gummi und Öl, aber nicht unangenehm. Zu ihrer Überraschung kannte sie die Frau, die aus dem hinten angegliederten kleinen Büro trat.

»Moin. Lientje, nicht wahr? Wir haben uns letzte Woche in der Spelunke kennengelernt.«

»Ich erinnere mich.« Lientje strich sich das Haar hinters Ohr. Dann lächelte sie plötzlich. »Du bist Nina.«

»Genau.«

»Ich habe gehört, du wohnst jetzt auf dem alten Hausboot im Hafen?«

»Ja, mein Onkel ist vor Kurzem gestorben und hat mir die Gertje hinterlassen.«

»Womit kann ich dir helfen?« Lientje ging nicht weiter auf Ninas Worte ein. »Hast du eine Frage, oder brauchst du ein Rad?«

»Ich möchte ein Fahrrad leihen. Für heute.«

»Nicht für länger? Du bist doch wahrscheinlich noch eine Weile da?«

»Bis ins neue Jahr, denke ich. Aber ich gehe normalerweise gerne zu Fuß, ich habe ja Zeit. Nur heute möchte ich das Wetter ausnutzen und mir die Insel in Richtung Bill anschauen.«

Lientje wechselte zu einem geschäftlichen Ton. »Möchtest du ein E-Bike oder lieber ein normales?«

Nina zögerte. Zwar war sie durch das Radeln in Freiburg und Umgebung gewohnt, häufig kräftig zu treten, wenn es bergauf ging, was vielleicht das Fahren gegen den Wind ausgleichen würde. Dennoch – sie wollte sich hier erholen und nicht unnötig verausgaben.

»Ein E-Bike wäre nicht schlecht.«

»Ich gebe dir eins, das von der Rahmengröße gut passen müsste.«

Nina bezahlte den Tagestarif, und Lientje händigte ihr das Rad aus.

»Immer abschließen. Du kannst gar nicht so schnell gucken, wie das Rad weg ist. Viel Spaß.« Sie musterte Nina. »Triffst du noch jemanden?«

»Nein, warum?«

»So allein auf der Insel ist es bestimmt ziemlich langweilig. Touristen sind ja im Moment nur wenige hier.«

»Es macht mir nichts aus, allein Rad zu fahren, ich finde das entspannend«, gab Nina zurück. »Und ein paar Leute habe ich schon ein bisschen näher kennengelernt. Tessa zum Beispiel, und auch Morten, den Hafenmeister.«

»Ach ja, Morten.« Ein süßliches Lächeln überzog Lientjes Gesicht, und ihr entwich so etwas wie ein leichter Seufzer. »Wir stehen uns sehr nahe, weißt du?«

Natürlich wusste Nina das nicht. Morten hatte ihr nichts über sein Privatleben auf die Nase gebunden. Aber es überraschte sie auch nicht sonderlich, dass die beiden zusammen waren. Lientje war eine attraktive Frau. Obwohl Nina sie an dem Abend in der Spelunke nicht sonderlich sympathisch gefunden hatte.

Gut, damit war das auch geklärt, und sie konnte sich auf den Weg gen Westen machen.

Nina fuhr langsam und gemütlich, den Motor auf ECO geschaltet, sodass er das Treten nur ein kleines bisschen leichter machte. Es war herrlich, einfach geradeaus zu fahren und sich vorzustellen, irgendwann den Horizont zu erreichen. Jenseits des Ortsteils Loog war kein Mensch mehr zu sehen, nur Möwen und andere Vögel, die Nina zu ihrem großen Bedauern nicht bestimmen konnte, belebten gelegentlich den Himmel.

Ihre Gedanken flogen ebenfalls hin und her, streiften Morten, für den sie sich noch einen neuen harmlosen Streich ausdenken musste, und landeten natürlich bei dem geplanten Basar.

Es wäre wirklich schön, dabei mitzuhelfen und etwas Sinnvolles zu tun zu haben. Nach den hektischen Wochen im Reisebüro, unterbrochen von einer Schwedentour mit zwanzig anspruchsvollen Teilnehmerinnen und allem Organisatorischen, was nach Onkel Pitts Tod angefallen war, hatte Nina es sich herrlich entspannend vorgestellt, hier einfach nur abzuschalten, spazieren zu gehen, zu lesen und zu handarbeiten. Nun war sie gerade mal eine Woche auf Juist und schon – sie musste es ehrlich zugeben – wurde ihr die Zeit ein bisschen lang.

Endlich war Nina am Westende der Insel angelangt. Der Wind hatte aufgefrischt, aber es sah nicht nach Regen aus. Sie stieg vom Rad und schaute sich um.

Strand, Dünen, Wasser, Himmel. Unendlicher Himmel, der irgendwo ins Meer überging.

Nina atmete tief ein und ganz langsam wieder aus. Wie wunderbar klein und unbedeutend sie und ihre Sorgen auf einmal waren, wenn sie so in die Weite blickte.

Es würde alles gut werden.

*

Nina war noch nicht lange von ihrer Radtour zurück, als das Handy klingelte. Es war Tessa, wie erhofft.

»Und – was hast du heute gemacht? Ich hoffe, du holst dir keine Sehnenscheidenentzündung beim Stricken und vereinsamst auch nicht.«

»Keine Angst«, beruhigte Nina sie, »ich bin manchmal eine richtige Einzelgängerin. Im Moment genieße ich meine einsamen Strandspaziergänge und die Ruhe in meinem Leben. Ich war in den letzten Jahren beruflich fast ständig unterwegs. Aber im nächsten Jahr will ich das ändern.«

»So ein unstetes Leben stelle ich mir auch ziemlich anstrengend vor. Ich hoffe, du hattest heute einen schönen Spaziergang.«

»Dieses Mal habe ich mir ein Fahrrad geliehen und bin zur Bill gefahren. Seit einer halben Stunde stricke ich brav. Im Moment noch an meinem Islandpullover, aber der ist fast fertig. Dann geht's an die Socken.«

»Klingt gut. Wie fein, dass wir jetzt kurz klönen können. Es sieht nämlich sehr gut aus für unsere Idee. Ich glaube, aus dem Basar wird wirklich was. Es gibt da nur noch ein klitzekleines Hindernis …«

»Ja?«

»Aber das kriege ich hin«, versicherte Tessa, ohne mehr zu verraten. »Ich habe da so meine Methoden, Menschen zu überzeugen. Weißt du was? Wir tun jetzt einfach mal so, als ob der Basar sicher stattfindet. Schließlich können wir ja nicht bis zur letzten Sekunde warten, die Hände in den Schoß legen, und letztlich fehlt uns dann die Zeit zur Vorbereitung.«

»Ich bin dabei. Und falls doch noch was schiefläuft, bekommen eben alle Verwandten und Bekannten selbst gestrickte Socken zu Weihnachten.«

Tessa prustete los. »Das ist eine prima Idee, und es erspart das lange Grübeln, was man wem schenken soll.«

Nina musste sich eingestehen, dass sie in dieser Hinsicht leider nicht allzu viel nachzudenken hatte. Eine Kleinigkeit für Steffi und deren Tochter, für andere Freunde und Freundinnen in verschiedenen Ländern Weihnachtskarten mit einem gehäkelten Christbaumanhänger ... Das war's schon. Kein Weihnachtsessen mehr mit Onkel Pitt, bei dem er nicht nur Kölsch trank, sondern bald auch noch *op Kölsch* zu singen begann. Ach, wie sie ihn vermisste!

»Weißt du was?«, riss Tessas fröhliche Stimme sie aus ihren trüben Gedanken. »Komm doch einfach morgen Nachmittag wieder zu mir. Wir trinken zusammen Tee, und danach kannst du dir noch mehr Wolle in Farben aussuchen, die du magst. Ich helfe dir hinterher, alles auf die Gertje zu tragen. Übrigens habe ich auch noch sehr schöne, ganz dicke ungefärbte Schafwolle, wenn dir zwischendurch doch mal eher nach Schals und Mützen zumute sein sollte.«

»Mir ist ehrlich gesagt völlig egal, was ich stricke«, erwiderte Nina. »Ich kann spätestens übermorgen damit anfangen, mein Pullover ist fast fertig. Nur noch ein kleines Stück Passe und das Halsbündchen, dann geht's ans Fädenvernähen.«

»Das passt ja hervorragend! Sorry, dass ich dich so zugetextet habe. Ist sonst nicht meine Art.«

Nina lachte. »Kein Problem. Ich sitze bequem auf meinem Sofa auf der Gertje, und mir springen ständig neue Ideen in den Kopf, wie man die Sachen hier im Raum präsentieren könnte. Weihnachtlich gemütlich, sodass alle gerne kommen, möglichst lange bleiben und viel kaufen. Ich habe im Elsass mal einen Weihnachtsladen gesehen, da hat es auch wunderbar geduftet. Nach Zimt und Vanille und so. Was denkst du?«

»Schreib am besten all deine Ideen auf, dann können wir die morgen durchsprechen.«

»Mach ich.«

»Noch was …« Tessa schien zu zögern.

»Ja?«

»Morten hat mir was Seltsames erzählt. Gestern Abend konnte er seine Haustür nicht gleich aufschließen. Da hatte jemand sein Schlüsselloch zugeklebt.«

»Wirklich?«

»Du weißt nicht zufällig, wer das gewesen sein könnte?«, fragte Tessa mit Unschuldsstimme. »Derjenige muss auch den Schraubenzieher aus dem Briefkasten geklaut haben, den du einwerfen wolltest. Denn Morten hat ihn nicht bekommen.«

»Ach ja, der Schraubenzieher. Da hatte ich mich geirrt. Der gehörte Onkel Pitt, deswegen habe ich ihn behalten. Und sonst … Ich würde mal vermuten, dass das Ekke Nekkepenn war. Oder vielleicht sein Weihnachtswichtel Hanno. Ich habe da so was wegflitzen sehen, als ich durch die Straße gegangen bin.«

»Hanno! Sag bloß, Morten hat seinem Wichtel aus Kindertagen doch eine neue Tür gebaut!«

»Er hat davon gesprochen.«

Tessa grinste breit. »Okay, ich verrate nichts«, versprach sie.

Sie verabschiedeten sich herzlich, und Nina nahm ihr Strickzeug wieder zur Hand. Da die Reihen jetzt immer kürzer wurden und auch nicht mehr viel Muster einzustricken war, würde sie schnell vorankommen und konnte bald an die Weihnachtssocken gehen.

Eigentlich hatte sie danach den Islandpulli für Onkel Pitt fertig stricken wollen – sein Weihnachtsgeschenk. Rumpfteil und Ärmel waren schon fertig gewesen, aber dann war er gestorben, und sie hatte es nicht fertiggebracht, die Passe daran zu stricken. Also hatte sie zuerst einmal ihren eigenen Pullover begonnen und sich die angefangene Handarbeit mitgebracht, um sie hier auf Onkel Pitts Hausboot in Ruhe zu beenden.

Aber das hatte Zeit. Zuerst freute Nina sich auf ihren Pulli, der sie gut vor den Inselwinden schützen würde, danach waren Socken angesagt. Viele, viele Sockenpaare. Und beim Stricken konnte sie weiter überlegen, wie man die Gertje zu dem allerschönsten Ort für einen Weihnachtsbasar machen konnte.

Kapitel 8

Morten schaute zum Abendhimmel, an dem sich die ersten Wolkenberge bedrohlich auftürmten.

Nachdem gestern sein Schlüsselloch zugeklebt gewesen war und seine Mutter Stein und Bein geschworen hatte, nichts damit zu tun zu haben, war er heute mitten in einen Berg Muscheln vor seiner Haustür getreten.

Das mochte ja eine lustige Weihnachtszeit werden. Hanno gab alles.

Um ihn gnädig zu stimmen, hatte Morten ihm als Freund einen rot bemützten Wichtel vor die neu gebaute Eingangstür gestellt und ein Stück Schokolade hingelegt. Mal sehen, ob morgen früh wieder was passiert war.

Er hätte zu gern gewusst, wer da seinen Schabernack mit ihm trieb. Tessa vielleicht? Sie hatte in ihrem Zuhause gleich zwei Wichtel. Nisse und Tomte.

Mortens Weg führte durchs Dorf, denn heute übte die Juister Danzkoppel. Die Gruppe hatte er selbst im vergangenen Jahr gegründet, und ihr Zulauf war rege. Er hatte die Federführung und kümmerte sich um die Tänze, die Musik und um alles, was die Gruppe samt Aufführungen betraf.

Morten war auch bei der Volkstanz- und Trachtengruppe Juister Hupfdohlen Mitglied und sah seine Danzkoppel als wunderbare Ergänzung dazu, genau wie zu den Linedancern, der Theatergruppe und dem Shantychor.

Er freute sich die ganze Woche darauf, denn er liebte die alten ostfriesischen Tänze. Es gab keinen Abend, an dem er nicht dabei gewesen war. Anschließend saßen sie immer gern zusammen. Heute war zudem ihre Weihnachtsfeier geplant. Nichts Großes. Nur etwas Punsch und Grog und selbst gebackene Kekse.

Harm, Joost und Fiete waren mit ihren Frauen dabei, und meist kamen auch Tessa und Lars. Etliche andere Juister fanden die zweite Gruppe ebenfalls toll und nahmen regelmäßig teil. Das war ihr Refugium, hier hatten Gäste keinen Zutritt. Sie durften höchstens bei den verschiedenen Veranstaltungen die Darbietung bestaunen und hinterher klatschen.

Morten beschleunigte den Schritt. Es war kühl geworden, der Wind pfiff kräftig aus Nordost. Die sibirische Peitsche würde der Insel schon bald kräftigen Frost bescheren.

Er mochte das. Vor allem, wenn es so stark fror, dass sich auf der See Eisschollen bildeten, die dann mit lautem Knirschen an den Strand geworfen wurden. Es hatte auch schon Winter gegeben, in denen es sogar möglich gewesen war, darauf herumzulaufen.

Hauptsache, die Kälte wurde nicht wieder von einem heftigen Orkan abgelöst, der das Wasser aus dem Wattenmeer drückte und Juist vom Festland abschnitt. Die meisten glaubten, dass die hohen Wasserstände der Sturmfluten die Schifffahrt unmöglich machten, aber das war nicht immer der Fall. Bei ungünstigem Wind war die Wasserknappheit über dem Watt das größere Problem.

Endlich hatte Morten den Übungsraum erreicht. Er war wie immer der Erste, denn er kümmerte sich ums Aufschließen und darum, dass der kleine Saal tanztauglich wurde. Dazu musste er erst sämtliches Mobiliar an den Rand schaffen. Für eine Weihnachtsfeier wirkte der Raum allerdings noch etwas nüchtern, aber Tessa würde es sicherlich in Windeseile schaffen, Atmosphäre zu zaubern. Darin war sie Profi.

Morten knipste das Licht an, drehte den Heizkörper hoch und begann mit der Arbeit. Er checkte die Musikanlage. Sie hatten ein anderes Repertoire als die Juister Hupfdohlen, das verstand sich von selbst.

Die Gruppe des Heimatvereins übte bereits die Tänze für das jährliche Maibaumaufstellen ein. Morten hatte großen Spaß daran. Die Danzkoppel hingegen plante einen Auftritt zu Ostern und bei *Insulaner ünner sück*. Das hatte er mit den Hupfdohlen abgesprochen. Sie kamen hier auf der Insel miteinander aus. Da gab es keine Konkurrenz. Es war nur ein Stück Juist mehr, was sie auf die Beine stellten.

Langsam wurde es wärmer, und kurz darauf hörte Morten Schritte. Tessa trat mit Lars ein, beladen mit Keksdosen, Thermoskannen und einem Korb voller Weihnachtsschmuck.

»Moin! Ich habe an alles gedacht! In dieser Tristesse können wir ja nicht feiern«, gab Tessa mit einem kritischen Rundumblick kund.

Sie begrüßte ihren Bruder und gab ihm ein Küsschen auf die Wange. Lars hob nur die Hand.

»Die Getränke sind heiß, aber es ist der normale Glühwein, nicht der außergewöhnlich leckere, den Nina uns kredenzt hat. In der roten Kanne ist Grog. Den hat Lars schön stark gemacht, bei der Kälte wollen wir ja was Vernünftiges trinken«, erklärte Tessa, während sie sich erst die Mütze vom Kopf riss und dann einen langen Schal vom Hals wickelte.

»Super, dass du an Grog gedacht hast«, lobte Morten seine Schwester. Bei dem Schietwedder schmeckte der besonders gut. Glühwein war eigentlich nicht so ganz Mortens Ding, denn das erinnerte ihn an Merle, die zur Weihnachtszeit nicht genug von dem süßen Zeug aus dem Supermarkt hatte kriegen können.

Warum Morten jetzt ausgerechnet Merle durch den Kopf geisterte, wusste er nicht. Wahrscheinlich stimmte ihn die Aussicht auf das Weihnachtsfest sentimental.

Tessa hatte Lars und die Kinder, seine Eltern genügten sich. Natürlich war Morten überall willkommen, aber inmitten der trauten Familien oder Zweisamkeit kam er sich manchmal ein bisschen fehl am Platz vor. Bestimmt hing er deshalb so an diesem kindischen Wichtelgetue, denn das erinnerte ihn an seine heile Welt von damals.

Geplant war Mortens Leben anders. Harmonischer. Und nicht so allein unter seinen Freunden und der Familie. Was hatte er sich auf eine Zukunft mit Merle gefreut!

Er wünschte sich eine Partnerin, mit der er durch dick und dünn gehen konnte. Wie aber lebte er? In der Dachwohnung seiner Eltern, allein zwischen Pizzakartons und in der Weihnachtszeit mit einem imaginären Hanno.

Merle wäre die perfekte Frau für Morten gewesen. Sie kam sogar von Juist, kannte das Inselleben – doch es war ihr plötzlich zu klein geworden. Sie wollte die Welt sehen, Karriere machen. Da ähnelte sie wohl Nina, die war auch ständig unterwegs.

Merle war gerade auf den Azoren. Morten googelte sie manchmal, weil er wissen wollte, wo seine einstige große Liebe steckte und ob es ihr gut ging. Bei Insta hatte sie ihn blockiert, weil sie es besser fand, den Kontakt radikal zu kappen, weil es so für beide leichter war. Bei Facebook war sie schon lange nicht mehr zu finden. Merle hatte Journalistik studiert und ihren Lebenstraum umgesetzt. Einen, in dem Morten nicht mehr vorgekommen war.

Nach dem Scheitern dieser Beziehung hatte er einen

zweiten Versuch gewagt. Mit Emilia aus Bremen. Vom ersten Augenblick an hatte er sich in sie verliebt. In die blonden langen Haare, die sich an den Enden lockten. Ihre überaus weibliche Figur, die Rundungen an den richtigen Stellen, das umwerfende Lächeln; sie hatte ihn fast um den Verstand gebracht. Von Kindern hatten sie gesprochen, und Morten wähnte sich im siebten Himmel. Doch eines Morgens hatte Emilia ihn angesehen und gesagt, dass es doch nicht passte und sie lieber wieder nach Bremen gehen wollte.

»Dieses Töwerland mit seiner Idylle, die Insulaner, von denen man jeden persönlich kennt und sein Schicksal irgendwie teilt, nein, das ist nichts für mich. Ich muss einen anderen Weg gehen, als mich schon jetzt lebendig auf Juist begraben zu lassen.«

Das nächste Schiff war das ihre gewesen.

Der Schmerz über dieses weitere Verlassenwerden war so groß gewesen, als hätte man Morten ein Messer in den Bauch gerammt. Seine Wunde hatte lange geblutet.

Also suchte er im Internet wieder Merle.

Obwohl – seitdem Nina auf der Insel war, hatte er das nicht mehr getan. Es gab plötzlich so viel anderes. Er hatte sich um die Genehmigung für den Basar am Hafen und auf der Gertje gekümmert. Das Treffen zu viert und diese Abwechslung machten Spaß. Vielleicht, weil alles so zwanglos und vorhersehbar war, denn Nina würde nicht lange bleiben.

Ein bisschen war ihr Zusammensein das Abschiednehmen von Pitt, ein bisschen von der Gertje. Es war alles ohne Hintergedanken und angenehm einfach, sogar unbeschwert. So hatte Morten sich schon lange nicht mehr gefühlt.

Er wurde aus seinen Gedanken gerissen, weil Lientje mit ihrem lauten und gekünstelten Lachen eintrat.

»Moin, Morten!« Ein gekonnter Augenaufschlag, ein verführerisches Lächeln … Sie kam immerhin von hier und war auf Juist verwurzelt. Lientje würde bleiben.

»Moin.« Morten schaute auf die Keksdose und die Kanne in ihrem Korb. »Was hast du mitgebracht?«

»Krüllkuchen und frisch gebackenen Krintstuut. Die Butter dazu ist bio.« Sie deutete zur Kanne. »Darin ist Orangenpunsch. Ich weiß, dass du das magst, auch wenn es ein wenig süß schmeckt. Meiner Spezialmischung konntest du noch nie widerstehen. Es gibt Dinge, dabei wirst sogar du schwach.« Sie schaute ihn so durchdringend an, dass Morten lieber die Thermoskanne aufschraubte. Er sog den Duft tief ein.

»Das riecht gut. Nicht nur nach Orangen, sondern nach … Weihnachten.« Morten lief das Wasser im Mund zusammen, denn das alte ostfriesische Getränk liebte er tatsächlich und würde es nach einem steifen Grog genießen.

»Ich habe den Orangensaft frisch gepresst und die Rosinen mit dem Rum aufgekocht, bevor ich Tee und Wasser hinzugegeben habe. Er schmeckt gut.« Lientje goss etwas in einen Becher und hielt ihn Morten unter die Nase. Jetzt strömte ihm der leicht zuckrige, mit Rum versehene Duft noch stärker entgegen. Er nippte vorsichtig daran. Diese leicht bittere Süße, gepaart mit dem Alkohol, der aber nicht zu dominant war, sondern die herbe Note nur unterstrich. Es schmeckte einfach köstlich!

»Hanne, Beeke und Foline haben Kakao mit Rum im Gepäck«, wusste Lientje weiter zu berichten.

»Heute Abend sind wir dann wohl alle völlig duun«, meinte Morten mit breitem Grinsen. Eigentlich hielt er davon nichts, aber eine Weihnachtsfeier ohne dicken Kopf am nächsten Morgen ging auch nicht.

Lientje entledigte sich ihrer Jacke, warf Morten noch

einen verheißungsvollen Blick zu und half dann Tessa beim Schmücken.

Nachdem sich auch Harm mit Foline, Fiete mit Beeke und Hanne mit Joost eingefunden hatten, begannen sie und die anderen vier Juister Paare mit dem Tanzen.

»Aver blot een halv Stünn«, schlug Harm vor.

Sie tanzten den Ammerländer Schottisch, einem Vierpaartanz, der mit Tüdeln begann.

Links hüpf, rechts vorn kreuz, links hüpf, rechts zurück, links hüpf, rechts seit. Schlusshüpf.

Morten mochte diesen Schwebeschritt sehr. Dann wurden die verschiedenen Figuren getanzt. Es dauerte allerdings jedes Mal eine Weile, ehe Morten mit der Ausführung zufrieden war.

Darauf folgte De Söbensprung, für den nur je zwei Männer gebraucht wurden. Derweil kümmerten sich die Frauen darum, die Tische einzudecken.

»Nu is keen Tied mehr.« Joost schielte zu den gefüllten Thermoskannen und den Tellern, auf denen sich jetzt Berge von Keksen türmten.

Nachdem alle ihren Platz eingenommen hatten, gingen Tessa und Lientje herum und schenkten die Getränke ein. Sie wurden von einem Poltern unterbrochen, weil Sven, Wiebke und Hajo hereinkamen. Sie brachten einen Schwall kalter Nordseeluft mit.

»Da kommen wir ja gerade richtig«, stellte Sven fest.

Die drei schälten sich aus ihren Jacken.

»Tut uns leid, dass wir so spät dran sind, aber der Wind hat uns länger auf See gehalten.« Sven verschränkte die Finger und blies hinein. »Ist das kalt draußen. Da kommt Schnee, das sag ich euch.«

Wiebke zog ihn zum Tisch. »Nun sind wir ja da. Komm, ran an den Tisch. Das duftet alles sehr verlockend.«

Hajo nahm sofort Platz, für Sven und Wiebke mussten noch zwei Stühle geholt werden.

»Das habt ihr aber toll geschmückt.« Wiebke hob anerkennend den Daumen.

»Das Werk meiner Frau!« Der Stolz in Lars' Stimme war nicht zu überhören.

Tessa hatte rote Servietten mit Tannengrün, Kerzen, Nüssen und großen Kiefernzapfen zu einem gemütlichen Arrangement zusammengefügt. Neben den weißen Tellern standen grüne Weihnachtsbecher, auf denen sich Nikoläuse tummelten. Aromakerzen verbreiteten ihren Zimt-Apfelduft.

Lientje saß neben Morten, drückte ihr Knie an seinen Oberschenkel, und ehe er etwas dagegen tun konnte, lag ihr Kopf auf seiner Schulter. Er überlegte kurz, ob er sie wegdrücken sollte, entschied sich aber dagegen. Was war denn schon dabei? Lientje und er kannten sich seit Ewigkeiten, und warum sollten sie diesen Abend nicht zusammen in vollen Zügen genießen? Mehr als das hier würde schließlich nicht passieren.

»Ich spüre in meinem dicken Zeh, dass es gleich schneit«, sagte Lientje.

»Es sah draußen eben tatsächlich danach aus«, bestätigte Morten.

Lientje roch gut und vertraut. Er legte seinen Arm um ihre Schulter und spürte in sich hinein, ob es sich richtig anfühlte. Er wusste es nicht.

Die Stimmung wurde mit jedem weiteren Getränk lockerer. Sie knabberten an den Keksen, sprachen über vergangene Zeiten, und natürlich fiel auch der Name Pitt.

»Ist denn nun schon klar, wann die Deern den Hafen mit der Gertje verlaten tut?« Fiete griff nach einem Marmeladenkeks, den er sich andächtig in den Mund schob.

»Nein.« Morten gab sich wortkarg. Er hatte keine Lust

über dieses Problem zu debattieren. Es ging ihm gegen den Strich, dass er der Buhmann war, der Nina ständig die miesen Nachrichten überbringen musste.

»Erst mal brauchen wir die Gertje ohnehin. Und Nina!«, gab Tessa freudestrahlend kund.

Morten spürte, wie Lientje zusammenzuckte.

»Warum denn das?«, fragte sie.

»Weil wir einen Basar auf dem Hausboot machen. Ich habe schon mit der Touristinfo und dem Heimatverein gesprochen. Morten hat alles wegen der Hafennutzung geklärt. Das wird ein echt maritimes Adventsfest. Im Mittelpunkt steht die Gertje. Die wird an diesem Tag zu einem Wollboot umfunktioniert.«

Lientje nahm den Kopf von Mortens Schulter und sah ihm direkt ins Gesicht. »*Du* hast da mitgeholfen?«

Er wand sich. »Ist ja eine gute Sache für die Insel.«

»Diese Nina ist dann mittenmang dabei? Was hat denn die mit uns zu tun?«, entfuhr es Lientje mit scharfer Stimme. Dabei umfasste sie besitzergreifend Mortens Hand.

»Sie strickt genauso gern wie ich und stellt die Gertje als Location zur Verfügung«, erwiderte Tessa und schenkte sich vom Orangenpunsch nach.

»Ich finde das ganz wunderbar«, meinte Foline. Ihre Freundinnen Hanne und Beeke nickten zustimmend. »Endlich mal was anderes und was Schönes auf Juist. Wir Frauen können häkeln und stricken, was das Zeug hält. Es ist doch doof, dass Tessa auf ihrer ganzen Wolle sitzen geblieben ist.«

»Morten!« Lientje boxte ihn sacht in die Seite und fragte noch immer ungläubig: »Du bist da echt mit im Boot?«

»Ich kann ja nicht dagegen sein«, meinte er vorsichtig. Er wandelte gerade auf verdammt dünnem Eis.

Lientje war sichtlich missgestimmt. Sie nippte nur noch an

ihrem Orangenpunsch, sorgte aber dafür, dass Morten ständig Nachschub bekam. Der Alkohol stieg ihm rasch zu Kopf, und er war froh, dass der Basar kein Thema mehr war.

Je länger der Abend dauerte, desto mehr ging Lientje auf Tuchfühlung. Immer wieder drückte sie ihr Knie an Mortens, immer wieder tätschelte sie seine Hand.

Morten ließ es geschehen. Hauptsache, Lientje kam nicht wieder auf den Basar und die Gertje zu sprechen. Nachher würde er sie in ihre Schranken weisen – auch wie immer. Er wollte diesen Abend einfach genießen, und so nahm er nur mit halbem Ohr wahr, wie sich die Frauen mit ihren Ideen, was die Strickmodelle betraf, überboten. Tessa sprach bereits von vielen Socken, Beeke wollte lieber Schals nach einem bestimmten Muster stricken, und Hanne hatte Handschuhe im Visier.

Morten fühlte sich nach dem x-ten Orangenpunsch angenehm leicht. Er naschte hier und da von den Keksen, griff aber auch zu den Schokoweihnachtsmännern und Trüffeln. Am Ende war er ganz schön beduselt und froh, dass Tessa und Lars anboten, zusammen mit Harm und Foline aufzuräumen.

»Wir schließen auch ab und bringen dir morgen den Schlüssel«, versprachen sie.

Ein bisschen war es Morten peinlich, dass er so viel getrunken hatte und nun auf Hilfe angewiesen war.

»Ich bringe dich nach Hause«, säuselte Lientje.

Morten stimmte zu. Er schwankte wirklich stark. »Sicher besser, wenn ich nicht ins Hafenbecken plumpse.«

»Hafenbecken?« Lientje kicherte. »Du willst ins Büro?«

Morten schluckte. Wie kam er auf den Hafen?

»Ich dachte, ich besuche mal den Ekke Nekkepenn«, lallte er. Mein Gott, war er betrunken. Das würde morgen einen mächtigen Kater geben. Er hätte besser aufpassen sollen, doch nun war es zu spät.

Lientje half ihm in den Mantel.

»Hak dich bei mir ein. Ich bringe dich sicher nach Hause.« Sie wankten aus dem Tanzraum auf die Straße.

Lientje hielt Morten eng umschlungen, und er legte den Arm um ihre schmale Taille, weil er arge Koordinationsprobleme hatte. Kaum waren sie ein paar Meter gelaufen, war es, als öffnete Frau Holle ihre Fenster und schüttelte sämtliche Kissen und Decken gleichzeitig aus. Dicke Flocken tanzten um sie herum, und im Nu war Juist mit einer weißen Schneedecke bestäubt.

»Ist das schön!« Morten brauchte eine Pause, weil die Welt um ihn herum schwankte. Er blieb stehen und schaute zum Himmel. Doch wieder wurde ihm schwummrig.

Als er den Kopf senkte, schaute er direkt in Lientjes Augen. Sie ergriff die Gelegenheit beim Schopf, zog ihn an sich heran und gab ihm einen Kuss auf die Lippen. Er erwiderte ihn nicht, war aber außerstande, sie fortzustoßen, weil er dann vermutlich gestolpert oder gar hingefallen wäre.

»Schönen Abend euch beiden!«

Ninas Stimme katapultierte Morten in die Wirklichkeit zurück, und der Schwindel ließ nach.

Was machte sie hier?

»Dir auch«, raunte er, aber das hatte sie wohl nicht mehr gehört, denn sie eilte mit großen Schritten weiter durch das Schneegestöber, das für Morten plötzlich seinen Zauber verloren hatte.

»Lientje, ich kann den Rest gut allein gehen«, sagte er.

»Ich bringe dich, wie versprochen!«

Aber Morten winkte ab. Das letzte Stück würde er schaffen. Ihm war nicht nach Gesellschaft, und nach Lientjes schon gar nicht. Wie hatte er sich bloß von ihr küssen lassen können?

Kapitel 9

Es hätte Nina nicht so viel ausmachen dürfen, Morten und Lientje am Abend in enger Umarmung zu sehen, schließlich hatte Lientje ihr erzählt, dass sie zusammen waren. Dennoch war ihr beim Anblick des Paares im sanft fallenden Schnee ein Stich ins Herz gefahren. Sie hatte ungewöhnlich lange gebraucht, um einzuschlafen.

Bei Tageslicht sah sie zum Glück klarer. Die Schneeromantik war schnell wieder weggetaut, und schließlich war Nina eine selbstbestimmte und unabhängige Frau. Sie brauchte nicht neidisch auf die Zweisamkeit anderer Leute zu sein.

Es hatte auch Vorteile, so frei zu leben wie sie und dabei die Insel so genießen zu können, wie sie es wollte. Dazu gehörte, dass sie am Vormittag einen weiten Strandspaziergang machte. Der gleichmäßige Rhythmus ihrer Schritte, die gelegentlich den einen oder anderen Seevogel vertrieben, entspannte Nina. Sie genoss den Blick in die Ferne zum Horizont, wo das graue Meer und der graue Himmel unmerklich ineinander übergingen, die salzige Luft, das leise Schlagen der Wellen. Mit einem Lächeln auf den Lippen kehrte sie zurück.

Für den Nachmittag hatte Tessa alle, die Zeit erübrigen konnten, zum gemeinsamen Handarbeiten eingeladen. Also packte Nina die angefangenen Socken ein, dazu die einzelne eingewickelte Praline, die sie an Mortens Haustür hängen wollte. Nach dem kurzen heimlichen Umweg klingelte sie pünktlich an Tessas Haustür.

Sie war nicht die Erste. Eine ältere Frau mit Apfelbäckchen und freundlichem Lächeln saß auf Tessas Sofa und strickte an einem Schal in zweifarbigem Patentmuster. Ihre Nadeln bewegten sich in erstaunlicher Geschwindigkeit, obwohl sie Nina entgegensah und mit einem lauten »Moin!« begrüßte.

»Beeke, das ist Nina. Nina – Beeke«, stellte Tessa vor. »Ich hole schnell den Tee.«

»Wird auch Zeit.« Beeke beäugte den vollen Gebäckteller auf dem Couchtisch und die leere Tasse, die vor ihr stand. »Was ist denn ein Stricknachmittag ohne Tee?«

Nina lächelte, dann packte sie den angefangenen Strumpf aus und setzte sich neben Beeke.

»Zeig mal, welche Art der Ferse machst du?«, erkundigte sich die sofort, und im Nu waren die beiden Frauen in ein Gespräch über die Vor- und Nachteile der verschiedenen Fersenmuster vertieft.

Es klingelte ein weiteres Mal. Aus der Küche war Tessas Stimme zu hören, und schließlich erschien sie mit einer bauchigen Teekanne, die sie sofort aufs Stövchen stellte. Das blau-weiße Blumenmuster war auch auf den Tassen zu finden, die Tessa für sie alle gedeckt hatte.

Ihr folgten zwei weitere Strickerinnen, Foline und Hanne.

Es war wunderbar, wie schnell man selbst mit Fremden ins Gespräch kam, wenn man dasselbe Hobby hatte. Im Nu waren zwei Stunden vergangen. Nur manchmal war es für Nina ein wenig schwierig, dem Gespräch zu folgen, wenn die anderen zu sehr ins Platt gerieten.

»Die Deern versteht uns ja gar nicht. Wie unhöflich von uns!«, rief Foline plötzlich aus und wechselte sofort ins Hochdeutsche.

»Wir vergessen das manchmal«, erklärte sie. »Ich wiederhole kurz, was wir eben so bekakelt haben.«

Nina nickte dankbar. »Ich kann zwar Englisch und einigermaßen gut Niederländisch, das hilft beim Verstehen von einzelnen Begriffen. Aber wenn ihr so richtig loslegt, muss ich passen.«

Beeke und Hanne wechselten einen Blick.

»Nina kommt aus der Tourismusbranche«, erklärte Tessa. »Sie hat schon überall auf der Welt gelebt ...«

Nina schüttelte den Kopf. »Natürlich nicht überall. Ich war aber zum Beispiel einige Jahre in Südamerika, zuerst in Brasilien und dann vor allem in Peru und Bolivien.«

»Weit weg«, sinnierte Beeke und warf einen kritischen Blick auf ihr Strickmuster.

»Das ist wahr. Zuletzt habe ich für ein Öko-Tourismusunternehmen in Freiburg gearbeitet und von dort aus Trips nach Skandinavien organisiert und geleitet. Da habe ich den Norden Europas lieben gelernt.«

»Und jetzt machst du Urlaub auf der alten Gertje?«, wollte Foline wissen. »Aber Weihnachten bist du doch sicher bei deiner Familie.«

»Ich werde bis ins neue Jahr hierbleiben«, sagte Nina nur. »Das ist am einfachsten. Schließlich muss ich wegen der Gertje noch einiges organisieren, bis ich sie holen lassen und verkaufen kann.«

Sie brauchte den anderen, so nett sie auch waren, nicht auf die Nase binden, wie allein sie in der Welt stand und wie weh es ihr tat, von Onkel Pitts Hausboot Abschied zu nehmen.

»Im neuen Jahr habe ich dann wahrscheinlich eine Stelle auf Island.«

»Peru, Brasilien, Island ...« Hanne ließ ihr Strickzeug sinken.

»Eigentlich wollte ich immer nach Schottland«, gestand

Nina. »Ich mag diese eher kargen und einsamen Landschaften. Aber mit dem Brexit ist es in Großbritannien alles sehr schwierig geworden. Also habe ich mir eine andere Insel ausgesucht. Island ist landschaftlich wunderschön und wild. Berge und Fjorde, Wasserfälle, heiße Quellen – die Insel ist ja geologisch gesehen noch ganz jung und manchmal eben auch in Aufruhr, wenn wieder mal ein Vulkan spuckt.«

»Das klingt interessant.«

»Außerdem mag ich die Menschen dort und ihre Bräuche. Zum Beispiel die *Jólabókaflóð.* Auf Deutsch kann es mit ›Weihnachtsbücherflut‹ übersetzt werden. Zum Fest schenkt man nämlich hauptsächlich Bücher. Die gibt es in der Vorweihnachtszeit sogar im Supermarkt zu Sonderpreisen, so wie bei uns Lebkuchen und Marzipan.«

»Das ist ja mal eine gute Idee, findet ihr nicht auch?«, fragte Beeke. »Dann hat man das ganze Jahr was zu lesen.«

»Nicht unbedingt«, erzählte Nina weiter. »Wenn am Heiligabend die Bücher ausgepackt sind, wird nämlich sofort mit dem Schmökern begonnen. Ich bin mit einer Isländerin befreundet, und Yrsa sagt, das ist der gemütlichste Abend im Jahr, weil selbst ihre etwas ungestümen Kinder völlig in die Fantasiewelten abtauchen.«

»Darüber würde sich unser Buchhändler sicher auch freuen«, sagte Foline.

»Willst du dann dortbleiben?«, erkundigte sich Hanne.

Nina nickte. »Deshalb hoffe ich ja, dass es mit der Stelle in Reykjavik klappt. Da hätte ich ein interessantes Aufgabengebiet, müsste aber nicht ständig unterwegs sein. Die Chancen stehen gut, sie haben außer mir nur drei weitere Leute zum Auswahlverfahren eingeladen.«

»Dann kannst du ja hier auf Juist schon mal das Inselleben üben. Gefällt es dir denn auf Töwerland?«

»Wem gefällt es hier nicht?« Nina lächelte in die Runde.

Foline nickte anerkennend und öffnete den Mund, um eine weitere Frage zu stellen, doch in diesem Moment klingelte es.

»Das wird Morten sein!« Tessa legte das Strickzeug zur Seite und sprang auf, um die Tür zu öffnen. »Er muss mal nach dem einen Klapptisch gucken, da ist nämlich …« Der Rest ihres Satzes verschwand mit ihr.

Nina hob vorsichtig die Masche wieder auf, die von der Nadel gerutscht und zwei Reihen nach unten gelaufen war.

»Es geht wohl um die Tische für den Basar«, warf sie ein, um irgendetwas zu sagen. Die drei Juisterinnen sprangen sofort auf das Wort *Basar* an.

»Das war eine sehr gute Idee von Tessa«, stellte Foline fest.

»So einen Markt mit Wolle und Gestricktem hatten wir hier noch nie«, ergänzte Hanne. »Nur mit anderen Dingen, aber das war auch schön.«

»Das werden herrliche Weihnachtsgeschenke.« Beeke nickte zufrieden und sagte schließlich: »Viel Zeit bleibt uns allerdings nicht mehr.«

»So alt seid ihr doch noch gar nicht«, sagte plötzlich eine Männerstimme, »euch bleiben sicher noch viele Jahre.«

Wieder verlor Nina eine Masche.

Beeke schüttelte den Kopf. »Ich meinte doch, um Sachen für den geplanten Woll- und Strickmarkt herzustellen.«

»Aber ihr seid ja alle fleißig.« Nun trat Morten in Ninas Blickfeld. Sie sah kurz von ihrem Strickstrumpf auf, begrüßte ihn und brachte die Maschen wieder in Ordnung.

Er setzte sich in den freien Sessel.

»Ich habe auch schon drei Dosen Spritzgebäck fertig«, erklärte Hanne. »Das passt besonders gut zu Folines Kakao mit Rum.«

»Lientje soll den Orangenpunsch machen, den du so magst.« Beeke beugte sich nach vorn und sah Morten nachdrücklich an. »Kannst du ihr schon mal sagen.«

Morten verzog schmerzhaft das Gesicht. »Der hat es aber in sich.«

»Genau richtig für den Basar auf der Gertje«, versicherte Foline. »Wenn die Leute ein bisschen benebelt sind, halten sie ihr Geld nicht so fest und kaufen hemmungslos!«

Sie erntete schallendes Gelächter.

»Apropos Gertje.« Morten wandte sich nun an Nina. »Ich habe jetzt im Büro die Unterlagen, die für die Überführung des Hausboots zum Festland nötig sind. Die musst du unterschreiben. Soll ich sie dir vorbeibringen?«

»Nein, nein«, antwortete Nina schnell. »Ich komm ins Hafenamt. Du musst mir nur sagen, wann es passt.«

»Ein bisschen schade ist das schon.« Foline ließ das Strickzeug auf den Schoß sinken. »Man hat sich doch an den Anblick der Gertje gewöhnt.«

»Lass das besser Harm nicht hören. Der wird dir was anderes erzählen.«

Foline zuckte mit den Schultern. »Immerhin können wir sie dann auch einmal von innen sehen.«

»Wart ihr etwa noch nie auf der Gertje?«, fragte Nina überrascht. Dreifaches Kopfschütteln antwortete ihr.

»Dann verlegen wir doch den Stricktreff morgen am späten Nachmittag einfach zu mir«, schlug Nina vor. »Dabei könnt ihr euch in Ruhe alles angucken, und vielleicht habt ihr ja auch noch Ideen für den Basar, wenn ihr seht, wo alles stattfindet. Gegen siebzehn Uhr?«

»Morten, kannst du mir mal mit den Kisten helfen?«, rief Tessa jetzt ins Wohnzimmer. »Am besten bringst du sie baldmöglichst rüber auf Ninas Boot. Das sind die fertigen Stricksachen. Wenn ich die aus dem Weg habe, komme ich besser an die andere Wolle.«

Morten sah Nina an. »Ich bin morgen im Büro, dann kannst du die Unterlagen abholen.«

»In Ordnung, ich kümmere mich darum.«

Nina rollte ihr Strickzeug zusammen und steckte es in die Tasche.

»Ich denke, ich gehe wohl besser jetzt gleich, damit Tessa Platz kriegt und wir den Strickkram an Bord bekommen. Passt das jetzt bei dir, Morten?«

»Jo, dann nehmen wir den Karren, kein Problem.«

Nina stand auf und winkte den Strickerinnen zu. »Wir sehen uns morgen auf der Gertje.«

*

Drei große Kartons hatte Tessa bereitgestellt. Morten lud sie auf den Handwagen, der neben dem Haus stand.

»Das kannst du mir überlassen«, sagte Nina und versuchte, den Griff zu packen, um den Wagen zu ziehen. Doch Morten war schneller.

»Tessa hat mir den Auftrag gegeben, also mache ich das.«

Sein Stirnrunzeln lud nicht gerade zum Widerspruch ein, also fügte sich Nina und ging neben ihm her. Schweigend, denn sie wusste nicht so recht, worüber sie mit ihm sprechen sollte. Über den Basar war alles gesagt, und das Thema Hausboot war zu unerfreulich. Jetzt mit Ekke Nekkepenn oder dem Wichtel anzufangen wäre auch seltsam oder gar anbiedernd.

»Ich habe einen Zollstock dabei«, sagte Morten, kurz bevor sie das Hausboot erreichten. »Ich könnte also noch kurz ausmessen, wo und wie wir Tessas Klapptische hinstellen. Wenn du nichts dagegen hast.«

»Was sollte ich dagegen haben?«

Nina zog den Schlüssel aus der Jackentasche. Sie ging etwas schneller und schloss die Tür zum Hausboot auf. Dann öffnete sie sie weit, damit Morten Platz hatte, den ersten Karton hineinzutragen. Bevor er zurück war und Nina daran hindern konnte, hob sie den zweiten aus dem Handwagen und folgte ihm in den Wohnraum.

»Du kannst schon mal mit dem Ausmessen anfangen«, beauftragte ihn Nina. »Ich hole den Rest.«

Als sie mit dem dritten Karton zurückkam, stand Morten mitten im Raum und blickte aus dem Fenster. Er wirkte nachdenklich.

»Und – passt alles?«, erkundigte sie sich.

»Jo.«

An die Wortkargheit der Leute hier hatte sie sich noch nicht so recht gewöhnt.

»Kann ich dir noch was anbieten?«, fragte sie.

Morten schien zu zögern.

»Ein Glas Wein? Oder ein Bier? Orangenpunsch kann ich leider nicht.« Verflixt, warum hatte sie das gesagt?

Morten schüttelte den Kopf. »Den hätte ich auf keinen Fall angenommen. Ich hatte gestern bei der Weihnachtsfeier mehr als genug von dem Zeug. Hast du eine Ahnung, wie sich der Kopf am nächsten Morgen anfühlt?« Ein Lächeln umspielte seinen Mund.

»Hab ich nicht, aber so, wie du das sagst, muss ich das auch nicht wissen. Ein Glas Wasser vielleicht?«

»Ja, danke.«

Nina ging in die Küche. Morten folgte ihr. Sie holte zwei Gläser aus dem Schrank und griff nach dem Mineralwasser. In diesem Moment summte ihr Handy laut.

Morten nahm ihr die Flasche aus der Hand. »Geh ruhig dran, vielleicht ist es wichtig.«

Nina zog das Smartphone aus der Gesäßtasche. Eine unbekannte Nummer. Wer mochte das sein?

»Ja, hallo?«, fragte sie vorsichtig.

»Nina – *querida* – bist du das? Ich bin's. Pepe!«

»Pepe?« Wieso rief ihr früherer Kollege sie nach so langer Zeit plötzlich an?

»Ja, genau der, den du schon seit Jahren vermisst. Aber nicht mehr lange, meine Süße, ich bin nämlich ganz in deiner Nähe.«

»Du bist wo?«

»Im Moment noch in Münster, aber in Kürze komme ich nach Norddeich. Kannst du mich übermorgen am Flughafen von Juist abholen?«

»Ich glaube, du überschätzt den hiesigen Flugplatz etwas. Und vergisst, dass es hier keine Autos gibt. Du kannst aber ganz einfach mit dem Pferdetaxi in den Ort fahren. Oder du nimmst die Fähre ab Norddeich Mole, dann kommst du direkt am Hafen an, das ist zentraler. Wo wirst du denn wohnen?«

»Ich dachte, du hast sicher ein breites Bett …« Er brach glücklicherweise in lautes Lachen aus, bevor Ninas Schock richtig einsetzen konnte. »Nein, *querida*, ich habe natürlich ein Hotelzimmer gebucht.«

»Dann nimm die Fähre, ich hole dich am Hafen ab, begleite dich zum Hotel, und du erzählst mir, was dich hierherführt.«

»Das kann ich auch jetzt gleich machen, wenn du Zeit hast.«

»Nein, sorry, ich habe gerade Besuch«, sagte Nina. »Wir sehen uns.«

»Also, *hasta la vista*, Baby.« Pepe legte auf, ohne die Antwort abzuwarten.

Nina starrte auf ihr Handy, dann sah sie Morten an, der sie aufmerksam betrachtete.

Er stellte das leere Glas in die Spüle. »Du bekommst Besuch?«

Nina nickte. »Völlig unerwartet. Ein alter Freund. Wir haben uns seit Jahren nicht gesehen.«

»Das ist ja schön für dich«, sagte er. »Ich bin dann mal weg.«

Am liebsten hätte Nina ihn gebeten, noch ein Weilchen zu bleiben, doch dafür gab es keinen Grund.

Kapitel 10

Morten war froh, wieder in seinem geheizten Büro zu sitzen, denn bei der Fuhre mit der Kutsche am Vormittag hatte er ganz schön gefroren.

Nun legte er die Papiere mal rechts auf den Stapel, mal links. Nina war heute nicht wie abgesprochen bei ihm aufgetaucht, um sie zu unterschreiben. Sie hatte wohl Besseres zu tun, denn der Anruf gestern war eindeutig von einem Mann gekommen, der sie besuchen wollte.

Jetzt füllte sich die Gertje gerade mit den strickenden Juisterinnen, sodass er schon wieder nicht mit Nina rechnen konnte.

Die Frauen lachten und scherzten auf dem Steg. Handarbeiten schien gute Laune zu verbreiten. Ob er vielleicht auch mal …

Morten schürzte abschätzend die Lippen. Tessa hatte es ihm oft genug vorgeschlagen, aber das war nichts für ihn.

Immer wieder schaute Morten zur Gertje, fast, als befände sich dort ein Magnet, der ihn anzog.

Bevor er sich hier den Hintern wund saß, war es sicherlich besser, er würde Nina die Unterlagen vorbeibringen. Anschließend konnte er Feierabend machen. Immerhin war es Samstagabend und gleich halb sechs.

Lientje war zum Glück nicht auf der Gertje. Erstens strickte sie nicht, und zweitens war er sicher, dass sie kein Interesse daran hatte, Nina zu besuchen.

Ihr wollte er künftig lieber aus dem Weg gehen. Er hatte Lientje oft genug gesagt, dass aus ihnen nichts werden würde, aber sie akzeptierte es nicht. Dass sie seinen Zustand ausgenutzt und er das idiotischerweise zugelassen hatte, ärgerte ihn. Er hätte sich wehren müssen.

»Ich bin wohl mehr sauer auf mich selbst als auf sie«, murmelte er. »Denn letztlich liegt die Schuld daran bei mir. Alkohol hin oder her!« Morten stand auf und packte die Papiere zusammen.

Lientje entwickelte sich zunehmend zu einem Problem. Es wurde Zeit, endgültig Klartext mit ihr zu reden und auf diese Weise wieder Ordnung in sein Leben zu bringen.

Jetzt noch schnell zur Gertje und dann ab vors Sportprogramm. Heute spielte Werder Bremen gegen Wolfsburg, das würde eine spannende Partie werden. Morten griff zu seiner Joppe, die er wie immer neben der Tür aufgehängt hatte, und nahm die blaue Rollrandmütze und den dicken Schal vom Haken.

Dabei warf er einen Blick durchs Fenster. Von der Wattseite her kam Nebel auf.

Vor der Tür verhielt Morten einen Moment und genoss die frische Winterluft. Er liebte diese Kälte und war überzeugt davon, dass man Schnee riechen konnte. Den Regen. Sturm. Oder den Frost. Manchmal lag es am Wind, wie die Luft um ihn herum schmeckte – und sich sämtlichen Sinnen zeigte.

Er war auf dem Töwerland aufgewachsen, eins mit der Natur, eins mit dem Meer und eins mit allen Witterungslagen, die die Insel heimsuchten. Nicht nur er kannte sämtliche Nuancen, auch Tessa und Lars hatten davon gesprochen. Sie waren eben Küstenkinder und hatten die See ein bisschen im Blut.

Morten nahm sich Zeit, dem leisen Klatschen der Wellen an den Poller zu lauschen, er nahm sich Zeit, die blinkenden Sterne zu betrachten und den Großen Wagen zu suchen, der eigentlich ein Teil des Großen Bären war. Anschließend suchte er nach seinem Lieblingssternbild Kassiopeia, das für ihn nicht mehr wie ein M aussah. Früher, als er noch mit Merle liiert war, hatte er das anders empfunden, doch jetzt, wo sie getrennte Wege gingen, gefiel ihm die Deutung der Konstellation als W besser, denn es sagte zur Weihnachtszeit, dass der Wichtel Hanno gleich auf ihn wartete. Die Astronomen waren sich ebenfalls uneinig, um welchen Buchstaben es sich handelte.

Schade, dass der Schnee von vorgestern nicht liegen geblieben war. Mit dem Nebel sah es wieder nach dem typisch norddeutschen Schietwedder aus, das meist um diese Jahreszeit herrschte. Etwas Zeit bis dahin blieb ihnen ja noch, und die Hoffnung auf weihnachtliches Winterwetter starb zuletzt.

Eine Möwe über ihm kreischte, als ob sie sich über Morten lustig machte, und er fuhr zusammen. Er musste sich endlich auf den Weg zur Gertje machen. Manchmal träumte er einfach zu viel und verplemperte damit die Zeit.

Schon auf dem Steg hörte Morten die Stimmen der Frauen. Alle redeten durcheinander, und er wunderte sich, wie so überhaupt eine richtige Unterhaltung zustande kommen konnte. Das durfte jetzt jedoch nicht seine Sorge sein. Er war in offizieller Mission hier – und gleich bei seinem Fußballspiel!

Er klopfte.

Wider Erwarten kam Nina rasch an die Tür.

»Hallo! Du hier?«

»Jo, moin.« Morten wollte sich geschäftig geben, nur gelang es ihm nicht so recht. »Ich habe dir die Papiere mitgebracht. Ist ja Wochenende, und ich finde, das sollte vor Montag erledigt sein. Damit wirklich alles klar ist. Also in jeder Hinsicht.«

Was stammelte er denn so herum?

Nina ließ sich von seinem Gesabbel zum Glück nicht beeindrucken. »Komm doch rein! Wir trinken echten Ostfriesentee.«

»Eigentlich spielt gleich Werder«, wehrte er ab, aber Nina zog ihn einfach ins Bootsinnere.

»Es ist kalt, und wenn wir weiter hier herumstehen, frieren meinen Damen noch die Strickfinger ein. Das Spiel beginnt erst in einer Stunde, oder?«

»Okay, ich gebe mich geschlagen«, willigte Morten ein, der sich freute, dass Nina die Termine für die Bundesliga kannte. Er nahm die Mütze vom Kopf und wickelte den Schal ab, denn auf der Gertje war es ziemlich warm. Beides hielt er weiter in den Händen und wusste nichts so recht damit anzufangen.

Im Boot roch es verführerisch nach Kardamom und Anis mit einer Spur von Zimt und Orange.

»Ich wollte dir eigentlich nur die Papiere bringen«, sagte er. »Wenn ich een moi Koppke Tee probiert habe, muss ich gleich wieder.«

»Morten?« Das war Tessas Stimme.

»Ja, ich bin's.«

»Willst du uns nicht begrüßen?«

Oje, sein Schwesterherz klang ziemlich gut gelaunt. Wenn sie es war, die ihm die Wichtelstreiche spielte, dann konnte er sich morgen auf etwas gefasst machen.

Morten folgte Nina in ihr Reich, das sie vollends erobert hatte. Hier war kaum noch eine Spur von Pitt zu erkennen – die weibliche Hand hatte Übermacht gewonnen.

»Moin, Morten!«, wurde er von Beeke begrüßt, und auch

von den anderen Frauen schallte ihm ein herzliches »Moin« entgegen.

»Setz dich!«, forderte Foline ihn auf. Sie wies auf den letzten freien Stuhl am Tisch. Darauf lagen Berge von Wolle. »Wie du siehst, sind wir fleißig. Willst du deine Joppe nicht ausziehen?«

Warum eigentlich nicht. Nina hatte schließlich recht, das Spiel ging erst um halb sieben los, und wenn er sich bei einer Tasse Tee aufwärmen wollte, war das durchaus ein Gewinn.

Es wirkte gemütlich auf der Gertje, und wenn die Frauen kein Problem damit hatten, ihn als einzigen Mann zwischen sich zu haben ...

Morten zog die Joppe aus und legte sie zusammen mit der Mütze und dem Schal über die Stuhllehne. Währenddessen hatte Nina ihm bereits Tee eingeschenkt.

»Pass bloß auf, dass er nicht über die Wolle kippt«, sagte sie mit einem Augenzwinkern. Sie bedachte ihn mit einem langen durchdringenden Blick, der Morten tief unter die Haut ging.

»Gib mal her!«, forderte sie ihn auf. »Die Papiere«, setzte sie nach, weil Morten nicht reagierte.

Er reichte Nina die Unterlagen. Sie legte sie neben sich auf den kleinen Beistelltisch.

»Ich schau sie später in Ruhe durch und kümmere mich dann darum. Jetzt muss ich stricken, was das Zeug hält. Der Basar hat absolute Priorität. Dieser Pullover erst recht.«

Sie setzte sich wieder, griff nach den Nadeln und dem dicken dunkelblauen Garn.

Morten war von ihrer Strickgeschwindigkeit beeindruckt.

»Wird das ein Norwegerpulli?« Er kannte solche mehrfarbigen Motive über dem Bündchen von Tessa.

»Die meisten nennen es so, aber diese Anleitung habe ich

direkt aus Island. Dort heißt er *Lopapeysa*. Solche Pullover mit eingestrickten Mustern gibt es zudem auf den Färöern und in Shetland. Man strickt meist zuerst das Rumpfteil und die Ärmel bis unter den Arm, anschließend kommt alles auf eine lange Rundnadel und es geht an die Musterpasse. Geht auch umgekehrt, nur ist von unten nach oben in Island geläufiger.« Nina hob das Strickzeug kurz an. »Diese Wolle hier heißt *Álafosslopi* und stammt tatsächlich von Islandschafen. Ich kaufe sie immer vor Ort, wenn ich dort bin. Sie ist besonders wärmend.«

So wie es aussah, arbeitete sie an einem der Ärmel, der fast fertig schien.

»Diesen hier wollte ich eigentlich für Onkel Pitt stricken, aber dann …« Sie atmete einmal tief durch. »Ich hab ihn extra mitgebracht, weil ich ihn auf der Gertje endlich fertig bekommen will. Oder besser muss. Denn wenn man sein angefangenes Strickzeug nicht vor Weihnachten beendet, kommt die Weihnachtskatze und frisst einen. Mein eigener ist schon so weit.«

Sie deutete auf einen hellgrauen Islandpullover mit einer mehrfarbigen runden Musterpasse, der über der Sofalehne lag.

»Der sieht toll aus«, lobte Morten.

»Nicht wahr?«, bestätigte Nina ein wenig stolz. »Mir gefallen aber auch die Blautöne von diesem hier. Es gibt kaum Pullis, die im Winter besser zu tragen sind, denn sie wärmen supergut. In Island trägt man sie statt Jacken.« Sie geriet regelrecht ins Schwärmen.

»Ich mag solche Pullover sehr«, hörte Morten sich sagen. »Nur sind sie recht teuer.«

Nina musterte ihn und wiegte den Kopf. »Der könnte dir passen. Soll ich ihn für dich fertig stricken?«

Morten schaute sie erstaunt an. »Für mich?«, wiederholte er.

»Warum nicht? Oder hättest du lieber einen in Grün? Solche Wolle habe ich auch noch, aber das dauert länger, weil ich erst beginnen müsste. Dann allerdings nach den Feiertagen. Wie gesagt – die Weihnachtskatze …«

»Bloß nicht in Grün!«, entfuhr es Morten.

»Warum denn nicht?«, fragte Nina. »Das ist doch die Farbe der Hoffnung. Das hat schon meine Oma immer gesagt.«

Nun mischte sich Hanne ein. »Nina! Morten stammt aus einer Seemannsfamilie, und da ist grün die Farbe Neptuns. Zu dem möchte keiner.«

Nina wirkte merklich betroffen. Morten wollte nicht, dass sie sich schlecht fühlte.

»Sorry! Wie du weißt, habe ich es mit Meermännern und Fabelwesen. Bin eben ein alter Seebär und Insulaner. Das mit der grünen Farbe konntest du nicht wissen.«

Nina wirkte erleichtert. »Okay, in dem Fall bekommst du eben den blauen. Wenn das kein Problem ist.«

»Hanno würde sich über einen grünen Pullover bestimmt aufregen. Nachher schneidet er Löcher rein«, witzelte Morten.

»Dein Hanno«, gab Nina zurück. »Ärgert er dich wieder?«

Morten hob die Brauen. »Das tut er. Woher weißt du davon? Also dass er mich nicht in Ruhe lässt?«

Sein Blick wanderte zu Tessa, die aber wie unbeteiligt weiterstrickte.

»Hast du deinen Wichtel immer noch?«, fragte Foline. »Ich weiß, wie sehr du das als lüttje Jung mochtest. Ganz oft bist du zu Tant Foline gekommen und hast mir gesagt, dass deine Milch salzig war oder wieder etwas kaputtgegangen ist.« Sie kicherte. »Weißt du noch, wie ich dir einmal einen

Klütje mitgegeben habe? Ich war davon überzeugt: Dein Hanno mag den.«

»Ich erinnere mich, Foline. Allerdings habe ich das Hefeteil selbst verdrückt, denn es hat so herrlich geduftet. Ich konnte einfach nicht widerstehen!« Morten leckte sich bei dem Gedanken daran die Lippen. »Als ich zu Hause ankam, war für meinen Wichtel leider nichts mehr übrig.«

»Das hast du mir nie erzählt.« Foline hob tadelnd den Finger. »Das wird er dir nicht gedankt haben.«

»Nej, das gab bannig Meut. Ich hatte am nächsten Morgen keine Spitzen mehr an den Socken!«

»Strafe muss eben sein«, meinte Foline. »Aber ich verstehe dich. Mein Klütje ist einfach der Beste, den müsst ihr probieren. Deshalb lade ich beim nächsten Stricken zu mir ein, und ihr dürft ihn genießen.«

»Was ist Klütje?«, erkundigte sich Nina.

»Ein Hefekloß, der über Wasserdampf gegart wird«, erklärte Hanne. »Das ist köstlich mit gekochten Birnen als Mittagessen. Zur Teetied schmeckt das auch ganz ausgezeichnet. Mit Vanillesoße oder Marmelade.«

»Aber ist Hanno nicht zu klein für ein so großes Gebäck? Ich nehme an, dass er ziemlich satt macht.«

»Er wird in Scheiben geschnitten, und Morten hat natürlich nur ein kleines Stück mitbekommen«, sagte Foline.

Das Klappern der Nadeln begann erneut.

Morten trank den Tee aus. Er spürte Ninas Blick.

»Findest du es gut, dass Hanno wieder seine Späße mit dir treibt?«, fragte sie.

»Ja, ich mag das«, flüsterte Morten. »Tessa muss wohl gespürt haben, dass ich es vermisse.«

»Du meinst, es ist Tessa, die ihn zum Leben erweckt?«

»Wer sonst?«

»Na, Hanno selbst«, kam es sofort zurück.

»Schön wär's, aber dann hätte er ja nie aufgehört, mich zu ärgern, als ich nach oben gezogen bin.«

»Auch wieder wahr.«

Nina hob das Strickzeug an. »Was ist jetzt? Möchtest du den Islandpulli oder nicht? Ich muss ihn ohnehin fertigstellen. Du weißt schon, wegen der ...«

»... Weihnachtskatze«, vervollständigte Morten ihren Satz.

Er war unsicher, wie er dieses Angebot einordnen sollte. Nina würde bald fortgehen. War es gut, wenn ihn ein solch wertvoller Pullover ständig an sie erinnerte? Wollte er das überhaupt? Er sollte sie nicht zu nah in sein Leben lassen. Nina brauchte ihre Freiheit, er die Insel.

»Strick ihn ruhig, mal sehen, in welchem Land der Welt du bist, wenn er fertig ist.« Er räusperte sich. Es war besser, das Thema zu wechseln.

Morten war klar, dass er nun die lockere Stimmung verderben würde, aber er sah keine andere Möglichkeit, diese merkwürdigen Schwingungen zwischen ihm und Nina zu kappen.

»Nun wieder zum Grund meines Besuchs«, begann er. »Du solltest dringend einen Blick in die Unterlagen werfen. Da steht alles drin. Gleich im neuen Jahr ist es an der Zeit, die Gertje aus dem Hafen zu holen. Es muss doch etwas schneller gehen. Wegen der Sicherheitslage. Ich habe nämlich die Befürchtung, dass das Boot einen schweren Orkan unter Umständen nicht mehr überstehen wird und uns dann alle gefährdet.«

Morten fühlte die fassungslosen Blicke der anderen. Das Bild vom Elefanten im Porzellanladen war plötzlich so greifbar, dass er das Geschirr in seinem inneren Ohr förmlich scheppern hörte. Dennoch ruderte Morten nicht zurück. Verdorben war verdorben, kaputt war kaputt.

»Es ist unglaublich viel zu tun. Das ist jetzt keine Schikane, Nina. Ich habe alle Mängel in einem gesonderten Schreiben aufgelistet. Kannst du später nachlesen.«

Nina schluckte und legte das Strickzeug weg. »Tja, dann wird es bald ernst, und ich bin schneller hier weg als erwartet. Wie schade.« Sie seufzte. »Ich stricke ab morgen trotzdem erst einmal wieder Socken für den Basar, das lenkt meine traurigen Gedanken in angenehmere Bahnen. Hatte ich ohnehin so geplant und abgesprochen. Am Pulli mache ich abends vor dem Pelletofen weiter.«

Morten fand es selbst traurig, dass er derart auf eine Überführung des Hausbootes pochen musste. Dass die Gertje einer Generalüberholung bedurfte, hatte er sich nicht aus den Fingern gesogen. Es spielte zwar Harm, Joost und Fiete in die Hände, aber es war keine Boshaftigkeit seinerseits. Er musste als Hafenmeister seinen Job machen – weil er die Verantwortung trug. Nur war es heute wirklich unnötig gewesen, allen die gute Laune zu verderben.

Um sich selbst zu beruhigen, ging Morten in Gedanken noch einmal durch, was dringend bei der Gertje anlag. Am Rumpf unterhalb des Wasserspiegels klebten überall Seepocken, die entfernt werden mussten. Die Gasanlage war in die Jahre gekommen und nicht mehr zeitgemäß, genau wie es zwingend notwendig war, einen Unterwasserschutz gegen den neuerlichen Besatz von Muscheln mit Antifouling anzubringen. Mit Pitt hatte er zudem schon im letzten Jahr darüber gesprochen, die Abflussventile zu erneuern, denn sonst lief man Gefahr, dass Fäkalien und andere Schmutzwasser in die Nordsee abflossen. Den maroden Bootsrumpf und die kaputte Reling konnte selbst ein Laie erkennen.

Es gab nun mal viel zu tun. Daran konnte auch dieser gut gemeinte Basar nichts ändern. Die Gertje musste danach, so schnell es ging, in die Werft. Oder auf die Abwrackanlage, je nachdem, ob Nina das Geld wirklich für den alten Kahn in die Hand nehmen wollte.

Morten stand auf. Er schlug wieder einen lockeren Ton an. »Da gleich das Fußballspiel beginnt und ich Hanno noch ein Weihnachtslied vorsingen möchte, damit er mir morgen nicht das Frühstück verdirbt, werde ich mich jetzt vom Acker machen!«

Solange er auf der Gertje weilte, war die Stimmung verdorben. Es war besser, wenn er schnell verschwand.

»Die Papiere guckst du dir an?«, fragte er.

»Das mache ich. Aber später«, versprach Nina. »Jetzt will ich mir davon nicht den schönen Nachmittag vermiesen lassen, das wäre schade.«

Morten kam sich vor wie ein Fremdkörper. Es hätte gereicht, Nina die Papiere in die Hand zu drücken. Der Rest würde sich auch ohne sein Zutun regeln. Er war ein Dösbaddel!

»Dann macht es gut!«, rief er in die Runde.

»Nur kein Trübsal blasen wegen dem alten Kahn!« Foline war sichtlich bemüht, die Situation zu retten. »Ich finde es jedenfalls super, dass wir den Hafen für den Weihnachtsmarkt miteinbeziehen können. Es ist schade um die Gertje, aber wenn der Lack ab ist, ist er ab. Das wissen wir schließlich alle.«

»Vielleicht ist mit der Deern noch was zu machen«, überlegte Beeke laut. »So ein Schiff ist doch fast lebendig, und wir können für sie beten.«

»Es wird sich finden«, meinte Hanne. »Immerhin ist schon ein Strumpf für heute geschafft!« Sie hielt eine Ringelsocke hoch.

Über Ninas Lippen war kein Wort über den Erhalt der Gertje gekommen.

Morten schlüpfte in die Joppe – damit war ihm auch ohne einen gestrickten Islandpulli warm –, griff nach Schal und Mütze und ging zur Tür.

»Man sieht sich«, sagte er.

»Bin gespannt, was Hanno morgen anstellt«, meinte Nina.

»Warum interessierst du dich für meinen Wichtel?«

»Nun, es könnte doch sein, dass ich … neidisch bin?«

»Warum?«

»Du hast Hanno, aber Ekke Nekkepenn lässt sich bei mir nicht blicken. Meine wilden weihnachtlichen Gesellen aus Island wohnen zu weit weg …«

Morten schaute Nina erstaunt an, wandte sich dann allerdings abrupt ab.

Konnte es sein, dass Nina …

Und er hatte ihr auch noch den Nachmittag versaut! Ihn wunderte es, dass sie ihm das gar nicht nachzutragen schien.

Falls Nina für Hannos Aktionen verantwortlich war, wäre es nur fair, wenn Ekke Nekkepenn sich dafür erkenntlich zeigen würde, dass sie die Gertje nicht sofort abgeschrieben hatte.

Morten wollte seinen Fauxpas wiedergutmachen. Ihm würde schon etwas einfallen.

Kapitel 11

Nina sah auf die Uhr. Kurz vor zehn. In einer Viertelstunde würde die Frisia anlegen. Dann erwachte Juist kurzfristig aus dem Dornröschenschlaf, und ein Schwarm von Menschen quoll aus der Fähre. Die Reisenden eroberten den Hafenbereich, scharten sich um die Gepäckcontainer und verschwanden schließlich einzeln oder in kleinen Gruppen in Richtung der Hotels und Ferienwohnungen. Nina mochte es, diese tägliche Invasion zu beobachten.

Die Insel war inzwischen wesentlich belebter als bei ihrer Ankunft im November. Das war noch keine zwei Wochen her, allerdings kam ihr die Zeit, die sie nun schon auf Töwerland verbrachte, deutlich länger vor. Sie hatte sich überraschend schnell eingelebt.

Es war wirklich zauberhaft hier. Eine übergroße bewohnte Sandbank zwischen Wattenmeer und der offenen Nordsee mit einer Ruhe und Gelassenheit, die sie zu schätzen wusste. Ein stiller Ort wie dieser mit seinem Wind und Möwengeschrei tat der Seele gut, ließ sie durchatmen, auftanken. An einem solchen Platz sollte man leben. Mit ein Grund, warum sie sich in Reykjavik beworben hatte. Auch wenn die isländische Hauptstadt mit rund hundertvierzigtausend Einwohnern nicht gerade klein war, gab es doch schon in unmittelbarer Nähe Plätze wie diesen hier, wo sie inneren Frieden finden konnte. Und freundliche Menschen wie Yrsa und Ólafur, mit denen sie zusammenarbeiten würde.

Nina mochte auch die hiesigen Insulaner. Ihre Geradlinigkeit, ihr praktisches Mitanpacken. Gestern nach dem Stricktreffen war Tessa noch zum Aufräumen geblieben. Sie hatten dabei über Gott und die Welt gesprochen und sich schließlich zu einer letzten Tasse Tee aufs Sofa gesetzt.

»Es ist schön, dass du hier bist.« Tessas Worte klangen in Nina nach. »Mir ist, als würden wir uns schon ewig kennen.«

Sie empfand das genauso. Zwischen ihr und Tessa schwang eine unerwartete Vertrautheit, Onkel Pitt hätte das wahrscheinlich Seelenverwandtschaft genannt.

Unwillkürlich dachte Nina an Morten. Der Mann, dessen blaue Augen sie gestern immer wieder gemustert hatten. Er war überraschend lange geblieben, dafür, dass er eigentlich nur ein paar Formulare vorbeibringen wollte.

Ach, Mist. Die Papiere. Sie hätte sie selbst abholen sollen, wie es abgesprochen gewesen war. Dann wäre die Stimmung gestern nicht gekippt.

Jedenfalls musste Nina die Unterlagen noch durchsehen. Aber nicht jetzt. Sie hatte am Abend nur einen kurzen Blick darauf geworfen und gesehen, dass die Mängelliste, die zuoberst lag, ganz schön lang war.

Fünf nach zehn. Es wurde Zeit, hinüber zur Anlegestelle zu gehen und Pepe in Empfang zu nehmen. Fast sechs Jahre waren sie einander nicht mehr begegnet, und Nina hatte nicht damit gerechnet, dass sie ihn überhaupt je wiedersehen würde. Nicht nach ihrem holprigen Abschied damals.

Sie zog Schuhe, Jacke und die grüne Mütze mit der Häkelblume an der Seite an und wickelte einen bunten Schal um den Hals. Heute war wieder einer dieser kalt-grauen Tage, an denen kräftige Farben guttaten.

Morten mochte kein Grün, fiel ihr ein, aber sie schob den Gedanken beiseite. Gleich würde sie Pepe treffen, da war die Erinnerung an Morten in seinem dunkelblauen Troyer fehl am Platz.

Entschlossen öffnete Nina die Tür, um aus der Gertje zu treten, doch ein rot-weißes Absperrband, das kreuzweise über den Ausgang geklebt war, hielt sie zurück.

Einen Moment stutzte sie, dann musste sie lachen. »Ekke Nekkepenn?«, rief sie laut.

Natürlich kam keine Antwort. Vielleicht war es ja auch gar nicht der Meermann gewesen, sondern der Weihnachtswichtel? Auf jeden Fall ahnte Nina nun, warum Morten beim Abschied so komisch geguckt hatte. Ob ihm klar geworden war, dass sie mit Hanno unter einer Decke steckte? Oder wollte er ihr einfach eine Freude machen, indem er sie in die Späße rund um den Wichtel miteinbezog?

Nina holte eine Schere und schnitt eines der Bänder am Türrahmen durch, sodass sie gebückt hinausgehen konnte, ohne das gesamte Werk von Wem-auch-immer sofort zu zerstören.

Gut gelaunt schloss sie die Tür ab und marschierte zum Anleger. Die Frisia lief gerade ins Hafenbecken ein. Gleich war es so weit. Ob Pepe sich sehr verändert hatte?

Nina entdeckte ihn sofort. Als einer der ersten Passagiere verließ er das Schiff und sah sich suchend nach ihr um. Nina winkte und ging langsam auf ihn zu.

»*Queridita*!«, rief er ihr entgegen und beschleunigte seinen Schritt. »Da bist du ja!«

Er öffnete die Arme, und sie war überrascht, wie vertraut es sich anfühlte, als er sie an sich drückte.

»Willkommen auf Juist!« Nina erwiderte kurz Pepes Umarmung, dann aber trat sie einen Schritt zurück.

»Du hast dich überhaupt nicht verändert«, sagte sie und

blickte in das Gesicht mit den dunklen Augen, der leichten Hakennase und den vollen Lippen, die er nun zu einem Grinsen verzog.

»Doch, doch. Aber weil ich so warm eingepackt bin, kannst du nicht sehen, wo ich überall Falten und graue Haare bekommen habe. Das verschieben wir auf später, ja?« Er zwinkerte ihr zu.

Nina ignorierte die Anmache. »Lass uns mal nach deinem Gepäck schauen. Dann begleite ich dich zum Hotel. Wo bist du untergekommen?«

»Ich habe eine Ferienwohnung in der Wilhelmstraße«, erklärte Pepe und folgte Nina zu den Gepäckcontainern, die inzwischen auf dem Vorplatz bereitstanden.

Eine Ferienwohnung? Hatte er am Telefon nicht von einem Hotel gesprochen? Aber letztlich konnte es ihr egal sein.

»Du siehst übrigens gut aus«, sagte Pepe. »Die rote Brille steht dir.«

»Danke.«

Pepe hievte einen großen schwarzen Hartschalenkoffer mit einem beigefarbenen Lederanhänger in Herzform aus dem Container.

»Gut, dann zeig mir mal dein neues Heim, wo ich wohne und überhaupt alles.«

Nina lachte. »So schnell dürfte Letzteres nicht gehen. Ich habe im Augenblick da drüben mein vorübergehendes Zuhause.« Sie zeigte auf das Hausboot, das von hier aus gut zu erkennen war. »Auf der Gertje. Ich hab sie von Onkel Pitt geerbt.«

»Wie romantisch. Da hast du also eine ganz spezielle Inselresidenz.«

»Nur noch ein paar Wochen. Aber lass uns losgehen, damit du ins Warme kommst, bevor es regnet.«

Ein heftiger Windstoß unterstrich Ninas Worte, und sie schlossen sich dem Tross der angekommenen Gäste an.

Am Kurplatz blieb Pepe kurz stehen und wechselte die Hand, mit der er den Koffer zog. »Ich sehe, auf dieser Insel ist auch Weihnachtszauber angesagt«, kommentierte er die geschmückte Tanne.

»Heute um fünf kannst du sogar zum Singen kommen. Es gibt hier jeden Adventssonntag ein kleines Mitmachkonzert.«

Pepe runzelte die Stirn. »Du erinnerst dich, wie meine Stimme klingt, wenn ich versuche, Töne zu treffen?«

»Du darfst auch einfach nur zuhören. Mit deinen Ohren ist doch alles in Ordnung?«

»Ich kann nicht klagen. Sämtliche Organe funktionieren einwandfrei.« Er grinste schelmisch, und trotz ihrer Vorsätze musste Nina lachen.

»Das muss ich nicht wissen.«

»Ich dachte nur ... ich will dir nichts, aber auch gar nichts verschweigen.«

»Du hast dich wirklich nicht verändert«, stellte Nina fest. »So, wohin nun? Rechts oder links? Die Querstraße da vorne ist die Wilhelmstraße.«

»Laut Wegbeschreibung von Tante Google muss ich nach rechts.«

Die Ferienwohnung befand sich in einem typischen zweistöckigen Backsteinhaus mit ausgebautem Dachgeschoss, das mit den weißen Sprossenfenstern auch im Winter ein gewisses Urlaubsflair ausstrahlte. Sterne aus Goldpapier – ganz offensichtlich von Kinderhand geschnitten – schmückten die Scheiben des Erdgeschosses, und hinter den Fensterchen in der Tür leuchteten kleine Lämpchen.

»So, da wären wir«, sagte Pepe. »Kommst du mit rein? Ich habe ein paar Flaschen von deinem Lieblingswein mitgebracht.«

»Kein Wunder, dass dein Koffer so schwer ist«, erwiderte Nina. »Aber erstens ist es heller Vormittag, und zweitens habe ich noch zu tun.«

»Du arbeitest doch gar nicht.« Pepe zog ein enttäuschtes Gesicht. »Steffi hat mir gesagt, dass du hier Urlaub machst.«

»Steffi?« Jetzt wurde Nina klar, woher Pepe ihre Handynummer hatte.

»Ja, ich war zufällig in Freiburg, und da wollte ich dich besuchen. Nur warst du nicht zu Hause, und so habe ich deine Freundin Steffi gefragt. Ich soll dich übrigens von ihr grüßen.«

»Danke. Was für ein Zufall, dass du von Freiburg aus nach Münster und danach ausgerechnet nach Juist wolltest.«

Pepe zog ein zerknirschtes Gesicht. »Ich gebe zu: Ich habe dem Zufall etwas nachgeholfen.«

Nina nickte. »Das habe ich befürchtet.«

»Fürchtet euch nicht!« Pepe lachte nun wieder breit. »Ist das nicht die Weihnachtsbotschaft? *No tengan miedo*?«

»Deine Botschaft kannst du mir nachher verkünden. Komm erst mal richtig an, wir können uns später zu einem Spaziergang treffen.«

»Wann später?«

»Viel später, ich hab wirklich zu tun. Ich schick dir ne Nachricht.«

Pepe seufzte. »Dann tu, was du nicht lassen kannst. Ich bin nämlich ein großer Junge und kann schon ganz allein bleiben.«

»Eben.«

Pepe drückte auf den Klingelknopf, und Nina wandte sich zum Gehen.

»*Chao, querida*.«

»*Chao*, Pepe«, rief Nina über ihre Schulter und zog ihren Schal enger, bevor sie sich rasch entfernte.

Aus einem langen Spaziergang mit Pepe würde wohl erst mal nichts werden, so wie sich die dunklen Wolken am Himmel ballten. Vielleicht sollte sie am Nachmittag mit ihm ins Lüttje Teehuus gehen. Bei Tee und Kuchen war es bestimmt gemütlich, sich zu erzählen, wie sie die letzten sechs Jahre verbracht hatten.

Natürlich könnte sie Pepe auch auf die Gertje einladen. Tatsächlich würde es sich nicht vermeiden lassen, dass er irgendwann das Hausboot betrat. Doch es widerstrebte ihr, ihn dort in ihr ganz privates Reich hineinzulassen. Pepe gehörte nicht hierher. Er gehörte nach Cusco, Aguas Calientes und Machu Picchu. Zu *Old Inka Tours* und in die Vergangenheit.

Dennoch berührten sie seine Anwesenheit, sein Lächeln, seine dummen Sprüche und sein südamerikanisches Getue. Immerhin hatten sie fast drei Jahre lang Haus, Bett und Leben geteilt, die meiste Zeit davon glücklich, bis es dann doch nicht mehr gegangen war. Sie waren einfach zu verschieden gewesen.

Pepe hatte jedoch nicht ihr Herz gebrochen. Nicht wie Howard bei ihrer Scheidung einige Jahre zuvor. Pepe und Nina waren Freunde gewesen, bevor sie ein Paar geworden waren, und sie hatten beschlossen, das auch für immer zu bleiben. Dann war Pepe allerdings aus Peru fortgegangen, und als Nina Monate später ebenfalls das Land verlassen hatte, um nach Deutschland zurückzukehren, war der Kontakt abgebrochen. Bis heute.

*

In Wirklichkeit hatte Nina nichts Dringendes zu erledigen, wenn man vom Stricken für den Basar absah und davon, dass ein Stapel Formulare auf sie wartete, die Morten spätestens bis morgen zurückhaben wollte. Mit den besten Vorsätzen griff sie daher nach den Papieren, um alles genau durchzulesen. Das würde ihr helfen, endlich zu entscheiden, was aus der Gertje werden sollte.

War es sinnvoll, das Schiff einfach so, wie es war, zu verkaufen? Oder konnte das Hausboot, wenn es überholt war, für Nina ein Feriendomizil werden wie für Onkel Pitt?

Mit einem ganz unzeremoniell in einem Becher aufgegossenen englischen Tee und den Unterlagen machte Nina es sich auf dem Sofa bequem. Sie begann mit der Mängelliste.

Seepocken. Das klang wie eine Krankheit – und war es wohl letztlich auch. Ob so ein Antifouling-Unterwasserschutz einem erneuten Befall vorbeugen würde? Wie viel würde das kosten?

Dass die Gasanlage nicht die neueste war, wusste Nina, aber so, wie Morten es aufgeschrieben hatte, klang es fast gefährlich. Dann noch die Abwasserventile austauschen und an der Reling und am Rumpf etwas ausbessern …

Es nützte wohl nichts. Egal, wie sie sich entschied: Die Gertje war eine regelrechte Patientin und musste auf die Werft. Ohne eine Generalüberholung würde sie bei einem Verkauf keinen guten Preis erzielen. Allerdings hatte da zuerst eine Kosten-Nutzen-Abwägung zu erfolgen.

Sollte Nina sich trotz allem dafür entscheiden, das Hausboot zu behalten, dann musste die Gertje erst recht wieder in Schuss kommen.

Nina ließ das Blatt sinken und griff nach ihrem Becher. Sie trank den heißen Tee in kleinen Schlucken und versuchte, sich alles systematisch durch den Kopf gehen zu lassen. Sie hatte genügend Erspartes, dazu noch einiges Geld von Onkel Pitt geerbt. Sie brauchte zuallererst einen Kostenvoranschlag, damit sie kalkulieren konnte, ob sie es sich leisten konnte, die Gertje reparieren und überholen zu lassen.

Nur wozu? Ein anderer Hafen als Juist interessierte Nina nicht, doch auf Töwerland wollte man das Hausboot nicht länger haben. Das hatte Morten ihr mehr als deutlich gesagt.

Morten. Da war er wieder. Ninas Blick wanderte unwillkürlich zu dem Korb neben dem Sofa, in dem sie ihre angefangenen Stricksachen aufbewahrte. Unter den grau-pinken Socken auf dem Nadelspiel aus Bambus schauten die gleichmäßigen Maschen des dicken blauen Pullovers hervor, den sie Morten so spontan versprochen hatte.

Beim Gedanken an sein überraschtes Gesicht umspielte ein Lächeln ihren Mund. Er hatte sich gefreut, da war sie sich sicher. Obwohl er an ihrer Schnelligkeit zu zweifeln schien – mit Sechser-Nadeln war die Passe schnell fertig, vor allem, wenn demnächst das Stricken für den Basar wegfiel. Sie hatte schließlich genügend Erfahrungen mit mehrfarbigen Einstrickmustern.

Zu Weihnachten würde Morten den Pullover tragen können. Und wenn sie im neuen Jahr zusammen mit der Gertje verschwand, würde er sich immer an sie erinnern …

Nina schüttelte den Kopf. Was war nur in sie gefahren? Sie stellte den leeren Teebecher ab und stand auf. Nach kurzem Zögern nahm sie den Papierstapel und trug ihn zum Nachttisch neben ihrem Bett, wo sie ihn in der Schublade verschwinden ließ. Damit würde sie sich heute Abend noch einmal in Ruhe befassen.

Jetzt musste sie endlich das Absperrband ganz entfernen, obwohl sie sich ungern von dem Beweis trennte, dass jemand sie in hiesige Bräuche einbezog. Sie würde das Band aufbewahren, vielleicht konnte sie es selbst noch einmal benutzen.

Dann war wieder entspannendes Stricken angesagt, bis Nina bereit für das Treffen mit Pepe war. Dabei würde sie sich die neueste Folge ihres Lieblingspodcasts anhören, in dem eher unbekannte Begebenheiten aus der Geschichte erzählt oder interessante Persönlichkeiten vorgestellt wurden.

Es hatte inzwischen angefangen zu regnen, und mit einer Kerze und einem weiteren Becher Tee würde es richtig gemütlich werden.

»Ich pass schon auf, dass nichts in Flammen aufgeht«, versicherte sie einem unsichtbaren Morten, der ihr LED-Lichter empfohlen hatte.

Verflixt, jetzt sprach sie sogar in seiner Abwesenheit mit ihm!

*

Das Lüttje Teehuus erwies sich als eine gute Entscheidung. Es war hier warm, gemütlich und herrlich adventlich geschmückt. Der Gastraum duftete leicht nach den Tannenzweigen, an denen weiß- und golddekorierte Weihnachtssträuße gebunden waren. Und natürlich nach süßer Weihnachtsbäckerei. Vanilleduft vermischte sich mit dem von Kaffee und Kerzenwachs. Nina konnte es kaum erwarten, Gebäck oder Kuchen zu bestellen. Allein, wenn sie die dicken Waffeln sah, lief ihr das Wasser im Mund zusammen.

Alle Tische waren besetzt, doch von einem stand gerade ein älterer Herr auf und bedeutete ihnen, dass sie den Platz haben konnten. Er half seiner Gattin höflich in den Mantel und verabschiedete sich.

Pepe zündete die weiße Kerze auf dem kleinen Tannengesteck in der Mitte des Tisches an und bestellte umgehend für sie beide Sanddorngrog und Waffeln mit Kirschen und Vanilleeis. Damit traf er genau Ninas Geschmack, aber sie ärgerte sich trotzdem.

»Glück gehabt«, erklärte Nina. »Du hast nämlich vergessen, mich zu fragen, was ich möchte.«

»Ich kenn dich doch, *querida*. Du hast zu Waffeln noch nie Nein gesagt. Erinnerst du dich an das Fest in der deutschen Botschaft in Lima?«

Natürlich erinnerte sich Nina. Auch daran, wie wahnsinnig es sie schon damals gemacht hatte, dass Pepe einfach für sie aussuchte. Selbst wenn er selten danebenlag, wollte sie doch ihre eigenen Entscheidungen treffen. Aber nun war es, wie es war, und sie beschloss, sein Verhalten dieses Mal hinzunehmen. Schließlich wollte sie sich nicht gleich zu Anfang seines Besuchs mit ihm streiten, und sie hätte ohnehin Waffeln bestellt.

»Also, erzähl, was machst du jetzt so, und was führt dich hierher?«, fragte sie. »Als ich das letzte Mal von dir gehört hab, warst du in Ecuador.«

Pepe nickte, doch da nun ihr Grog serviert wurde, sprach er erst weiter, als die junge Bedienung zum nächsten Tisch gegangen war.

»In Ecuador war ich nicht lange. Keine zwei Jahre.« Er hob sein Grogglas und schnupperte daran. »Mhm. Das riecht, als ob es genau das richtige Getränk für dieses Wetter ist!«

Sie nahmen vorsichtig einen Schluck, dann sprach Pepe weiter: »Im Grunde war mein Job in Cuenca derselbe wie der in Cusco, nur in Grün. Andentouren zu Fuß oder mit dem Bus. Ingapirca statt Machu Picchu …« Er hob die Schultern. »Das wurde dann doch schnell langweilig. Deshalb habe ich die Zelte in Südamerika abgebrochen und bin zurück nach Deutschland gegangen.«

Nina sah ihn überrascht an.

»Ja, ich habe für eine Organisation gearbeitet, die Reisen entlang der Ostsee anbietet. Polen, Baltikum und so.«

»Das ist ja ein ganz schönes Kontrastprogramm zu früher.«

»Ach, man sollte sich immer wieder mal neuen Herausforderungen stellen, meinst du nicht?«

Er trank vom Sanddorngrog.

»Ja, sicher. Aber müsstest du dann statt spanischer Worte jetzt nicht eher polnische oder litauische in deine Sprache einstreuen?«

»Ach, *querida*, nach mehr als zwanzig Jahren in Südamerika ist mir Spanisch einfach in Fleisch und Blut übergegangen. Es kommt auch bei den Damen deutlich besser an als andere Sprachen.« Pepe grinste. »Pedro Blanco klingt eben nach so viel mehr Abenteuer als ein schnöder Peter Weiß.«

Nina schüttelte unmerklich den Kopf. Nein, Pepe hatte sich nicht verändert. Er spielte also immer noch den Lateinamerikaner, und so, wie er aussah, kam er auch damit durch.

»Außerdem bin ich inzwischen noch mal weitergezogen«, fuhr er fort. »Nachdem ich mit einem Kumpel ein paarmal über die Ostsee nach Schweden geschippert bin, bin ich irgendwann dort hängen geblieben.«

»In Schweden?«

»Ja, ich weiß, das haut dich um. Deine Freundin Steffi hat mir erzählt, dass auch du inzwischen Skandinavien-Touren leitest. Was für ein schöner Zufall!«

Zum Glück wurden genau jetzt die bestellten Waffeln gebracht, und Nina brauchte nicht sofort einen Kommentar abzugeben, sondern konnte sich der Köstlichkeit auf dem Teller widmen.

»Nina! Habe ich doch richtig gesehen, dass du das bist«, sagte auf einmal eine Frauenstimme. Als Nina aufsah, stand Lientje neben ihr und lächelte auf sie herab. »Die Waffeln hier sind ganz besonders lecker, nicht wahr?«

»Absolut.« Pepe ließ seine Blicke interessiert über Lientjes enges Kleid wandern. »Ich habe gerade eben genau das Gleiche gesagt. Derselbe Geschmack eben.«

Nina verdrehte innerlich die Augen.

Lientje aber ließ sich offenbar schnell von Pepes Charme einwickeln. »Das muss sich erst noch herausstellen«, sagte sie an ihn gewandt.

»Wir haben Zeit. Ich bin noch ein Weilchen auf der Insel«, verriet der verschwörerisch.

»Na, ich weiß nicht, was Ihre Freundin dazu sagt.«

»Pepe ist nur ein alter Freund, der mich kurz besucht«, warf Nina ein.

»Pedro Blanco«, stellte Pepe sich vor. »Wollen Sie sich nicht zu uns setzen?«

»Nein, nein. Ich bin mit meiner Cousine hier, und wir haben schon bezahlt. Aber vielleicht habt ihr Lust, in den nächsten Tagen einmal essen zu gehen? Mit Morten und mir? Das wäre sicher lustig.«

Nina öffnete den Mund, um höflich abzulehnen. Sie hatte keine Lust, Zeit mit Lientje zu verbringen und dabei zuzusehen, wie glücklich sie mit Morten war.

Doch Pepe reagierte schneller. »Das klingt ganz wunderbar. Da kommen wir gern. Warten Sie, hier ist meine Nummer.«

Er zog ein silbernes Visitenkartenetui aus der Gesäßtasche und überreichte ihr ein buntes Kärtchen. Hatte er so etwas immer dabei?

»Ich bin übrigens Lientje. Du kannst mich ruhig duzen. So als Freund von Nina …« Sie hob vielsagend die Brauen.

Wenn Lientje doch mit Morten zusammen war, wieso sah sie Pepe dann auf diese Weise an? Dass der darauf ansprach, war allerdings kein Wunder. Er hatte immer schon mit Begeisterung geflirtet.

»Wo sollen wir auftauchen? Und wann?«, fragte er charmant. »Ich bin mindestens eine Woche auf Juist.«

Nina gab den Versuch auf, die Verabredung zu verhindern. Gegen Pepes Überschwang konnte sie kaum ankommen.

»Ich spreche mit Morten und gebe euch Bescheid.« Lientje wedelte mit der Visitenkarte.

»Ich freue mich«, versicherte Pepe. »Lientje.«

»Morten und ich freuen uns auch.«

Nina brachte ein Lächeln zustande. Immerhin würde Morten beim Essen dabei sein. Sie sollte allerdings vorher noch einmal ernsthaft mit Pepe sprechen, damit er sich mit seinem Getue im Zaum hielt. Dann konnte es vielleicht doch ein angenehmer Abend werden.

Kapitel 12

Morten liebte es, am Wasser spazieren zu gehen. Die Dünenseite der Insel mochte er besonders, denn dort war die See imposanter und mächtiger. Sie zeigte, wie klein der Mensch gegen das Schauspiel der Natur war. Wie unbedeutend Probleme wurden, wenn er den Möwen- und Gänseschwärmen am Himmel hinterherblickte. Hier war er zu Hause, hier gehörte er hin, und nichts und niemand würde daran etwas ändern können. Nicht einmal die Tatsache, dass Morten sich oft einsam fühlte und so sehr wünschte, endlich eine Frau zu finden, mit der er sein Leben teilen konnte. Erlebnisse gemeinsam durchstehen und genießen, je nachdem, was das Schicksal für sie bereithielt.

Doch es war sinnlos, das erzwingen zu wollen.

Morten war zu einem einsamen Wolf geworden, der nichts mehr schätzte als sein Juist. Vielleicht, weil er schon eine Menge von der Welt gesehen hatte und keinen Ort so schön fand wie sein Töwerland?

Schließlich gab es nicht nur seine Europareisen mit Merle. Morten hatte nach dem Abitur ein Jahr lang in Australien und Neuseeland verbracht. Seine Rucksacktour mit Lars durch Norwegen und Schweden hatte er bestens in Erinnerung, auch die vielen Mückenstiche in Lappland taten dem keinen Abbruch. Diese Reisen waren faszinierend gewesen und aufregend. Aber kein Ort war vergleichbar mit seiner wundervollen Insel.

Während Merle bei ihren Reisen gemerkt hatte, dass sie weiter in die Welt hinauswollte und sie Juist auf Dauer zu klein und zu wenig fesselnd fand, war in Mortens Seele etwas völlig anderes passiert.

Nach der letzten Tour mit ihr im Campingbus wusste er plötzlich, wohin er gehörte. Morten hatte den einzigartigen Zauber seiner Heimatinsel nach all der Herumreiserei begriffen. Es zog ihn nirgendwo mehr hin.

Er liebte die alten Traditionen, die Sicherheit und die Überschaubarkeit seines Kosmos. Lars hatte es nach den vielen Trips genauso gesehen und war wie er geblieben, mit Tessa an seiner Seite, während Merle weitergezogen und wie Nina zu einer Reisenden geworden war. Nirgendwo richtig angekommen. Immer unterwegs. Immer auf dem Sprung. Immer unter Zeitdruck, weil man ja etwas verpassen könnte.

Morten seufzte und schaute einer Silbermöwe hinterher, die Richtung Norderney flog, es sich dann aber anders überlegte und die offene See bevorzugte.

Wie Nina, schoss es ihm durch den Kopf.

Sie gab vor, auf die nächste Insel – dieses Mal würde es Island sein – zuzusteuern, würde kurz landen und nach einiger Zeit vermutlich schon wieder weiterfliegen. Ach, was interessierte es ihn eigentlich, wohin Nina gehen wollte!

Morten zertrat mit einem gezielten Schritt eine Miesmuschel und ärgerte sich im nächsten Moment über seine Zerstörungswut.

Es nervte ihn, dass er nicht einmal sagen konnte, was genau ihm so schlechte Laune bescherte, obwohl er sich gerade an seinem Lieblingsort aufhielt.

Weil du dich einsamer fühlst, als du zugeben willst, raunte ihm eine innere Stimme zu.

Warum nur konnte er sich nicht einfach in Lientje verlieben und so auf Juist glücklich werden bis ans Ende seiner Tage?

Doch nach der Weihnachtsfeier hatte Morten deutlich erkannt, dass das niemals passieren würde.

Der Klingelton riss ihn aus den Gedanken. Er fingerte das Handy aus der Hosentasche – es war seine alte Freundin.

»Moin, Morten.«

»Moin, Lientje. Was gibt's?« Er hoffte, nicht allzu unwirsch zu klingen, aber er verspürte gerade nur wenig Lust auf ein Gespräch mit ihr. Wie viel lieber hätte er hier am Spülsaum weiter seinen Gedanken nachgehangen.

»Klingt so, als würde ich stören?«

»Ist okay, ich bin nur unterwegs.«

»Das höre ich. Du stromerst wieder am Strand entlang und grübelst vor dich hin, stimmt's?«, fragte Lientje.

»Jo, stimmt.«

»Hat dir der Nikolaus heute nichts in den Stiefel gepackt, oder war dein kleiner Hanno böse mit dir?«

Nun stutzte Morten. »Der Nikolausstiefel war voll.«

Das war keine Lüge, denn seine Mutter konnte es sich einfach nicht nehmen lassen und legte ihm Jahr für Jahr an diesem Tag Kleinigkeiten vor die Tür.

»Ist etwa Hanno für deine miese Laune verantwortlich?«

Warum klang Lientje so lauernd? War es doch nicht Nina, die ihn Morgen für Morgen mit kleinen Streichen zum Schmunzeln brachte? Dann hätte er sich mit der Absperrband-Aktion ja völlig lächerlich gemacht.

»Hanno war heute freundlich zu mir«, sagte er vorsichtig, denn Morten wollte wissen, ob Lientje etwas mit den Wichtelaktivitäten zu tun hatte.

»War deine Milch blau?«

Morten atmete erleichtert auf, weil Lientje danebenlag.

»Nein, ich hatte Schokokekse im Schuh. Ich hatte ihn draußen unter dem Vordach stehen lassen. Allerdings war das Gebäck zerbröselt. Zum Glück in einer kleinen Tüte, sodass ich es gleich mit einem Löffel genießen konnte.«

»Wie süß, eine gute Idee!«

Morten war froh, dass seine alte Freundin wohl nicht für Hannos Späße verantwortlich war. Nein, es musste Nina sein. Und das war gut so, fand er.

»Okay, dann weiß ich nicht, warum du so mies drauf bist, aber ich kann deine Laune immens verbessern, wenn du willst.«

Wollte er das?

Eigentlich nicht. Im Grunde fühlte er sich momentan ganz gut mit seiner Griesgrämigkeit. Bei diesem Gedanken glitt ein Grinsen über sein Gesicht. Er war manchmal wirklich ein merkwürdiger Typ. Ein echter Gnarrpott!

»Hallo? Erde an Morten? Lauscht mir mein bester Freund überhaupt noch?«

»Ja, sag, was du loswerden möchtest!«

Und gut is, fügte er in Gedanken hinzu.

»Ich möchte heute Abend mit dir essen gehen«, sagte Lientje. »Dann musst du den Abend des Nikolaustages nicht allein verbringen.«

Morten seufzte. Dazu verspürte er gar keine Lust.

»Ich habe Matjes im Kühlschrank. Darauf freue ich mich schon den ganzen Tag. Trotzdem danke, dass du an mich gedacht hast.«

Doch Lientje ließ sich nicht so einfach abwimmeln. »Den kannst du auch morgen noch essen. Na los!«, insistierte sie, machte dann aber eine Pause. »Es liegt an dem Kuss, oder?«

Lientje war immer sehr direkt.

»Hm«, grummelte Morten. Das stimmte schließlich.

»Schwamm drüber. Komm, wir sind Freunde und hatten eben zu viel getrunken. Das sollte jetzt nicht der Grund dafür sein, sich aus dem Weg zu gehen.«

Morten atmete erleichtert auf. Hatte er da was überbewertet, und Lientje sah die Sache wirklich so locker? Er wünschte sehr, dass dies so war, denn in dem Fall gäbe es keine Probleme mehr zwischen ihnen.

»Bei unserem Treffen wartet auch eine richtig coole Überraschung auf dich«, flötete Lientje weiter.

»Und was?«

»Wenn ich sie dir verrate, ist es ja keine Überraschung mehr.«

Morten schaute auf seine Armbanduhr. Eine klassische mit Zeiger und ohne Smart-Funktion oder Ähnlichem.

»Wann denn?«, hörte er sich sagen.

»Um sieben im Hotel Atlantik? Ich reserviere einen Tisch.«

Morten verspürte noch immer keine große Lust, aber ihm gingen die Argumente aus.

»Okay, ich bin um neunzehn Uhr dort.«

»Fein«, jubelte Lientje.

Morten drückte das Gespräch weg. Er war nicht sicher, wie *fein* er das wirklich fand. Auf diese eigenartige Überraschung war er allerdings gespannt.

*

Morten kam wie immer zehn Minuten zu früh, denn wenn er eine Sache hasste, war es Unpünktlichkeit. Trotzdem war Lientje schon vor ihm da.

»Wir haben noch einen Moment«, sagte sie und schob ihre lila Baskenmütze zurecht. »Die anderen kommen gleich.«

»Welche anderen?«

Sie knuffte ihn in die Seite. »Das ist doch die Überraschung.« Lientje schmiegte sich an ihn, und Morten machte augenblicklich einen Schritt zur Seite. Leere Worte vorhin am Telefon. Nichts als leere Worte. Lientje hatte es immer noch auf ihn abgesehen.

»Wollen wir trotzdem schon reingehen?«, fragte er. »Es ist kühl.«

Lientje willigte ein.

Sie legten ihre Jacken ab und setzten sich an den reservierten Platz.

Das Restaurant war sehr geschmackvoll eingerichtet. Die Einrichtung bestand aus hellem Holz, die Tische waren mit naturfarbenen Platzsets, passenden Stoffservietten und kleinen Lämpchen bestückt. Die hellgrünen Stühle bildeten dazu ein harmonisches Bild.

Morten und Lientje saßen an der großen verglasten Fensterfront und konnten so auf die Wilhelmstraße blicken.

»Auf wen warten wir noch?«

Über Lientjes Gesicht glitt ein breites Strahlen, als sie zur Tür schaute.

Morten folgte ihrem Blick, und als er sah, wer dort in der Tür stand, setzte sein Herzschlag für einen kurzen Moment aus. Denn herein kamen Nina und ein gut aussehender Mann. Ein südländlicher Typ. Das dunkle Haar und die leichte Hakennase verliehen ihm etwas Verwegenes. Sein selbstbewusstes Auftreten ließ darauf schließen, dass er ganz genau wusste, wie man Frauen um den kleinen Finger wickelte.

»Moin«, rang Morten sich schließlich ab. »Das ist ja eine Überraschung.«

Auch Nina schluckte, fing sich aber rasch und stellte ihre Begleitung vor.

»Das ist Pepe. Ein alter Freund von mir, mit dem ich in Südamerika zusammengearbeitet habe.«

»Schön, euch wiederzusehen«, säuselte Lientje übertrieben freundlich.

Morten beschlich die Ahnung, dass es ihr diebische Freude bereitete, Nina in Begleitung eines so ansehnlichen Mannes zu präsentieren, weil ihr klar war, dass es ihn kränkte. Ihr musste aufgefallen sein, wie wichtig ihm Nina in der kurzen Zeit geworden war. Und so etwas konnte Lientje nicht dulden.

Morten fragte sich sogleich, woher die drei sich bereits kannten. Er reichte Pepe die Hand. »Ich bin Morten, der Hafenmeister.«

Er war froh, auf diese Weise die Distanz wahren zu können, denn diesen Pepe mochte er nicht. Er kam ihm ein wenig unaufrichtig vor. Morten war zwar ein eingefleischter Insulaner, aber er besaß Menschenkenntnis, und die sagte ihm, dass der Typ nicht gut für Nina war.

Die schaute sich um und entdeckte die Garderobe. »Wir bringen nur unsere Jacken weg.«

»Schön, dass ihr da seid«, rang Morten sich ab, als die beiden zurückkamen, und wies auf die freien Stühle. »Das Essen hier ist ganz vorzüglich.«

»Ist es das?«, fragte Nina.

Sie wirkte befangen und auch aufgesetzt fröhlich.

Das Gespräch kam so gut wie gar nicht in Gang. Morten war froh, als der Kellner die Speisekarten brachte und sie eine Weile beschäftigt waren.

Das mochte ja was werden!

Die Unterhaltung kroch weiter zäh und langsam wie eine Weinbergschnecke zwischen ihnen hin und her. Lientje tischte während des Essens ständig Anekdoten aus ihrer Jugend auf, und Pepe hielt mit früheren Erlebnissen, die Nina und ihn verbanden, dagegen. Weil weder Morten noch Nina die Fäden aufgriffen, versiegte jeder Gesprächsstoff im Nu, sodass am Ende nur das zukünftige Wetter als Thema blieb, was niemanden faszinierte.

Morten war dankbar, als alle Teller leer waren und der letzte Rest aus der Weinflasche den Weg in die Gläser gefunden hatte. Bald war es überstanden.

Pepe wischte sich genüsslich den Mund mit der Serviette ab. »Hat echt super geschmeckt, nicht wahr, *querida*?«

Nina nickte. »Auf Juist ist irgendwie alles gut. Die Landschaft, das Essen, die Menschen …«

Morten musterte sie erstaunt, denn das klang ein bisschen verträumt und passte nicht zu der Nina, die er bisher kennengelernt hatte.

»Bessere Männer findest du nicht auf der Welt«, vervollständigte Lientje das Gesagte. Sie kuschelte sich dabei an Morten, und ehe er sich's versah, hatte sie ihm einen Kuss auf die Wange gedrückt.

»Wir kennen uns schon lange, das könnt ihr euch mittlerweile sicher denken.«

Pepe sprang auf das Theater sofort an. »Wir uns auch. So viele wunderbare Jahre.« Er küsste Nina ebenfalls, allerdings erwischte er ihre Lippen.

Sie rückte zwar ein Stück weg, aber sie wischte den Mund nicht ab. So, als wäre sie es gewohnt, dass er das tat.

»Gut, nun hatten wir einen schönen Abend«, schloss Morten. Er wollte hier nur noch weg und sich ganz bestimmt nicht länger ansehen, wie Pepe Nina mit seinen Blicken verschlang. Ihm war klar, was sie tun würden, sobald er und Lientje das Weite gesucht hatten.

»Wollen wir die Rechnung einfach teilen?«

»Du willst doch nicht schon los?«, meinte Lientje, die die Situation sichtlich auskostete und ihm sacht über den Handrücken strich.

Sie wandte sich an Nina und versuchte, mit ihrer Frage den gemeinsamen Abend zu verlängern. »Hast du denn geklärt, wann du dein Schiff wegbringen kannst?«

Nina schluckte. »Ich habe die Papiere unterschrieben und bringe sie morgen zu Morten. Dann brauche ich einen Kostenvoranschlag, damit ich entscheiden kann, ob ich die Gertje behalte oder veräußere.«

Morten schaute Nina nun schon zum zweiten Mal befremdet an. Seit wann sprach sie so förmlich? Das konnte doch nur bedeuten, dass sie sich ähnlich unwohl fühlte wie er.

Ihre Miene blieb undurchsichtig. Morten entging weiterhin der begehrliche Blick ihres Begleiters nicht.

Was für ein Schiet!, schoss es ihm durch den Kopf. Diese Situation musste so schnell es ging beendet werden. Er hielt das nicht mehr aus.

»Wir klären das morgen, nicht wahr, Nina? Ich muss morgen sehr früh eine Fuhre an der ersten Fähre abholen. Deshalb sollte ich schnell ins Bett gehen.«

»Es ist doch noch gar nicht so spät«, entfuhr es Lientje, aber Mortens zorniger Blick ließ sie sofort verstummen.

Pepe wandte sich lächelnd an Nina. »*Terminemos por fin con esto. ¡Qué noche tan aburrida!*«, säuselte er ihr zu.

Morten erstarrte. Sein Spanisch war gut genug, um die Worte zu verstehen. Pepe fand den Abend also langweilig und wollte ihn endlich beenden. Das konnte er haben.

Morten stand auf. »Ich zahle für alle.«

Es war ihm gleichgültig, dass es sich bestimmt um eine erhebliche Summe handeln würde, denn sie hatten zum Essen eine Flasche guten Merlot genossen. Der war immerhin sehr vollmundig gewesen. Leider gab es keine andere Möglichkeit, mit dieser Farce Schluss zu machen, als sich schnell zu verabschieden.

Morten beglich die Rechnung direkt am Tresen. Als er zurückkam, hatten alle schon ihre Jacken in der Hand. Gemeinsam verließen sie das Restaurant.

»Ich wünsche einen schönen Abend«, sagte Morten.

Sie verabschiedeten sich förmlich mit einem kurzen Handschlag. Pepe und Nina verschwanden zusammen in Richtung Hafen.

»Da hat sie aber ein echtes Sahnestück an der Angel«, sagte Lientje. »Findest du nicht?«

»Mag sein. Ich muss dann.« Morten wandte sich abrupt ab und lief mit großen Schritten nach Hause. Er war sicher, dass Hanno ihm morgen keinen Streich spielen würde. Das war nun wohl vorbei.

Morten presste die Lippen zusammen. Bevor er seine Haustür aufschloss, schaute er zum Himmel und entdeckte Kassiopeias vertrautes W. Plötzlich schob sich eine Wolke davor und verdeckte ein gutes Stück. Nun war das da oben eindeutig ein N.

N wie Nina.

Nina. Nina. Nina.

Verdammt, der Himmel bedeutete ihm, was er sich die ganze Zeit nicht hatte eingestehen wollen und was ihm so schlechte Laune bescherte. Er war gerade dabei, Nina zu verlieren, und das fühlte sich verdammt schlimm an.

Er war verliebt. Aussichtslos verliebt.

Kapitel 13

»Verdammt, was sollte das? Schämst du dich nicht?«, fluchte Nina, sobald sie außer Hörweite waren.

»Wieso, *mi amor*, was habe ich denn getan?«, fragte Pepe erstaunt. »War ich dir gegenüber nicht aufmerksam genug? Du hast leider immer dein Bein weggezogen, wenn ich versucht habe …«

»Natürlich habe ich das. Meinst du, ich habe Lust, mich von dir begrapschen zu lassen? In der Öffentlichkeit? Wobei ich mir das auch sonst verbitte. Und nenn mich bloß nie wieder *querida* oder gar *mi amor*! Ich bin nicht deine Liebe, in keiner Hinsicht.«

Mit großen Schritten eilte Nina in Richtung Hafen, sodass Pepe Schwierigkeiten hatte, mit ihr Schritt zu halten.

»Aber *querida* …«

»Was habe ich eben gesagt? Verdammt, Pepe. Unsere Beziehung ist Jahre her, und nun tust du auf einmal, als ob du mein verlorener Liebhaber wärst?«

»Ich habe eben immer noch Gefühle für dich.«

Nina warf ihm einen bösen Blick zu, ohne ihre Schritte zu verlangsamen. »Ich habe gerade auch ein großes Gefühl für dich: Wut! Wie kannst du jeglichen Versuch von mir, beim Essen ein einigermaßen angenehmes Gespräch zu führen, derart torpedieren? Du bist doch sonst ein Meister des geschliffenen Dialogs.«

»Es kommt eben immer darauf an, mit wem ich spreche. Auch wenn diese Lientje ein hübsches Ding und ganz nett ist, konnte ich mit ihrem Inselstoffel einfach überhaupt nichts anfangen.«

Nina blieb stehen und funkelte ihn an.

»Hörst du dir eigentlich zu? Eine Frau ist kein Ding. Morten ist auch kein Stoffel. Er ist ein freundlicher, kompetenter und hilfsbereiter Mensch! Ich schätze ihn sehr.«

Pepe lächelte süffisant. »Bist du dir sicher? Dass du ihn nur schätzt? Du hast dich heute auch nicht gerade normal verhalten. Könnte das am Ende tiefere Gründe haben?«

»Ich habe Kopfschmerzen«, behauptete Nina schnell. »Ich habe mich immerhin bemüht, dass der Abend angenehm verläuft. Während du ... Musstest du mir unbedingt auf Spanisch sagen, dass du dich langweilst? Das war der Gipfel der Unhöflichkeit.«

Pepe lachte. »Nein, *querida*, der Gipfel der Unhöflichkeit wäre gewesen, das auf Deutsch zu sagen. So sah es für die anderen ja nur aus, als ob ich dir ein weiteres Kompliment gemacht habe. Oder etwas mehr über den Rest des Abends sprechen wollte.«

Er hob vielsagend die Brauen.

Nina schüttelte den Kopf. »So funktioniert es nicht. Das mit uns ist vergangen und begraben. Und ehrlich gesagt wackelt im Moment auch der letzte Rest unserer Freundschaft. Ich empfehle dir, den weiteren Abend damit zu verbringen, dir ein paar Gedanken zu deinem Verhalten zu machen. Morgen habe ich übrigens keine Zeit, da bin ich den ganzen Tag beschäftigt.«

»Aber *que*... Nina. Reg dich doch nicht so auf! Lass uns noch ein Glas Wein trinken und in Ruhe darüber reden. Morgen wollten wir doch zusammen zum Hammersee.«

»Planänderung. Oder falls du es auf Spanisch brauchst: *cambio de plan*. Gute Nacht.«

Nina drehte sich um und stapfte davon. Zum Glück folgte Pepe ihr nicht, sie hatte keine Lust auf eine weitere Auseinandersetzung mit ihm. Sie hasste Streit.

Erst auf der Gertje – endlich allein – atmete sie tief durch.

Was für ein schrecklicher Abend! Irgendwie hatten sie sich alle verkrampft verhalten, außer vielleicht Lientje. Die legte es extrem darauf an zu demonstrieren, dass Morten ihr gehörte. Ihm war das sichtlich peinlich. Wahrscheinlich war er einer der Männer, die solche öffentlichen Liebesbekundungen gar nicht schätzten. Er würde seine Freundin vermutlich am liebsten nur hinter verschlossenen Türen küssen.

Nina lächelte unwillkürlich. Wenn sie sich Mortens Vorführung von Ekke Nekkepenn und seinen Streich mit dem Absperrband in Erinnerung rief, zeigte sich ihr ein völlig anderer Mann als der von heute Abend. Und dann war er immer so hilfsbereit, wenn es um die Gertje ging. Nach dem Streit mit Pepe tat es besonders gut, an *diesen* Morten zu denken.

Morgen wollte Nina ihm die Papiere bringen und sich für Pepes Verhalten entschuldigen. Eigentlich hatte sie vorgehabt, eine Plastikspinne an das Fensterchen neben seiner Haustür zu kleben, aber nun würde sie stattdessen lieber den kleinen Fingerpuppen-Wichtel für ihn hinterlassen, den sie zwischendurch schnell für diesen Zweck gestrickt hatte.

Vielleicht würde er Morten ein bisschen aufmuntern. Denn glücklich hatte er heute nicht ausgesehen.

Pepe dagegen konnte schauen, wie er seinen Juist-Urlaub selbst gestaltete.

*

Obwohl Nina lange nicht eingeschlafen war, fühlte sie sich am folgenden Morgen voller Energie. Sie beschloss, Morten die Unterlagen schnellstmöglich zu bringen und ihn gleich noch um einen Rat zu bitten, wo und wie sie einen Kostenvoranschlag für die Instandsetzung der Gertje bekommen konnte. Dann war diese Sache schon mal aus dem Weg und lag ihr nicht mehr auf der Seele.

Wann Morten wieder in der Hafenmeisterei sein würde, wusste sie leider nicht, aber er hatte gestern beim Abendessen davon gesprochen, dass er bei einem der Versorger eine Fuhre abzuholen hatte. Also konnte Nina ihn im Fährhafen antreffen.

Das Handy klingelte und zeigte den Namen ihrer Freundin.

»Steffi, hi!«

»Hallo, Nina. Nur ganz schnell …«

Nina grinste, wenn Steffi von »ganz schnell« sprach, konnte es dauern. Sie sah auf die Armbanduhr. Ein bisschen Zeit war noch.

»Was gibt's?«

»Das wollte ich dich fragen. Ist dein Pepe inzwischen bei dir?«, erkundigte sich Steffi.

»Er ist nicht ›mein‹ Pepe, aber ja, er ist seit Sonntag hier auf Juist.«

»Ist das okay? Also, dass ich ihm deine Kontaktdaten gegeben habe. Ich hab mir nichts dabei gedacht. Lisa meinte allerdings gestern Abend, das hätte ich nicht einfach tun dürfen. Sie ist gerade völlig auf dem Datenschutz-Trip. Ich hab deshalb jetzt ein schlechtes Gewissen.«

»Nein, kein Problem. Du wusstest ja, dass wir uns kennen und früher befreundet waren.«

»Oh …« Steffi machte eine Pause. »Waren?«

»Das muss sich noch zeigen. Wir sind gestern heftig aneinandergeraten. Und bevor du fragst – nein, da sind keine verborgenen Gefühle im Spiel. Außerdem habe ich mittlerweile genug Lebenserfahrung, um mich nicht mehr auf so egoistische Blender wie Pepe einzulassen.«

»Dann probier's das nächste Mal einfach mit einer anderen Sorte Mann.«

Morten, schoss es Nina durch den Kopf. Sie erschrak, wie heftig diese Eingebung von ihr Besitz ergriff. Morten war tatsächlich eine völlig andere Sorte Mann. Allerdings eine, die sich erfahrungsgemäß nie in eine Frau wie sie verliebte.

Woher kamen plötzlich diese Gedanken?

Bist du dir sicher? Dass du ihn nur schätzt?, hatte Pepe gestern Abend gefragt.

Nein, sie musste zugeben, dass sie sich dessen nicht sicher war. Ganz und gar nicht. Aber was für einen Zweck hatte es, ihren Gefühlen genauer nachzuspüren? Sie war nicht mehr allzu lange hier, und sie würde sich ohnehin nicht in eine Beziehung hineindrängen. Abgesehen davon, dass Morten nie ein Zeichen …

»Was meinst du dazu?«, fragte Steffi.

Mit einem Ruck kehrte Nina in die Wirklichkeit zurück. Mist, sie hatte nichts von dem mitbekommen, was Steffi erzählt hatte.

»Sorry, ich hab eben nicht richtig zugehört«, gab Nina zu. »Muss jetzt aber gleich erst mal los, um was zu regeln. Ich ruf dich einfach später zurück. Oder am Abend, ja? Dann reden wir in Ruhe.«

»Okay. Am besten ab sieben, vorher bin ich noch beim Pilates.«

Nina beendete das Gespräch, zog Schuhe, Jacke und Mütze an und griff nach dem bereitgelegten Umschlag mit den Formularen. Jetzt musste sie sich beeilen, wenn sie Morten noch erwischen wollte. Das hatte sie nun von ihrer Tagträumerei.

*

Morten stieg gerade auf den Bock des Pferdewagens, als Nina angelaufen kam. Er trug wie immer seinen Troyer mit der Joppe.

»Moin, Morten!«, rief sie ihm zu.

Er drehte sich zu ihr um.

»Nina?«, fragte er überrascht.

»Ich wollte dir die Papiere bringen«, sagte sie schnell und wedelte mit dem braunen DIN-A4-Umschlag. »Für die Gertje.«

»Hierher?«

»Ich wusste nicht, wann du wieder in deinem Büro bist. Da dachte ich …«

Morten nahm die Unterlagen entgegen, zögerte kurz und schob den Umschlag dann in eine Tasche, die hinter ihm stand.

»Gut, danke. Ich veranlasse alles und sage dir Bescheid, wenn es was Neues gibt.«

»Ich hätte noch eine Bitte.«

»Eine kurze oder eine lange?«

Nina sah ihn fragend an.

»Ich muss nämlich los«, erklärte er. »Es gibt jemanden, der dringend auf meine Fuhre wartet.«

»Verstehe. Dann vielleicht später?«

Zwar ließ sich die Frage nach einem Kostenvoranschlag rasch stellen, aber wenn sie diese als Aufhänger für eine Entschuldigung wegen Pepes Verhalten nutzen wollte, brauchte sie mehr als dreißig Sekunden.

Morten schien zu überlegen.

»Steig auf!«, sagte er unvermittelt und rutschte ein Stück zur Seite. »Wenn du möchtest, fahr mit ins Loog und erzähl mir unterwegs, worum es geht. Du kannst ja jederzeit zurücklaufen, wenn es dir zu lange dauert, bis alles ausgeliefert ist.«

Kurz entschlossen kletterte Nina zu Morten auf den Kutschbock.

So nah neben ihm zu sitzen fühlte sich aufregend an. Aber das lag wahrscheinlich nur daran, dass sie noch nie mit einem Pferdefuhrwerk gefahren war.

Es war herrlich! Die Hufe klapperten auf der gepflasterten Straße, der Geruch von Pferd und Heu stieg in Ninas Nase. Darunter mischte sich der des Wattenmeeres, der auch bei Flut immer präsent war. Es duftete nach Wellen, Salz und See. Nina wähnte sich neben Morten im Paradies auf dieser einzigartig schönen Insel. Rechts und vor ihr erstreckten sich imposante Dünenketten, und Nina konnte sich gerade ganz leicht in einen historischen Roman versetzen, in dem der Held und die Heldin in einer offenen Kutsche spazieren fuhren. Nur dass dies hier natürlich keine Kalesche war, sondern ein Fuhrwerk, und Morten und sie waren nicht der romantische Held und seine Liebste. Morten lieferte Waren aus, sie begleitete ihn, um mit ihm zu reden. Punkt.

Was war bloß heute Morgen mit ihr los?

»Also, erzähl, was du loswerden willst!«, forderte Morten sie auf. »Was willst du mich fragen?«

»Es geht um die Gertje«, setzte Nina an. »Ich hab's ja gestern schon angedeutet. Wenn ich sie reparieren und überholen lasse – was meinst du, würde ich investieren müssen? Wer kann mir da einen reellen Kostenvorschlag machen?«

»Du willst das Hausboot also doch wieder instand setzen

lassen? Möglich wäre auch, es zu verkaufen, und dein Nachfolger bringt das Boot in Ordnung. Die Gertje muss ja nicht gleich sterben.«

»Ich bringe es wirklich nicht fertig, sie einfach so auf den Schrottplatz zu schicken. Falls man das mit alten Booten macht. Gibt es dafür ansonsten einen Schiffsfriedhof?«

»Man kann zwar zu den Abwrackanlagen Schiffsfriedhof sagen, aber eigentlich ist es ein Ort, wo zahlreiche Schiffe gesunken oder unrettbar gestrandet sind und aufgegeben wurden. Respektive versenkt. Den größten gibt es vor Kap Hoorn. Ein bisschen weit für die Gertje, falls du in dieser Hinsicht was planst.«

Seine Stimme klang amüsiert, obwohl sein Gesicht ernst blieb.

»Auf keinen Fall! So gern ich in meiner Schulzeit mit meiner Banknachbarin *Schiffe versenken* gespielt habe. Ich finde aber, die gute Gertje sollte weiter irgendeinem positiven Zweck dienen. Vielleicht kann mein Nachfolger noch eine schöne Zeit mit ihr haben.«

»Du willst sie also verkaufen.«

Nina seufzte tief. »Am allerliebsten würde ich sie einfach behalten, hier liegen lassen und ab und zu Urlaub auf Juist machen. Aber das geht bekanntermaßen nicht, also muss ich eine andere Lösung finden.«

Morten nickte schweigend.

»Wenn ich weiß, was die Arbeiten auf der Werft in etwa kosten und wie viel ein potenzieller Käufer zahlen würde, hilft mir das bei meinen Überlegungen schon mal weiter«, erklärte Nina.

»Ich kann mich erkundigen«, bot Morten an. »Vielleicht gibt es eine kostengünstige Lösung. Ich habe einen Kumpel, der würde das Hausboot wahrscheinlich für einen kleinen

Preis abschleppen. Und dann könnte ich mich umhören, wo es überholt werden kann, ohne dass es dich den letzten Cent kostet.«

»Das wäre ganz wunderbar. Wenn es dir nicht zu viel Umstände macht?«

»Geht schon.«

»Danke.«

Nina atmete tief durch. Nun musste sie nur noch das Thema Pepe anschneiden. Am besten redete sie nicht lange drum herum.

»Außerdem möchte ich dich für Pepes Verhalten gestern Abend um Entschuldigung bitten. Das war ganz unmöglich, fand ich.«

Morten sah sie von der Seite an und runzelte die Stirn.

»Warum machst du das für ihn?«, fragte er.

»Weil ...« Ja, warum eigentlich? Im Grunde hatte sie gar nichts damit zu tun, wenn der Mann sich nicht benehmen konnte.

»Weil ich dir einfach sagen möchte, dass ich ihn auch schrecklich unhöflich fand«, erwiderte sie. »Wir haben auf dem Heimweg gestritten.«

»Halb so wild.« Morten winkte ab. »Er hatte einfach anderes im Kopf, als sich mit uns zu unterhalten, und fand den Abend langweilig. Vorbei und vergessen.«

Nina stutzte. »Langweilig? Wieso ... Du verstehst Spanisch?«

»*Un poco.*«

Sie waren nun im Ortsteil Loog angekommen, der ein eigenes kleines Zentrum und mit dem Looger Koopmann sogar einen Supermarkt hatte. Natürlich gab es auch hier jede Menge Hinweise auf Fremdenzimmer oder Ferienwohnungen, dazu die große Jugendherberge. Früher hatte sich hier die Schule am Meer befunden, eine Freiluftschule mit dem Schwerpunkt auf musischer, physischer und handwerklicher Ausbildung, die aber vor dem Hintergrund der »Gleichschaltung« und des Antisemitismus von den Nationalsozialisten geschlossen worden war.

Loog wirkte idyllisch, das passte gar nicht so recht zu diesem Teil der Vergangenheit, und wahrscheinlich wussten auch nicht viele von der ehemaligen Schule. Onkel Pitt hatte sie jedoch einmal bei einem Spaziergang erwähnt, und Nina hatte in einem Roman davon gelesen.

Im Sommer wimmelte es im Loog bestimmt von Touristen. Selbst jetzt waren mehrere Leute unterwegs, die nicht nach Insulanern aussahen, sondern offensichtlich einen erholsamen Adventspaziergang genossen.

»Schade, dass das Inselmuseum heute geschlossen ist«, sagte Nina. »Sonst hätte ich dort auf dich warten können.«

Morten sah sie seltsam an, und ihr wurde plötzlich warm.

»Aber so marschiere ich lieber gleich zurück, muss ja noch einiges stricken bis zum Basar am Wochenende«, ergänzte sie schnell.

»Jo.« Morten zügelte die Pferde und ließ Nina absteigen.

»Danke für die Fahrt und dafür, dass du dich wegen der Gertje erkundigen willst.«

»Da nich für«, sagte er.

Der norddeutsche Ausdruck ließ Nina lächeln. Beinahe hätte sie gefragt: Wofür dann?

So aber winkte sie nur kurz und machte sich auf den Rückweg.

Alles war gut. Möglicherweise war Onkel Pitts Hausboot noch irgendwie zu retten. Pepe konnte sich entweder besinnen und in Zukunft anders benehmen oder dorthin gehen, wo der Pfeffer wuchs. Zum Beispiel nach Cayenne.

Ninas Herz klopfte freudig, denn irgendwann im Laufe des Tages würde Morten in die Tasche seiner Joppe fassen und den kleinen gestrickten Wichtel in der Hand halten, den Nina ihm unterwegs unauffällig hineingesteckt hatte.

Kapitel 14

Morten schaute am späten Vormittag aus dem Fenster seiner Stube. Gestern war Hannos Wichtelbesuch ausgeblieben, und er glaubte auch nicht, dass heute etwas zu erwarten war.

Draußen wehte ein unangenehmer Wind, der nicht dazu verlockte, das Haus zu verlassen. Zumal Morten am Morgen bereits ziemlich durchgefroren war, als er die Fuhre von den Läden zum Schiff gebracht hatte. Leergut, Müll, was eben so anfiel.

Morten wollte heute erst am späten Nachmittag ins Büro gehen. Seinen Kumpel Max aus Hooksiel hatte er noch nicht erreicht. Der arbeitete dort in der Werft, und er schuldete Morten einen Gefallen, weil er Max' Jacht im letzten Sommer einen Liegeplatz im Sportboothafen verschafft hatte.

Nun könnte sein Kumpel sich revanchieren, die Gertje nach Hooksiel holen und das Boot kostengünstig in Ordnung bringen. Eine Hand wusch die andere, und Morten wollte Nina etwas Gutes tun. Das war nicht ganz uneigennützig, denn insgeheim hoffte er, dass sie sich für die Gertje entschied und doch so manches Mal nach Juist kommen würde. Nur brauchte es dafür eben einen Liegeplatz. Blieb die Frage, was mit Pepe war. Sie hatte sich zwar für ihn entschuldigt, aber wie sie zu ihm stand, wusste er immer noch nicht.

Morten stand auf. Er wollte in seinen eigenen vier Wänden

nicht länger vor sich hin grübeln. Obwohl das Wetter wirklich nicht dazu einlud, sich draußen aufzuhalten, sah er es als einzige Möglichkeit, seine wirren Gedanken, die nur um ein Zentrum namens Nina kreisten, in geordnete Bahnen zu lenken.

»Ich muss an die frische Luft und ganz sinnig durch die Dünen laufen«, sagte er laut und grinste, denn das klang arg nach dem Hape-Kerkeling-Buch. Immerhin mochte er den Streifen sehr. Was damals für den Jungen gut gewesen war, würde ihm nun auch nicht schaden. Auch wenn der mit seinem Opa durch die Berge und nicht durch die Dünen gewandert war.

Morten schlüpfte in den Troyer, zog die lederne und mit Schaffell gefütterte Joppe darüber und griff nach Schal, Handschuhen und Mütze. Er wollte bis zu den Goldfischteichen laufen. In der Natur kamen ihm stets die besten Lösungen, und vielleicht fiel ihm auch eine wegen der Gertje ein.

Strammen Schrittes durchquerte Morten das Dorf und steuerte auf die nördliche Seite zu. Dort türmten sich die Dünen, wahrscheinlich würde er da ungestört sein. Ab dem dritten Advent begann die Weihnachtssaison, und die Insel würde sich täglich mit mehr Gästen füllen. Dann war es an vielen Orten mit der Ruhe vorbei, wobei sich immer irgendwo ein stiller Platz finden ließ.

Tessas Ferienwohnungen waren über die Feiertage komplett ausgebucht, und ebenso verhielt es sich mit den anderen Unterkünften.

Bald hatte Morten die Klangschale erreicht, das Wasser darin sah sandig aus. Er widerstand der Versuchung, die Griffe zu reiben, um einen Ton zu erzeugen. Auch wenn er es sonst immer gern tat. Nur müsste er dazu die Handschuhe ausziehen, und seine Finger wären schnell eiskalt. Der Wind hatte nämlich noch stärker aufgefrischt und wehte aus Nordost über das Töwerland.

Bei der Windharfe konnte Morten aber dann doch nicht an sich halten und drehte sie so, dass sie zu spielen begann. Er mochte diese Töne, weil sie ihm signalisierten, wie kraftvoll die Natur war und wie schön es anmutete, mit ihr im Einklang zu sein.

Inzwischen waren seine Finger dennoch wie eingefroren, weil die Handschuhe den Wind nicht ausreichend abhielten. Morten zog sie aus, formte einen Trichter und blies den Atem hinein. Das half ein wenig, um wieder etwas Wärme zu empfinden. Bevor Morten weiterspazierte, steckte er die Hände in die Tasche der Joppe, um dem kalten Wind keine Angriffsfläche zu bieten.

Doch nanu, was war denn das?

Verwundert zog er einen kleinen gestrickten Wichtel heraus.

Er hatte eine rote Mütze auf und war ganz in Blau gekleidet. Den musste ihm Nina gestern bei der Kutschfahrt hineingesteckt haben. Wer sonst war ihm so nah gekommen?

Ein warmes Gefühl flutete ihn.

Es rührte ihn, dass Nina Hanno für ihn wieder zum Leben erweckt hatte. Morten mochte diese Plänkelei zwischen ihnen. Und so, wie sie über Pepe gesprochen hatte, schien ihre Beziehung doch nicht so eng zu sein. Er sollte ihr gegenüber unbedingt klarstellen, wie er zu Lientje stand. Vielleicht würde sie sich ihm gegenüber dann auch öffnen und ihm erklären, was das mit ihr und Pepe war.

Er umfasste den Wichtel und streichelte erst die Mütze, danach den weichen Körper. Dabei stellte er sich vor, es wären Ninas Finger, die in seinen ruhten. Er würde mit ihr durch die raue Landschaft spazieren, und sie könnten sich gegenseitig wärmen …

Du bist ein Traumtänzer, raunte ihm eine innere Stimme zu. »Een Drömel.«

Morten atmete tief durch und lief weiter.

Bei den Goldfischteichen angelangt, spürte er den beißenden Wind nicht mehr ganz so heftig. Doch es war bitterkalt, auf dem Wasser hatte sich bereits eine dünne Eisschicht gebildet.

»Sind da wirklich Goldfische drin?«

Morten schrak zusammen, denn er hatte mit allem gerechnet, aber nicht mit ihr. Der Frau, die seine Gedanken fast schon übermäßig strapazierte, wenn auch auf angenehme Art.

»Nina, du?«

»Richtig erkannt.«

Was liebte er dieses neckische Lächeln. Es war so ehrlich. Er hatte bei Nina nie das Gefühl, als wollte sie damit etwas erreichen oder durchsetzen, so wie er es bei Lientje immer vermutete.

»Was machst du hier bei dieser grimmigen Kälte?«

»Wahrscheinlich dasselbe wie du. Ich trage meine Gedanken spazieren, und sie lieben die frische Luft genau wie ich.«

»Beschäftigt dich der Basar so sehr?«, fragte Morten.

»Auch.«

»Du bist ziemlich einsilbig«, stellte er fest. »Ich tippe mal darauf, dass du dir auch Sorgen wegen der Gertje machst.«

»Volltreffer«, bestätigte Nina. »Ich komme mir Onkel Pitt gegenüber wie eine Verräterin vor, wenn ich das Hausboot verkaufe und mich feige aus dem Staub mache. Aber was soll ich tun? Selbst wenn ich mir die Reparatur leisten kann, fehlt mir ein Liegeplatz.«

»Ich kümmere mich, so schnell es geht, um den Kostenvoranschlag, dann musst du dir zumindest darüber keine Gedanken mehr machen. Leider habe ich meinen Kumpel noch nicht erreicht, ich bin aber dran«, versprach Morten. »Alles Weitere wird sich finden.«

»So wie die Goldfische hier? Diese Frage ist noch offen«, erinnerte Nina ihn.

»Ja, da sind welche drin.«

Mortens Hand fuhr in die Tasche der Joppe, und er umschloss den Wichtel. Sollte er was sagen? Nina fragen, ob sie es gewesen war, die ihn dort hineingesteckt hatte? Es war eigentlich klar, aber darüber zu sprechen würde sie wieder ein Stück näherbringen. Sie bewegten sich schon jetzt auf gefährlichem Boden. Nah am glühenden Feuer, das aber lieber nicht auflodern sollte. Und doch …

Nina begutachtete noch immer die gefrorene Wasseroberfläche.

Nein, jetzt war nicht der richtige Zeitpunkt.

Morten räusperte sich und suchte Zuflucht in seinem Inselwissen. Das war sicheres Terrain.

»Die Teiche sind auf Initiative des Lehrers und Naturkundlers Otto Leege entstanden. Sie wurden 1903 vom Verschönerungsverein Juist angelegt, mussten vor ein paar Jahren aber wieder in Schuss gebracht werden.«

Morten stoppte den Redefluss, als er Ninas Reaktion bemerkte. Offenbar hatte sie gehofft, über etwas anderes zu reden. Und wie ein Oberlehrer wollte er auch nicht klingen.

»Der Weg hierher ist gepflastert, und überall stehen Bänke. Bestimmt ist es hier im Frühling und Sommer total idyllisch«, ging Nina dann aber doch auf seinen kleinen Vortrag ein.

»Ja, auf jeden Fall. Da steht auch ein Pavillon, darin kann man picknicken.«

Jetzt schien Nina um weitere Worte verlegen zu sein. Denn sie nagte auf der Unterlippe. Wieder etwas, das Morten, genau wie die augenblickliche Wortkargheit, nicht von ihr kannte.

»Mir ist kalt, wollen wir zurückgehen? Oder hast du noch eine größere Runde vor?« Nina fror offensichtlich, denn sie rieb sich fröstelnd die Schultern.

»Ich komme natürlich mit dir. Wegen des Spaziergangs habe ich noch nichts gegessen, und nun knurrt mein Magen ziemlich laut. Magst du mit mir irgendwo einkehren?«

Nina warf einen Blick auf die Uhr. »Es ist gleich zwei, gibt es denn irgendwo noch was Warmes?«

»Jo, wir könnten in die Juister Auster gehen, dann habe ich es nicht so weit zum Hafen, da muss ich nämlich nachher noch hin.«

»Haben die auch Kaffee? Ich brauche heute meinen äußerst seltenen Koffeinkick. Sonst bin ich ja eher für Tee.«

»Klar, aber was essen möchtest du doch bestimmt auch. Der Fisch ist dort sehr gut.«

»Ich liebe Fisch.« Nina leckte sich die Lippen.

Mit der Aussicht auf einen warmen Raum mit einem deftigen Mahl und einem Heißgetränk beschleunigten sie ihren Schritt.

»Kommt ihr mit dem Basar gut voran?«, fragte Morten. »Ist ja schon bald so weit. Ich zähle schon die Tage – genau wie du wahrscheinlich.«

»O ja, Tessa gibt alles. Ich habe bis Sonntag dafür natürlich noch alle Hände voll zu tun, deshalb sollte ich mir gar nicht so viele Gedanken um die Gertje machen, sondern lieber stricken, stricken und nochmals stricken. Dann aufräumen, dekorieren und so weiter. Da haben wir uns ganz schön was aufgehalst.«

»Ihr schafft das schon. Morgen kommen auch die drei Buden für die Getränke und die Bratwurst«, wusste Morten zu berichten, denn Lars hatte ihm deswegen gestern eine Nachricht geschickt. »Wir bauen alles am Freitag auf.«

Nach einiger Zeit erreichten sie das Dorf und steuerten auf die Auster zu, die sich in Hafennähe befand.

Weil es dort noch mehrere freie Tische gab, konnten sie am Fenster sitzen. Es duftete himmlisch nach gebratenem Fisch. Die aufgetragenen Speisen an den Nachbartischen ließen Morten das Wasser im Mund zusammenlaufen.

Er musste gar nicht in die Karte sehen, weil er auch so wusste, dass er sich für die Kartoffelpuffer mit Lachs entscheiden würde.

Nina studierte das Angebot sehr intensiv, und schließlich war klar, dass sie das Schollengericht nahm.

»Dazu jetzt doch ein Bier«, sagte sie. »Keinen Kaffee. Ich hab Durst.«

»Der Fisch muss schwimmen«, bestätigte Morten.

Sie gaben die Bestellung auf.

Weil es im Restaurant muckelig warm war, konnte Morten schon bald seine Füße und Finger wieder spüren.

»Was macht Hanno?«, fragte Nina.

Jetzt passte es!

Morten nahm den Wichtel aus der Joppe und legte ihn vor Nina auf den Tisch.

»Schau mal, was ich für einen netten Besuch bekommen habe«, antwortete er. »Ich ahne, wer sich da die Mühe gemacht hat, meinen Hanno zu unterstützen.«

Nina lächelte. »Ich glaube auch, dass ich Besuch von Ekke Nekkepenn oder einem der Klabautermänner hatte.«

»Ach!« Morten gab sich unwissend. »Da war einer an der Gertje?«

»Wie sagt ihr Ostfriesen doch so schön: So sieht das aus.«

Morten ließ seinen Blick auf Nina ruhen, und sie erwiderte ihn.

»Danke, dass du das gemacht hast. Mit Hanno«, sagte er mit rauer Stimme.

Er war froh, als die Bedienung die Getränke brachte und sie anstoßen konnten. Es fiel Morten schwer, neben Nina zu sitzen, sich an jedem ihrer kleinen Lachfältchen zu erfreuen, ihren Worten zu lauschen … Und das, ohne die Aussicht darauf, dass er es länger, ja sogar sehr lange würde tun können.

Während sie auf das Essen warteten, plätscherte das Gespräch angenehm vor sich hin. Sie sprachen zuerst über die langen und tristen Inselwinter und darüber, wie sehr sich Nina darauf freute, Island noch intensiver kennenzulernen.

»Du verlässt Juist nicht gern, oder?«, fragte sie.

»Ich war früher viel unterwegs.« Morten erzählte von seinen Reisen, aber er stellte auch klar, dass er es nirgends so schön fand wie auf seinem Töwerland. »Deshalb bleibe ich, und mich zieht nichts fort von hier.«

»Ich dachte, es liegt an Lientje.« Nina musterte ihn eindringlich.

Morten war froh über diese Frage, weil er die Sache endlich klarstellen konnte.

»Wegen Lientje? Wie kommst du denn da drauf? Wir sind seit unserer Kindheit befreundet, mehr nicht.«

Ninas Gesichtszüge entspannten sich merklich. »Das klang aus ihrem Mund ein bisschen, wirklich nur ein kleines bisschen anders.«

Morten schüttelte verärgert den Kopf. »Ich will nichts von ihr. Ich war mit 15 mal kurz mit ihr zusammen! Das ist ewig her und jetzt? Nie und nimmer«, schob er bekräftigend hinterher.

»Wahrscheinlich erhofft sie sich mehr«, meinte Nina.

Sie wurden unterbrochen, weil das Essen kam. Es schmeckte wie immer hervorragend. Die Puffer waren kross gebraten, der Lachs intensiv, aber nicht zu kräftig gewürzt.

Genau so, wie Morten es liebte. Er war fast enttäuscht, als der Teller leer war.

»Ich habe jeden Bissen genossen«, schwärmte Nina, nahm einen Schluck Bier und leckte sich den Schaum von der Oberlippe. »Eigentlich trinke ich normalerweise weder Bier noch Kaffee, und jetzt habe ich plötzlich große Lust auf beides. Juist macht was mit mir.« Sie sog die Luft scharf ein.

»Man sagt, dass solche Dinge passieren, wenn man verliebt ist.«

Morten glaubte selbst nicht richtig zu hören, was er da von sich gab. Schnell was nachschieben und relativieren ...

»Also Köche versalzen dann ja das Essen und ...«

Nina legte plötzlich ihre rechte Hand auf seine. »Wie schön könnte es sein, wenn wir nicht aus zwei verschiedenen Welten mit unterschiedlichen Plänen kämen.« Sie stockte. »Du kannst mir glauben, manchmal bedaure ich das.«

Morten nahm seine freie Hand und legte sie auf Ninas linke. Er drückte sie sacht.

»Kennst du Kassiopeia?«, fragte er.

»Das Sternbild?«

Er nickte. »Kürzlich am Abend ...«

Ein Strom kalter Luft ließ sie beide zusammenfahren, und als Pepes Stimme quer durchs Lokal schallte, war es Morten mit einem Mal wieder eiskalt. Er zog die Hände weg und umklammerte lieber das Bierglas.

»Da bist du ja, *querida*! Ich habe dich überall gesucht! Warum stellst du auch immer dein Handy auf lautlos? Wie soll ich dich denn da erreichen?«

Pepe stürmte zum Tisch und schmatzte Nina einen dicken Kuss auf die Wange.

Sie schob ihn weg. »Mann, Pepe, was hast du an meiner Ansage nicht verstanden?«

Der legte den Kopf schief und sah sie herausfordernd an.

»*Mi corazón*, jetzt tu doch nicht plötzlich so. Ich bin schließlich extra für dich auf die Insel gekommen. Du weißt doch: So eine Liebe, solche Erlebnisse, wie wir sie in Peru hatten, das ist einzigartig und verbindet auf ewig.«

Morten hatte genug gehört. Er stand auf und griff nach der Joppe. Den Wichtel ließ er bewusst auf dem Tisch liegen.

»Ich zahle dann. Es wird Zeit für meinen Gang ins Büro.«

*

Als Morten vor die Tür trat, bemerkte er, dass der Wind während des Essens noch schneidender geworden war. Verdammt, warum tauchte dieser Pepe gerade jetzt auf, wo Nina und er sich nähergekommen waren und er ihr ein wenig auf den Zahn fühlen wollte?

Ninas Hand hatte sich weich und warm angefühlt. So stellte er es sich vor. Sie nur kurz loszulassen, wenn es nottat, und doch sollten sich ihre Finger und Seelen am Ende eines Tages immer wieder finden.

Aber Pepes Aussagen hatten gezeigt, dass da mehr zwischen ihm und Nina gewesen war – und es sich unter Umständen gar nicht geändert hatte. Auch wenn sie sich im Augenblick nicht ganz grün waren. Falls sie aber auf solche Typen stand, dann konnte er, Morten, der töffelige Insulaner, einpacken.

Ihre Andeutungen mit den verschiedenen Welten und unterschiedlichen Lebensentwürfen sprachen ja eigentlich Bände.

Er durfte sich nicht in diese Sache verrennen, es würde ein Déjà-vu geben. Merle und Emilia ließen grüßen.

Morten war froh, als er endlich in seinem Büro angekommen war und sich in die Arbeit vertiefen konnte.

Kapitel 15

Obwohl Nina mit der Vorbereitung für den Basar jede Menge zu tun hatte, spukte ihr immer wieder ein gewisser großer blonder Hafenmeister im Kopf herum. Seit dem so abrupt abgebrochenen Essen hatte sie ihn nicht mehr gesehen – zwei ganze Tage lang.

Verdammter Pepe! Musste er ausgerechnet genau in dem Moment auftauchen, als sie Morten unverhofft so nahegekommen war? Noch immer glaubte sie, die Wärme seiner Hand auf ihrer zu spüren, wenn sie die Augen schloss. Diese Berührung, Mortens Blick – plötzlich pochte ihr Herz laut und flog ihm entgegen. Einen Moment lang verschwand die Welt um sie herum, und diese überraschende Vertrautheit …

Nina schüttelte den Kopf und riss sich zusammen. Es hatte keinen Zweck, diesen zauberhaften Augenblick wieder und wieder zu durchleben. Pepe hatte mit seinem taktlosen Hereinplatzen dafür gesorgt, dass nichts weiter geschehen war, und dabei würde es wohl bleiben.

Eigentlich sollte sie ihm dankbar sein, denn schließlich hatte sie nicht vor, sich hier mit einer kurzen Affäre die Zeit zu versüßen und dann leichten Herzens abzureisen.

Wobei sie fürchtete, dass Letzteres ohnehin unmöglich war. Es war jetzt schon abzusehen, dass sie leiden würde, wenn sie hier fortging, auch wenn zwischen Morten und ihr nichts weiter geschah.

Obwohl Pepe dazu beigetragen hatte, dass es dabei blieb, war Nina so sauer auf ihn, dass sie ihn die letzten beiden Tage mit seinen Plänen für gemeinsame Unternehmungen jedes Mal hatte abblitzen lassen.

»Ich muss für den Basar noch …«, war der beste Grund gewesen.

*

Endlich also war er da – der dritte Adventssonntag mit dem weihnachtlichen Woll- und Strickmarkt. Nina und Tessa hatten den Samstag damit verbracht, alles vorzubereiten, die Waren im Wohnraum der Gertje auszulegen oder aufzuhängen und die verschiedenen Garne in große Körbe zu packen, die sie dann dekorativ in noch ungenutzte Ecken verteilten.

Heute Morgen hatten sie sich schlussendlich um das Weihnachtsglitzern gekümmert, wie Tessa es nannte. Jetzt hingen überall Stroh- und Goldpapiersterne, sie hatten LED-Kerzen aufgestellt und außerdem mehrere Sträuße Bambusstäbchen mit einem adventlichen Raumduft von Orangen, Zimt, Nelken und Anis. Nun roch es herrlich nach Weihnachten und würde hoffentlich kräftig zum Geschenkekauf anregen.

Wie gut, dass der Wohnraum recht groß war, sodass es zwar gemütlich, aber nicht zu eng wurde. Lars hatte geholfen, die Möbel beiseitezuschieben, und noch ein paar schmale Klapptische organisiert, auf denen die gestrickten Kostbarkeiten schön zur Geltung kamen.

Pullover in warmen Winterfarben lagen neben bunten Mützen in verschiedenen Größen und langen und kurzen Schals mit und ohne Fransen, in einem flachen Korb warteten Handschuhpaare auf ihre neuen Besitzer. Das dicke melierte Garn, das Nina besonders gut gefiel, teilte sich seinen Platz mit pflanzengefärbter Schurwolle derselben Stärke und lud förmlich dazu ein, beides gemeinsam zu verarbeiten.

Eigentlich hätte auch Morten hier helfen sollen, dachte Nina und unterdrückte einen Seufzer. Verhielt sich der Mann nicht kindisch? Nur weil so ein idiotischer Sprücheklopfer wie Pepe irgendwelchen Mist von sich gegeben hatte, ließ Morten seinen Wichtel zurück und mied sie? Morten konnte doch nicht ernsthaft glauben, dass sie und Pepe …?

Leider wohl doch. Pepe hatte mit seinem Auftritt genau den Eindruck erwecken wollen, und es war ihm offenbar gelungen.

»Ich denke, wir sind fertig.« Tessa legte ihr so unvermittelt die Hand auf die Schulter, dass Nina zusammenzuckte.

»Ups, von wem hast du denn gerade geträumt?«, fragte Tessa.

»Nicht von wem«, behauptete Nina. »Von was. Von unserer klingelnden Kasse.«

»Dann lass uns schnell noch darauf anstoßen. Am besten fangen wir heute mit Tee an.« Tessa grinste. »Später habe ich dann anderes im Sinn!«

Zusammen gingen sie in die Kombüse, wo Beeke und Hanne das Zepter für die Heißgetränke übernommen hatten. Foline hingegen würde nachher mit ihrem Strickzeug am Eingang zum Wohnraum sitzen und aufpassen, dass niemand sich mit seinem Becher den Wollwaren näherte und am Ende noch ein Missgeschick passierte. Glühwein oder Punsch vertrugen sich nicht besonders gut mit den Handarbeitsstücken und Garnen.

Die drei alten Damen unterhielten sich lebhaft auf Platt und strahlten Nina und Tessa entgegen, als sie die Kombüse betraten. Foline goss sofort Tee für beide ein.

»Also, drüben ist alles fertig.« Tessa sah auf die Uhr. »Noch zwanzig Minuten durchatmen, dann geht's los.«

»Die Buden draußen sind auch bereit?«, fragte Beeke.

»Morten wollte uns Bescheid sagen«, antwortete Tessa und nahm ihren Tee entgegen.

Auch Nina genoss in kleinen Schlucken das heiße Getränk und die Wärme, die sich in ihr ausbreitete. Morten war also immer noch im Boot und half im Hintergrund mit. Vielleicht hatte sie ihm unrecht getan, und er hatte sich nur nicht bei ihr gemeldet, weil es so viel zu tun gab und er ohne triftigen Grund nicht anrufen wollte.

Immerhin ist er nicht mit Lientje zusammen, fuhr es Nina durch den Kopf. Das hatte er bei ihrem gemeinsamen Essen eindeutig klargestellt. Sie hatte ihm sofort geglaubt. Zwar hatte sie die beiden kürzlich auf der Straße bei einem Kuss überrascht, aber besonders innig war der ihr nicht vorgekommen. Wahrscheinlich hatte Lientje einfach die Gelegenheit genutzt.

Wenn sie nicht aufpasste, würde Pepe sich ähnlich verhalten, obwohl Nina unklar war, was er damit bezweckte. Dass er sie immer noch liebte, sie nie vergessen hatte und auf eine erneute Beziehung mit ihr aus war, konnte sie sich nicht vorstellen. Wahrscheinlich langweilte ihn im Augenblick eher sein Singledasein, und er fand es einfacher, an alte Geschichten anzuknüpfen, als etwas Neues aufzubauen.

Aber nicht mit ihr!

Und genau das musste sie Morten irgendwie mitteilen. Einfach nur, damit alles zwischen ihnen im Reinen war.

»Moin.«

Plötzlich stand er neben ihr, als hätte sie ihn mit ihren Gedanken herbeigewünscht. Aber das war natürlich Quatsch.

»Also, draußen wäre jetzt alles so weit«, sagte er. »Fürs leibliche Wohl ist somit gesorgt, und ihr müsst nur noch eure Strickwaren an den Mann oder die Frau bringen.«

»Unsere Waren, wie du sie nennst, sind so hervorragend, dass wir sie überhaupt nicht anpreisen müssen«, erwiderte

Tessa sofort. »Die werden gleich weggehen wie geschnitten Brot!«

Morten zwinkerte zustimmend. »Sieht wirklich gut aus nebenan. Kaum zu glauben, dass ihr das alles in der kurzen Zeit gestrickt habt.«

»Na ja, du weißt ja, was alles noch von meinem Laden übrig war«, erinnerte ihn Tessa. »Aber es haben auch so viele andere Leute auf der Insel mitgemacht, und diese Strickdamen hier haben sich sowieso selbst übertroffen! Weißt du, wie viele Sockenpaare allein Nina angefertigt hat?«

»Nein. Wie viele?« Morten sah Nina interessiert an.

Die zuckte mit den Achseln. »Keine Ahnung. Ich hab nicht mitgezählt.«

»Schade. Ich hoffe nur, sie sind groß genug.«

Sein zweifelnder Blick auf die Füße in den dicken Winterschuhen ließ Nina lächeln.

»Wenn du hier und heute kein passendes Paar findest, stricke ich dir eines nach Maß!«, versprach sie.

»Du musst doch schon meinen Pullover fertig kriegen«, sagte er. »War da nicht was mit einer Weihnachtskatze, die dich sonst frisst? Das wäre doch schade nach all deiner Mühe.«

»Das ist kein Problem«, versicherte Nina ihm. »Das schaffe ich locker.«

In diesem Moment klingelte Tessas Handy.

»Der Wecker!« Sie stellte das Bimmeln aus. »Es ist Zeit, den Basar zu eröffnen.«

Ein Ruck schien durch die Anwesenden zu gehen. Endlich würde sich zeigen, ob sie alles richtig geplant, vorbereitet und beworben hatten.

*

Zwei Stunden später war tatsächlich bereits der größte Teil der Mützen, Schals und Handschuhe verkauft. Denn es waren, wie erhofft, nicht nur die Insulaner erschienen, sondern auch jede Menge Urlauber. Auf den Tischen lagen nur noch wenige Pullover für Erwachsene und zwei Cardigans, die bisher keine neuen Besitzer gefunden hatten. Von allem anderen war lediglich ein Restbestand da. Und immer noch kamen Leute, um sich auf der Gertje umzusehen.

»Was für eine tolle Atmosphäre, das ist ja hier ein richtiges Weihnachtsboot!«, erklärte eine Dame, die die neu erstandene bunt geringelte Mütze sofort aufsetzte. Ein Kunde, der heimlich ein schwarzes Stirnband mit einer roten Blume an der Seite für seine Frau kaufte, während diese einen von Tessas Pullovern bewunderte, nickte.

»Hier ist alles so echt, man merkt, dass diese Sachen mit Liebe hergestellt wurden. Das erinnert mich sehr an meine verstorbene Mutter …«

Eine junge Touristin hielt das letzte Paar Socken in der Hand, während sie die gehäkelten Spitzensterne im Körbchen durchsah. Ihr Partner stand hinter ihr, hatte mehrere Knäuel bunt gefärbter Alpakawolle im Arm und verdrehte amüsiert die Augen, als Nina ihm zulächelte.

Sie wollte sich gerade an Tessa wenden, die einen älteren Herrn abkassierte, als Pepe hereinkam.

Dass er nun doch noch auftauchte, überraschte Nina. Sie hatte eigentlich nicht mehr mit ihm gerechnet, schließlich wusste er, wie gut es wäre, möglichst früh zu kommen, wenn er eine große Auswahl haben wollte. Pepe liebte Strickpullover und Socken.

»Meine Güte, *querida*, hier ist ja was los!« Pepe begrüßte sie mit zwei Wangenküsschen und schaute sich um. »Wie läuft das Geschäft?«

»Sehr gut.«

»Dann zeig mir doch mal, was du Schönes gestrickt hast.«

»Das geht leider nicht, meine Socken sind schon ausverkauft.«

Pepe pfiff durch die Zähne. »Oje, ich hätte wohl doch früher kommen sollen.«

»Wie wär's mit einem Schal? Den kannst du dir abends auf dem Sofa auch um die Füße wickeln.«

»Da kenn ich andere Methoden, bei denen mir warm wird.«

»Pepe! Verschon mich mit deinen Sprüchen!«

Er hob entschuldigend die Hände. »Du hast dich verändert. Liegt es an den Jahren, in denen wir uns nicht gesehen haben, oder an dieser Insel? Töwerland – Zauberland. Wer genau hat dich denn so verzaubert?«

Nina schüttelte irritiert den Kopf. »Natürlich habe ich mich verändert, das ist der normale Alterungsprozess und hat nichts mit Zauberei zu tun.«

»Alterungsprozess!« Pepe schnitt eine Grimasse. »Du gibst dich verdammt abgeklärt. Als ob *du* alt bist!«

Nina zuckte mit den Schultern. »Die Zeit vergeht nun einmal. Du weißt doch: *Tempora mutantur, nos et mutamur in illis.*«

»Die Zeiten ändern sich, und wir ändern uns in ihnen«, übersetzte Pepe und seufzte laut. »Ich mochte diesen Spruch noch nie.«

»Entschuldigung«, sprach eine Frau Nina von der Seite an.

Nina wandte sich ihr zu. »Wie kann ich Ihnen helfen?«

»Mir gefällt dieser Kinderpulli so gut, er dürfte aber ein bisschen zu klein für meinen Max sein«, erklärte die Kundin. »Meinen Sie, ich könnte den gleichen eine Nummer größer stricken lassen? Ich selbst bin leider völlig unbegabt.«

»Das wird kein Problem sein«, antwortete Nina. »Gehen Sie doch bitte einfach zu der Dame am Eingang, sie hat ein Buch, in das Sie Ihren Wunsch und die Telefonnummer eintragen können. Wir klären das ab und melden uns in den nächsten Tagen bei Ihnen.«

Die Frau bedankte sich und verließ zufrieden das Boot.

Als Nina sich wieder zu Pepe drehte, sah der nachdenklich aus.

»Du machst den Eindruck, als wärst du ganz in deinem Element«, sagte er. »Bist du sicher, dass du nicht umsatteln willst?«

»Das hier macht wirklich Spaß, aber ich habe schon andere Pläne. Die Gertje kann ohnehin nicht auf Juist bleiben.«

»Dann lass uns doch morgen einen Strandspaziergang machen und uns mal ausführlich über deine zukünftigen Vorhaben unterhalten«, schlug Pepe vor. »Jetzt scheinst du ja keine Zeit zu haben. Da kommt schon wieder jemand mit fragendem Gesicht.«

»Können wir machen.« Nina schaute dem Jungen freundlich entgegen, der sich ihr mit entschlossener Miene näherte.

»Wie lernt man stricken?«, fragte er. »Ich will das auch können.«

»Schau mal da drüben, die Frau mit dem blonden Pferdeschwanz. Die hat schon Kurse gegeben, vielleicht macht sie das mal wieder. Am besten fragst du sie.«

»Mach ich.« Der Junge steuerte sofort auf Tessa zu.

Nina suchte Pepe, doch der war nirgends mehr zu entdecken. Dann würde sie eben morgen noch mal mit ihm spazieren gehen, er war ohnehin nur noch wenige Tage auf der Insel. Wenn sie allzu persönliche Themen mieden, war es ganz lustig, sich mit ihm zu unterhalten. Nach dem Basar hatte Nina wieder viel Zeit, die sie irgendwie füllen musste. Die täglichen

Planungstreffen und die Zusammenarbeit mit Tessa würden ihr bestimmt fehlen.

Immerhin hatte sie noch den Islandpullover für Morten fertigzustellen. Und ein Paar Socken würde sie ihm zusätzlich stricken, weil er heute ja keine abbekommen hatte. Schuhgröße 46 schätzte sie. Morten mochte die Farbe Blau. Sie lächelte.

*

»Geschafft!« Tessa räumte die letzte einsam zurückgebliebene Mütze zur Seite und ließ sich auf Ninas Sofa fallen. »Jetzt brauche ich was zu essen.«

»Bratwurst mit Pommes ist okay?«, fragte Nina. »Ich hol uns schnell was, bevor die Buden draußen dichtmachen.«

»Hoffentlich haben die überhaupt noch genug.« Tessa wiegte den Kopf. »Wenn das bei denen so zuging wie bei uns …«

»Ich schau mal«, versprach Nina. »Glühwein und andere Getränke sind übrig, die können wir uns warm machen. Oder wir köpfen zuerst mal den Sekt, den ich kalt gestellt habe.«

Tessa fächelte sich mit der Hand Luft zu. »Sekt klingt himmlisch. Mir ist in dem Trubel ganz schön heiß geworden. Aber zuerst die Wurst.«

Zu Ninas großer Überraschung betätigte sich Morten in der Grillbude.

»Na, fertig?«, fragte er mit einem Blick zur Gertje.

»Ja, zum Glück. Und wir sind ziemlich hungrig. Ist das schon der Rest?« Nina deutete auf die letzten drei Würstchen, die er gerade auf den Rost gelegt hatte.

»Ich fürchte ja. Ich habe auch nur noch Toast dazu. Pommes sind aus.«

»Dann gib mir alles, was du hast. Tessa ist hungrig.«

»Ui – nimm dich in Acht, dass sie dich nicht anfällt. Hunger macht sie gefährlich.« Morten lachte. »Die Würste brauchen aber noch zwei, drei Minuten. Weißt du was? Ich bring sie euch rein, wenn sie fertig sind. Sven kann dann hier den Rest übernehmen und aufräumen, statt dort drüben rumzustehen und mit Hajo und Wiebke Bier zu trinken. Eigentlich ist das ja seine Bude.«

»Gut, dann halte ich Tessa inzwischen mit Sekt hin, und wir überlegen uns, wie wir an weitere Nahrung kommen.«

»Verlass dich drauf – meine Schwester hat schon einen Plan! Und wenn nicht, heckt sie jetzt einen aus.« Morten hob bestätigend den Daumen.

Fast schien es, als wäre alles wieder wie vor jenem Essen, das Pepe unterbrochen hatte. Und doch – war Mortens Blick nicht kühler, zurückhaltender als früher? Oder bildete Nina sich das nur ein, weil sie sich etwas anderes wünschte?

Sie ging zurück auf die Gertje und holte den Sekt nebst drei Gläsern. Foline, Beeke und Hanne hatten bis kurz vor Schluss nicht nur tatkräftig mitgeholfen, sondern auch die Kombüse picobello verlassen.

»Die Bratwurst wird in Kürze geliefert«, informierte Nina ihre Freundin, die inzwischen den Couchtisch wieder vor das Sofa geschoben hatte und ihr erwartungsvoll entgegensah. »Viel war aber nicht übrig. Die Pommes musst du dir dieses Mal einfach dazudenken.«

Tessa zog ein langes Gesicht. »Und das heute, wo ich vor unserem Basar so nervös war, dass ich nichts runtergekriegt habe. Was hast denn du noch im Kühlschrank?«

»So gut wie nichts.«

Tessa runzelte nachdenklich die Stirn. »Dann also Plan B. Gut, dass Lars schon zu Hause ist, um nach den Kindern zu sehen.« Sie zog ihr Handy aus der Tasche und wählte.

»Hallo«, sagte sie und lauschte den Worten ihres Gesprächspartners.

»Ja, alles super. Haben die Kinder noch was von dem Tortelliniauflauf übrig gelassen?«

Offenbar hatte sie wirklich Lars an der Strippe.

»Okay, bring das rüber. Du bekommst dafür die freie Wahl aus unseren Getränkeresten.«

Kurze Pause.

»Ja, okay.«

Tessa legte auf und strahlte Nina an. »Lia und Arne sind schon den ganzen Tag bei Freunden und essen auch dort. Lars bringt uns also in Kürze noch was zu futtern vorbei – du kannst schon mal den Backofen vorheizen. Wir nehmen die Würste als Vorspeise. Passt als Kontrast hervorragend zu meinem vegetarischen Auflauf.«

Nina reichte Tessa ein volles Sektglas. »Darauf lass uns anstoßen – auf einen erfolgreichen Tag und zwei Männer, die uns mit Essen versorgen. Was will man mehr?«

Onkel Pitts Gläser gaben einen glockenhellen Klang von sich, der in der Stille nachhallte. Sie tranken langsam und genüsslich.

Dein Hausboot war heute ein Wollboot, erzählte Nina Onkel Pitt in Gedanken. Diese Aktion hätte ihm gefallen, da war sie sich sicher.

»Ich hoffe, du hast genug Senf mitgebracht«, sagte Tessa plötzlich streng und sah über Ninas Schulter.

»Anders hätte ich es nicht gewagt herzukommen.« Mortens tiefe Stimme berührte etwas in Ninas Innern. Zu dumm, dass die blöde Szene noch irgendwie zwischen ihnen stand.

Tessa reckte ihren Hals. »Drei Würste?«, fragte sie kritisch.

Nina drehte sich um und nickte Morten zu. »Ich hol uns gleich Teller und Besteck.«

Morten hatte drei knusprige Bratwürste auf eine Platte gepackt und daneben mehrere große Scheiben Toast gestapelt.

»Eine für Nina, zwei für Tessa«, sagte er. »Der Senf ist in meiner Jackentasche. Einmal mittel-, und einmal extrascharf, damit Nina aussuchen kann.«

»Du bist ein guter Bruder!«, lobte Tessa. »Aber ich gebe dir eine Wurst ab. Lars bringt nämlich in Kürze noch den Tortelliniauflauf, den die Kinder heute verschmäht haben. Umso besser für uns.«

Als Nina aus der Kombüse zurückkam, biss Tessa gerade in die Bratwurst, die sie mit einer Serviette in der Hand hielt. Ein Häufchen Senf am Rand der Platte wies die ersten Stippspuren auf.

»Magst du auch einen Sekt?« Nina schaute fragend zu Morten. »Schließlich gehörst du zum Orga-Team.«

»Gerne.«

Sie stellte Teller und Besteck ab und schenkte ihm ein.

»Danke.«

»Ihr seid selbst schuld, wenn eure Bratwurst kalt wird«, mahnte Tessa.

Morten und Nina stießen an und tranken einen kleinen Schluck, bevor sie sich über die letzten zwei Würste hermachten. Sie schmeckten hervorragend, und der extrascharfe Senf, den beide gewählt hatten, gab ihnen noch die richtige Würze.

Tessa schüttelte den Kopf. »Wie könnt ihr nur! Die Schärfe erschlägt doch alles.«

Nina und Morten sahen sich an und grinsten.

»Schon wieder eine Gemeinsamkeit von euch!«, kommentierte Tessa und leerte ihr Sektglas.

»Was denn noch?«, fragte Morten.

»Rosinen!«

»Ach ja?«

»Wir finden bestimmt noch mehr«, versprach Tessa.

»Bestimmt«, antwortete Nina. »Wir haben zum Beispiel beide zwei Augen, eine Nase und einen Mund.«

»Und zwei Beine und zwei Arme und zehn Zehen und zehn Finger«, ergänzte Morten.

»Ihr seid albern«, maulte Tessa. »Hoffentlich kommt Lars bald.«

»Hast du immer noch Hunger?«, fragte Morten.

»Natürlich, nur nicht mehr ganz so großen. Aber vor allem warte ich, weil er einfach der Beste ist und mich nicht ärgert.«

»Er ist ja auch dein Mann. Brüder dürfen ärgern. Oder wie siehst du das, Nina?«

»Tut mir leid, in dieser Hinsicht habe ich keinerlei Erfahrung. Ich bin ein Einzelkind.«

»Cousins, Cousinen?«

»Nein. Ich hatte nur meine Eltern und Onkel Pitt.«

»Oh!« Tessa presste die Lippen zusammen.

Zum Glück überschüttete sie Nina ebenso wenig mit Mitleid wie Morten. Der sah sie nur aufmerksam an.

»Dann muss der Tod deines Onkels besonders schmerzhaft für dich gewesen sein.«

Nina nickte. Morten hatte es verstanden. So wie er jetzt seine Blicke auf der Gertje herumwandern ließ, hatte er auch erfasst, warum ihr dieses Hausboot so wichtig war.

Einige Augenblicke war alles still. Dann erhob sich Tessa.

»Lars müsste gleich kommen, ich gehe ihm ein Stück entgegen. Nicht, dass er den kostbaren Auflauf fallen lässt.«

Sie ließ Morten und Nina allein zurück.

Jetzt, dachte Nina. Jetzt musst du ihm erklären …

»Ich habe deinen Freund heute gar nicht gesehen«, sagte Morten plötzlich. Offensichtlich waren seine Gedanken in dieselbe Richtung gegangen. »Ist er schon abgereist?«

»Nein«, antwortete Nina. »Er war tatsächlich irgendwann sogar mal ganz kurz da, allerdings zu spät, um eine gute Auswahl zu haben. Aber wohl nur aus Neugier, denn der Basar schien ihn nicht wirklich zu interessieren. Ich weiß ohnehin nicht, was er hier will. Wir hatten jahrelang keinen Kontakt, und auf einmal …« Sie zog eine ratlose Grimasse. »Er ist für mich nichts als ein alter Freund, auch wenn er sich vielleicht mehr erhofft hat. Seine Sprüche werden auch immer schlechter.«

Mortens Gesicht entspannte sich. Ein Lächeln umspielte seine Lippen.

»Manche Leute wollen ein Nein einfach nicht wahrhaben«, flüsterte er. »Und gehen davon aus, alles läuft so, wie sie es sich vorstellen.«

Sie wechselten einen einvernehmlichen Blick.

»Moment.« Nina stand auf, ging in ihre Kabine, wo der kleine Wichtel, den sie Morten geschenkt hatte, auf dem Nachtschränkchen lag, und nahm ihn in die Hand.

»Der Kleine hat mich um Asyl gebeten.« Sie übergab ihn Morten. »Sein Mensch hat ihn einfach zurückgelassen. Dabei war er ganz brav.«

»Das war dann wohl ein bisschen übereilt?«

Nina sah Morten in die Augen. Er erwiderte den Blick. Plötzlich war es viel zu warm, und der weihnachtliche Raumduft erschlug sie fast. Irgendetwas musste sie jetzt sagen.

»Ich stelle den Auflauf gleich in den Backofen!«, rief Tessa in diesem Augenblick.

Es war geradezu eine Erlösung, ihre Stimme zu hören.

Lars kam herein. »Sollen wir hier mal ein bisschen klar Schiff machen?«, fragte er. »Die Klapptische weg, den Esstisch zurück und so – dann können wir gemütlicher sitzen.«

Sofort stand Morten auf, um mit anzupacken.

Ninas Puls beruhigte sich nur langsam.

Morten. Wie, zum Teufel, hatte er sich so in ihr Herz stehlen können? Und so, wie er sie eben angesehen hatte, schien sie ihm auch nicht ganz gleichgültig zu sein.

Aber natürlich konnte daraus nie etwas werden.

Kapitel 16

Morten war froh, dass er Lars helfen konnte und auf diese Weise etwas Abstand von Nina bekam. Die Nähe zu ihr tat ihm nicht gut. Er wusste doch, wie schmerzhaft ein gebrochenes Herz war, und genau das drohte ihm jetzt akut. Wenn er eine Frau küsste oder gar mehr tat, dann liebte er sie. *Just for fun* war ausgeschlossen. Etwas Spaß haben, genießen und ab dafür? Nicht mit ihm.

Dass er sich in Nina verliebt hatte, wusste er ja bereits, aber nun galt es, mit diesen Gefühlen umzugehen.

Morten war nämlich auf dem besten Weg, sein Herz vollkommen zu verlieren.

Nina würde es nicht mit Füßen treten, dazu war sie zu integer, zu lieb. Nur konnte sie sein Geschenk nun mal nicht annehmen.

Was hatte sie gesagt, als er ihr von Kassiopeia erzählen wollte?

Wie schön könnte es sein, wenn wir nicht aus zwei verschiedenen Welten mit unterschiedlichen Plänen kämen. Du kannst mir glauben, manchmal bedaure ich das.

»Nicht nur du, Nina. Nicht nur du«, murmelte Morten.

»Hast du was gesagt? Träumst du vor dich hin?«

Lars hieb ihm sacht den Ellenbogen in die Seite.

»Ach nichts. Bin nur müde, aber lass uns wirklich schnell weitermachen, damit wir fertig werden. Der Tag war lang.«

Es dauerte, ehe sie die Tische vom Boot in die bereitgestellten Anhänger verfrachtet hatten. Morten wollte alles morgen mit Pferd und Kutsche an Ort und Stelle zurückbringen. Das meiste Mobiliar stammte aus dem Tanzübungsraum, drei Tische gehörten Joost und Hanne. Die Budenwände mussten zum Bauhof.

Als auf der Gertje wieder klar Schiff war, bemerkte Morten, dass noch Hilfe beim Abbau der Hütten benötigt wurde, und er legte dort mit Hand an. Wieder eine halbe Stunde, in der er nicht auf die Gertje musste. Zurück zu Nina, die ihn zu sehr aus dem Tritt brachte.

»Hast du gar keinen Hunger?« Lars schüttelte über Mortens Einsatz den Kopf, denn eigentlich waren genug Leute da, um die Budenwände abzubauen und aufzuladen. Sie hatten alle Aufgaben im Vorfeld gerecht abgesprochen. So wie man es auf der Insel eben tat.

Morten schüttelte den Kopf. »Vegetarischer Tortelliniauflauf – besser nicht. Ich hatte ja schon meine Bratwurst. Mir ist es wichtig, dass wir den Steg rasch wieder frei bekommen. Das war auch die Auflage vom Hafenamt. Also packe ich lieber mit an und komme dann nach.«

»Okay, bis später!«

»Stell mir ein Bier kalt!«

Da sich Joost, Harm und Fiete mächtig ins Zeug legten, kamen sie schneller voran, als Morten gehofft hatte. Seine Nina-Auszeit wurde kürzer und kürzer. In knapp dreißig Minuten war der Steg freigeräumt.

»Nu ist allens wedder schier und wi hebbt keen Stress gehabt, sondern alles ist ganz sinnig vorangegangen.« Joost rieb sich zufrieden die Hände.

Morten hob noch eine Serviette auf und einen ketchupverschmierten Holzpieker für die Pommes.

»Jetzt haben wir alles.« Ein letzter prüfender Blick in die Runde bestätigte die Aussage. »Ich danke euch allen und wünsche einen schönen Feierabend!«

Die anderen verabschiedeten sich schnell und gingen ihrer Wege.

Morten aber stand unschlüssig vor der Gertje, schaute auf zum Himmel und suchte Kassiopeia, dann wieder bohrte sich sein Blick über das Dunkel der Nordsee.

Wie sollte er Nina jetzt entgegentreten?

Am besten gab er sich ganz normal, ein bisschen kühl, und vermied jeglichen Blickkontakt.

Genau, so war es am besten.

Morten gab sich einen Ruck und betrat das Hausboot.

»Da bist du ja endlich«, empfing ihn Tessa mit einem leicht vorwurfsvollen Unterton in der Stimme. »Vom Auflauf ist nur noch ein bisschen was da.«

»Iss ruhig, ich habe keinen Hunger.«

Tessa schaufelte sich den Rest sofort auf den Teller.

»Weshalb bist du so spät? Die Tische hast du doch längst verladen.«

Sie leckte den Löffel genüsslich ab.

»Ich habe mit aufgeräumt, immerhin trage ich am Sportboothafen die Verantwortung.« Morten näherte sich seinen Freunden, die am Couchtisch saßen.

Nina nippte an einem Glas Weißwein, während Tessa und Lars eine Flasche Bier in der Hand hielten. Die benutzten Teller stapelten sich auf dem Tisch.

»Hat euch der Auflauf wenigstens geschmeckt?«, erkundigte sich Morten, weil er das Gefühl hatte, etwas sagen zu müssen.

»Er war natürlich ein Gedicht und eine Hommage an unsere Geschmacksknospen«, erklärte Tessa betont geschwollen.

»Dein Bier ist wie befohlen kalt gestellt und kann von seinem Vertilger abgeholt werden.«

»Alles klar.« Morten salutierte. Wenn Tessa so drauf war, spielte er gern mit. »Nina, darf ich an deinen Kühlschrank?«

»Sonst kommst du ja nicht ans Bier«, gab sie fröhlich zurück.

Er war froh, wie gut der Basar für Tessa und Nina gelaufen war. Sie waren zu Recht bester Laune.

Als Morten mit der Bierflasche zurückkam, wurde ihm klar, dass der einzige freie Platz neben Nina auf dem Sofa war. Wenn es nicht total abweisend wirken sollte, hatte er keine Wahl. Er konnte sich schließlich schlecht zwischen Tessa und Lars drängen.

»Darf ich?« Morten wies auf die Lücke neben Nina.

Die zog die Brauen zusammen. »Warum so förmlich, Herr Janßen?«

»Sollte nicht so rüberkommen«, meinte er. »Dein Boot, deine Regeln. Ich bin nur Gast.«

O Mann, was war das blöd, sich so distanziert zu geben, obwohl er Nina am liebsten an sich ziehen würde. Ein bisschen an ihrer Halsbeuge schnuppern. Ihre Lippen finden, sie küssen …

Nina schaute ihn befremdlich an, schwieg aber.

Langsam machte sich Müdigkeit breit, und die Gespräche verstummten. Tessa gähnte laut, Lars nuckelte an seinem Bier und warf einen Blick zur Uhr.

Nina war das nicht entgangen. »Nein, ihr dürft jetzt wirklich nicht schon abhauen! Morten ist doch eben erst gekommen.«

»Wir warten noch ab, bis er ausgetrunken hat«, schlug Tessa vor. »Anschließend muss ich ins Bett. Bin wirklich fix und fertig!«

»Ich beeile mich.« Morten setzte die Flasche an, aber Tessa hob die Hand. »Deshalb musst du dir das Zeug jetzt wirklich nicht übermäßig schnell in den Hals kippen!«

Nina stand auf und machte das Radio an. Aus dem Lautsprecher flutete *Driving Home for Christmas* von Chris Rea.

»Was war das für ein Tag«, schwärmte sie, als sie sich wieder setzte. »Was kommt wohl als Nächstes, bevor ich hoffentlich nach Island gehe?«

Der letzte Satz war für Morten wie ein Stich ins Herz. Nina hatte nie einen Hehl daraus gemacht, wie ihre Zukunft aussehen würde, aber Morten musste vor sich selbst zugeben, dass da dieser Tropfen Hoffnung gewesen war, es würde einen Weg geben, der sie veranlasste zu bleiben.

»Was hältst du davon, Nina, wenn du mal mit zur Danzkoppel kommst?« Tessa lächelte Beifall heischend in die Runde. »Das macht richtig Spaß!«

»Echt, ich dürfte dabei sein?«, fragte Nina begeistert. »Ich tanze für mein Leben gern, Volkstanz habe ich allerdings noch nie gemacht.«

»Dabei füttert er die Seele der Einheimischen.« Morten kam sich selbst ein bisschen pathetisch vor. Auch wenn er es so empfand.

Umso erstaunter war er über Ninas Zustimmung. »Das kann ich mir vorstellen. Vor allem, weil diese Tänze schon seit Jahrhunderten bestehen. Ich freue mich, wenn ich da reinschnuppern darf.«

»Es wäre uns eine Ehre!«, meinte Lars.

»Gut, dann hast du also einen Termin.« Tessa klatschte in die Hände. »Magst du Brauchtum auch sonst? Oder bist du eher genervt von Traditionen, heimischen Mythen und Gepflogenheiten und so was?«

Nina wiegte den Kopf. »Schwere Frage. Ich mag längst

nicht alles, aber viele Dinge. Zum Beispiel finde ich euren Klabautermann und die Meermänner wie den Ekke Nekkepenn total spannend. Oder den Wichtelbrauch.«

»Alte Insulanergeschichten«, wehrte Lars ab. »Diese Sitten gibt es doch auch woanders im Norden.«

»Trotzdem«, beharrte Nina. »Ein ganz großer Fan bin ich von Mortens Wichtel Hanno. Der stellt immer ziemlich lustige Sachen an.« Sie stupste ihn an. »Nicht wahr?«

Morten nahm einen Schluck Bier und stellte das Glas zurück auf den Tisch. »Ja, das tut er. Seit Kurzem hat mein Freund sogar einen netten Gehilfen. Oder eine Gehilfin.«

Er konnte jetzt doch nicht anders, als Nina anzusehen und in ihren wunderschönen glänzenden Augen zu versinken.

Morten schien es so, als bliebe die Erde einen Moment lang stehen. Als holte sie zusammen mit ihm und Nina Luft, ehe sie sich weiterdrehen konnte. Ob Tessa und Lars das bemerkt hatten, konnte er nicht sagen, und es war ihm in diesem Augenblick auch egal. Er war davon überzeugt, dass Nina ähnlich fühlte wie er. Gleichgültig, was sie plante.

Dennoch waren sie wie die beiden Königskinder, die nicht zueinanderkommen konnten, weil das Wasser viel zu tief war.

Tessa räusperte sich. »Was ich mich frage, Nina: Wenn Mortens Hanno dich so begeistert, hast du denn auch eine Weihnachtstradition?«

»Bisher nicht, aber in Island gibt es einen Brauch, da werde ich mich in Zukunft wohl anschließen. Die haben dreizehn Weihnachtsgesellen, die ihren Schabernack treiben. Man nennt sie *Jólasveinar.* Der eine, die Nummer fünfzehn mit dem Namen *Þvörusleikir*, schleckt übrigens gern Löffel ab. So wie du eben den vom Auflauf.«

Tessa klatschte in die Hände. »Supi, das wäre dann also meiner. Kannst du uns nach dem Tanzen, wenn wir zusammensitzen, davon erzählen? Ich glaube, heute bin ich nicht mehr aufnahmefähig.«

»Willst du diese Jungs nach Juist holen, oder warum?«, fragte Lars. »Weihnachtsgesellentausch gegen Wichtel von Insel zu Insel?«

Tessa verzog spitzbübisch das Gesicht. »Warum nicht? Damit bringst du mich auf eine wunderbare Idee!«

»Du willst sie stricken?«, entfuhr es Morten.

»Pullover mit isländischen Weihnachtstrollen?«, hakte auch Lars nach.

»Ja, auf meinen Pullovern verewigt wäre das etwas ganz Besonderes.«

»Mir wird das langsam zu viel.« Lars rollte mit den Augen.

»Dann lassen wir sie auf Juist eben nur ihre Streiche spielen«, lenkte Tessa ein. »Diese Gesellen wollen sicher mal aufs Töwerland verreisen.«

»Ihr habt Einfälle!« Nina wechselte das Thema. »Wann ist denn Training? Ich dachte, ihr hättet schon eure Weihnachtsfeier gehabt!«

»Deswegen hören wir doch nicht mit dem Tanzen auf«, kam es von den anderen dreien gleichzeitig.

Nina konnte sich ein Schmunzeln nicht verkneifen.

»Also wann?«

»Morgen außer der Reihe um neunzehn Uhr«, gab Morten kund und nannte die Adresse. »Ich finde Tessas Idee übrigens gut. Also nicht die mit den Gesellen auf den Pullis!« Er hob abwehrend die Hände. »Aber ein Austausch über Weihnachtsbräuche, das hat was. Wenn wir anschließend zusammensitzen, wäre es schön, mehr über Island und diese Trolle zu erfahren.« Er zwinkerte Nina zu. »Wenn es dich dorthin verschlägt, dann ... dann interessiert es mich auch.«

»Wirklich?« Ninas Augen glänzten vor Begeisterung.

»Wirklich.«

Tessa schaute ihren Bruder überrascht an. »Also, wüsste ich das jetzt nicht besser ...«

»Was?«

»Ach, nix. Kommt, ein Bier geht noch, denn ich habe mir eben bei eurem Wichtel-Geister-Gesellengespräch was überlegt.«

Tessa stand auf und griff hinter sich in die Bierkiste.

»Du musst nun zimmerwarm trinken, Bruderherz!«

Morten nahm ihr das Getränk aus der Hand. »Kein Problem. Wo drückt der Schuh denn?«

Tessa öffnete die Flaschen. Nur Nina winkte ab. »Ich bleib lieber beim Wein. Mit Bier hab ich es nicht so.«

»Endlich ein Punkt, wo die sich nicht einig sind«, murmelte Lars.

»Ich rede ja ungern um den heißen Brei herum«, kam Tessa auf den Ausgangspunkt zurück. »Deshalb mache ich es kurz: Was passiert jetzt wann mit diesem wunderbaren Schiff, das uns heute in wahre Wollfreuden versetzt hat? Mir ist da nämlich einge...«

»Das weißt du doch«, fiel Nina ihr ins Wort. »Ich lasse die Gertje auf die Werft bringen, und dann verkaufe ich sie oder suche mir einen anderen Liegeplatz. Mal schauen, welche Kosten auf mich zukommen. Danach muss ich das entscheiden. Wenn mein Lebensmittelpunkt Island ist, wäre ein Boot, das wer weiß wo ohne Aufsicht liegt, ein furchtbarer Klotz am Bein.«

Nach dieser Aussage war die zuvor lockere Stimmung plötzlich getrübt.

Morten stellte die Bierflasche auf den Tisch und räusperte sich. »Immerhin kann ich jetzt etwas zu den Kosten sagen.«

»Und?«, fragte Lars.

»Ich habe meinen Kumpel endlich erreicht. Ich wollte es nicht vor dem Basar besprechen, denn seine Antwort kam kurz bevor wir gestartet sind, und ihr hattet wirklich genug am Hals.«

»Raus mit der Sprache!«, forderte Lars ihn auf. »Redest du von Max aus Hooksiel? Der mit der Werft?«

»Jo. Also, der kann das Boot rüberholen und Nina einen guten Preis machen. Er schuldet mir einen kleinen Freundschaftsdienst.«

»Das sagst du erst jetzt und so nebenbei?« Nina schüttelte fassungslos den Kopf.

»Ich hätte es dir morgen erzählt. In aller Ruhe. Aber wenn Tessa das Thema nun schon angeschnitten hat ...« Morten wand sich. Ihn plagte das schlechte Gewissen, weil er es für sich behalten hatte. Nur war da eben der Basar gewesen, dann die Erkenntnis, wie endgültig alles war. Dass seine und Ninas Zeit zu Ende ging, noch bevor sie begonnen hatte. All das.

Tessas Augen leuchteten. »Zurück zu meinen Gedanken: Wenn wir es hinbekommen sollten, dass die Gertje wieder flott wird und vielleicht doch auf Juist liegen kann, müsste sie belebt werden.«

»Was stellst du dir vor?«, fragte Morten.

»Wir könnten mein Wollgeschäft darin unterbringen. Dann hätte Nina auch keinen Klotz am Bein, wie sie es nennt, weil ich mich als Pächterin um alles kümmern würde.«

»Du hast zu viel Bier getrunken, min Leevsten.« Lars tätschelte ihre Hand. »Die Gertje kann nicht im Sportboothafen bleiben. Das ist so sicher wie das Amen in der Kirche.«

Nina schaute mit großen Augen von Lars zu Tessa und wieder zurück. Auf Morten wirkte sie ein wenig überfordert.

Doch dann blieb ihr Blick erneut an ihm hängen.

Er zuckte mit den Schultern. »Im Augenblick kann ich

nicht mehr sagen. Tut mir leid.« Er reckte sich. »Der Tag war lang, und ich habe morgen mit dem Abtransport der Tische noch jede Menge zu tun. Deshalb gehe ich jetzt nach Hause. Wir sehen uns um sieben beim Tanzen. Schlaft gut!«

»Hey, Morten!«, rief Tessa ihm nach. »Meine Idee! Das müssen wir doch diskutieren!«

Er winkte ab und verließ das Schiff.

Ein Wollboot! Tessa war schon cool mit ihren Plänen, auch wenn sie oft nicht ausreichend durchdacht waren.

Nur war ihm kurzerhand ein Einfall durch den Kopf geschossen. Aber den konnte und wollte er hier nicht kundtun!

Nicht, bevor alles in trockenen Tüchern war. Mit ganz viel Glück gab es ein Schlupfloch, und dann würde Nina einen Grund haben, immer mal wieder nach Juist zu reisen.

Oder zu bleiben.

Kapitel 17

Morten war gespannt, ob Nina wirklich zum Tanzen kommen würde. Er hatte am Morgen die ausgeliehenen Tische im Ort verteilt und auch die Wände der Buden zum Bauhof gebracht. Nun waren sie wieder da, wo sie hingehörten.

Leider stand noch der eine wichtige Rückruf aus. Der, der alles verändern konnte. Aber mit jeder Minute schwand Mortens Hoffnung, dass sich das Hafenamt wirklich melden würde. Weil er deswegen sehr nervös war, versuchte er, sich abzulenken.

Schon zeitig radelte er am Nachmittag zum Übungsraum. Er fühlte sich wohler, wenn es schön warm war, weshalb er die Heizkörper hochdrehte. Morten wollte nicht, dass Nina fror. Er wünschte, dass sie sich wohlfühlte. Hier bei seinen Freunden. Auf seiner Insel. Auf seinem Töwerland.

Bald wäre Nina fort auf einer fernen Insel. In einer für ihn fremden Welt. Doch je länger er daran dachte, wie Nina von diesem wohl rauen Island schwärmte, desto neugieriger wurde er. Er wollte mehr wissen. Herausfinden, was genau Nina so sehr reizte.

Ein Blick auf die Uhr sagte Morten, dass die Buchhandlung Koch noch geöffnet hatte und ihm genug Zeit blieb, bis die anderen kämen. Er könnte sich Lektüre über Island und vielleicht auch die Weihnachtsgesellen besorgen. Mit ein wenig Glück hatte der Buchhändler etwas vorrätig.

Morten verschloss den Übungsraum und machte sich auf den Weg.

Er erreichte den Buchladen gerade vor der Schließung.

»Was kann ich für dich tun?«, fragte ihn die Aushilfe Johanne, denn Herr Koch war im Urlaub.

»Hast du was über Island?«

»Nicht viel, aber mit einem Bildband kann ich dienen. Da hast du alles kompakt, was dort sehenswert ist.« Johanne schaute Morten fragend an. »Willst du doch verreisen? Ich dachte, damit bist du durch.«

»Interessiert mich nur. Was bekommst du?«

»Du möchtest das Buch kaufen, ohne einen Blick reinzuwerfen?«

»Jo. Ich muss mich beeilen, das Tanzen beginnt gleich«, wich Morten aus.

»Na denn.« Johanne nannte den Preis und überreichte Morten den Bildband.

Er klemmte ihn unter den Arm und lief quer durchs Dorf zurück zum Übungsraum.

Noch immer war kein anderer da. Das gefiel ihm, so konnte er sich ganz in Ruhe auf das Zusammentreffen mit Nina vorbereiten und dabei in dem Buch stöbern.

Morten entfernte die Folie und begann zu blättern. Dabei kam er aus dem Staunen gar nicht mehr raus. Island war … ein Traum. Die Vulkane, die Geysire, die Wasserfälle …

Kein Wunder, dass Nina dorthin wollte. Es war ein zweites Töwerland. Vollkommen anders, als er es kannte, aber genauso wundervoll.

Ich könnte Nina dort mal besuchen, dachte er.

»Was tust du da? Island bewundern?«

Morten schrak zusammen. Er war so in das Buch vertieft gewesen, dass er Ninas Kommen gar nicht bemerkt hatte.

»Ja, es sieht dort toll aus!«

»Nicht wahr? Ich würde mich so freuen, wenn es mit der Stelle klappt. Darauf habe ich viele Jahre hingearbeitet, und es ist mein Traum, auf dieser einzigartigen Insel zu arbeiten. Nur schade, dass ich deswegen nicht hierbleiben kann. Eine Entscheidung für etwas zieht immer eine Absage gegen eine andere Sache mit sich. Der Lauf der Welt.«

Morten wollte und konnte nicht aufgeben. Nina nicht gehen lassen, ohne die Gewissheit, dass es zumindest ein Morgen, wie immer es auch aussah, geben würde. Aber er wusste nicht wie, weil er Nina keinesfalls unter Druck setzen wollte. Sie mussten aufeinander zufließen, so wie ein Strom das Meer erreichte, ehe sie zu einem großen Gewässer wurden. Mit allem anderen hatte er schlechte Erfahrungen gemacht. Aber ob das gelang?

Um das zu erreichen, müsste er über seinen Schatten springen. Nina entgegenkommen. Ihr deutlich machen, dass sie ihm nicht gleichgültig war. Es war etwas anderes, wenn zwar beide wussten, was in ihnen vorging, aber keiner es aussprach. Worte ließen die Situation, die Gefühle lebendig werden. Sie versprachen Festigkeit und Stabilität.

Morten schluckte, und anschließend wagte er endlich zu sagen: »Wie wäre es, wenn ich mit meinen selbst auferlegten Statuten breche und dich dort besuchen komme? Dann kannst du mir dein Island zeigen, und ich würde gerne versuchen, es zu verstehen. Also, wenn es dir recht ist.«

Über Ninas Gesicht glitt ein Strahlen. »Du fragst ernsthaft, ob es mir recht wäre?«

»Jo, weiß man ja nicht.«

Nina umschloss seine Hand. »Weiß man doch und – ja, ich würde mich freuen.«

Sie kam seinem Gesicht verdächtig nah.

Morten konnte Ninas Atem riechen, er war frisch wie eine Nordseebrise. Ihr dezentes Parfüm umschmeichelte sie wie ein weiches Gewand, und er wollte in diesem Moment nichts lieber, als mutig zu sein. Seine gesamten Zweifel und Vorbehalte gegen eine solche Liebe in den Nordostwind schießen. Nina endlich in den Arm nehmen und küssen.

Morten näherte sich unmerklich ihrem Gesicht ein Stückchen mehr, und Nina hielt ganz still. So als genieße sie die Nähe, die sie streichelte wie ein warmer Feuerschein.

Plötzlich polterte es, und sie fuhren auseinander. Kurz darauf kamen Tessa und Lars herein. Ihnen folgte Lientje mit leidender Miene, die sie aufgesetzt hatte, seitdem ihr deutlich geworden war, wie wenig sie im Augenblick bei Morten punkten konnte.

»Muckelig warm hier«, sagte seine Schwester. »Das tut nach der feuchten Kälte draußen gut.« Sie griff in die Tasche und angelte eine Thermoskanne heraus. »Für den Tee im Anschluss. Da werden wir ja was über die merkwürdigen isländischen Gesellen erfahren.«

»Als ob das auf Juist jemanden interessieren würde«, maulte Lientje. »Warum tanzt eine Nicht-Juisterin mit? Das ist eigentlich entgegen unserer Abmachung.« Dann entdeckte sie den Bildband. »Deiner, Morten?«

»Jo, eben gekauft.«

Lientjes Lippen wurden schmal. »Ist es das, was ich vermute? Du bist plötzlich an Island interessiert, weil …«

»… weil ich ihn total neugierig gemacht habe. Morten interessiert sich sehr für die Geysire«, rettete Nina ihn aus der peinlichen Situation.

»Genau so habe ich es mir schon gedacht«, erklärte auch Lars. »Das ist voll Mortens Thema.«

»Jaja, Island«, sagte Tessa mit schelmischem Blick.

Bevor Morten etwas erwidern konnte, kamen glücklicherweise die anderen Tänzer. Er war erleichtert.

Was sich da zwischen ihm und Nina anbahnte, war noch zu früh und zu frisch, als dass er sich Tessa und Lars gegenüber öffnen wollte, obwohl sie ganz sicher ahnten, was in ihm vorging.

»Wenn ihr einen isländischen Abend machen wollt, gehe ich wohl besser. Das langweilt mich«, erklärte Lientje. »Morten hat ja heute sicher eine andere Tanzpartnerin, und ich wäre ohnehin überflüssig.« Den letzten Satz spie sie fast aus.

Unglücklich schien keiner zu sein, dass Lientje ging.

Die Probe verlief überaus harmonisch. Morten zeigte Nina die Schritte, und er war begeistert, wie schnell sie den Tanz draufhatte. Sie tanzten und lachten, wiegten sich im Takt der Musik und galoppierten übermütig durch den Probenraum. Morten hätte keine Einwände gehabt, wenn das ewig so weitergegangen wäre.

Nach neunzig Minuten waren sie allerdings ziemlich kaputt.

»Schluss jetzt!«, bestimmte Tessa. »Nun ist Klönschnack mit Weiterbildung. Thema: isländische Weihnachtsgesellen mit unaussprechlichen Namen.«

Foline und Hanna hatten ebenfalls Thermoskannen und Geschirr mitgebracht, und schon bald saß die Tanzgemeinschaft am Tisch. In den Tassen vor ihnen dampfte der Ostfriesentee.

»Dann lass mal hören, was es mit deinen Gesellen aus Island auf sich hat«, meinte Foline.

»Gut, ich leg mal los.« Nina holte tief Luft, bevor sie begann. »Man nennt sie *Jólasveinar*, also Weihnachtsgesellen. Das sind dreizehn ziemlich raue Typen. Sie kommen ab dem 12. Dezember aus den Bergen und verschwinden am 6. Januar wieder.«

»Tanzen die alle auf einmal an?« Morten fand das sehr spannend.

Nina schüttelte den Kopf. »Nein, täglich kommt einer mehr. Am Heiligen Abend, der in Island *Aðfangadagskvöld* heißt, sind alle da und treffen sich.«

Morten rieb sich das Kinn. »Ist es wie bei meinem Hanno, dass man auf immer neue Überraschungen gefasst sein muss?«

»Das schon, aber es ist vorgegeben, wer wann kommt und geht, und welchen Schabernack er treibt«, erklärte Nina. Sie zückte das Handy. »Auswendig kann ich das auch nicht alles. Ich habe die Infos zum Glück abgespeichert.«

Sie scrollte sich durch ein paar Seiten. Morten sah, dass Nina eine Tabelle aufgerufen hatte. »Morgen würde zum Beispiel *Giljagaur* kommen und am 26. Dezember gehen.«

»Was treibt *Giljagaur*?«, fragte Tessa. Sie schenkte allen Tee nach.

»Er ist ein Schluchtenkobold, und er liebt den Milchschaum der Kuhmilch. Den muss man ihm eben hinstellen. Sonst wird er sauer.«

Nina ließ die Tabelle herumgehen, und jeder suchte sich einen Gesellen aus, den er am liebsten hatte.

Mortens Favorit war *Bjúgnakrækir*, der Wurststibitzer, der eine Schwäche für Salami hatte. Tessa hatte bereits gestern den Löffelschlecker ins Herz geschlossen, und Lars mochte besonders denjenigen, der den Weihnachtsbraten klaute. »Am Fest muss man sich eben den Bauch vollschlagen. Egal mit was und wie viel.«

So verging der Abend mit einigem Gelächter und der Idee, diese Gesellen mit den Juister Weihnachtswichteln bekannt zu machen.

Morten checkte während der Unterhaltung immer wieder sein Handy, ob er nicht doch schon eine Rückmeldung bekommen hatte. Auch wenn es natürlich sinnlos war, denn in der Hafenbehörde arbeitete um diese Zeit niemand mehr.

Gegen zehn Uhr räumten sie Tassen und Kannen zusammen, wuschen ab, und am Ende waren nur noch Tessa und Lars mit Nina und Morten dort. Der hatte den letzten Hoffnungsschimmer auf die ersehnte Antwort bereits aufgegeben, als plötzlich eine E-Mail einging.

Morten überflog die Zeilen. Super, es hatte geklappt!

»Was ist, Bruderherz?«, fragte Tessa. »Du strahlst so doll, als hättest du eine Lichterkette verschluckt.«

»Dazu habe ich auch allen Grund. Es gibt tolle Neuigkeiten«, platzte er heraus. »Die Gertje könnte längerfristig auf Juist bleiben. Nur nicht im Sportboothafen, sondern am großen Kai. Da hätte das geplante Wollboot auch mehr Kundschaft.« Er senkte den Blick. »Ist natürlich unverbindlich. Ich wollte nur sehen, ob es funktionieren würde. Rein theoretisch.«

Nina starrte ihn überrascht an, aber sie sagte nichts. Brach nicht in Jubelschreie aus oder zeigte auch nur irgendeine Regung, die auf Begeisterung schließen ließ.

»Wie hast du denn das geschafft?«, fragte sie nach einer unendlich scheinenden Weile.

»Ich kenne da jemanden, der wiederum jemanden im Hafenamt kennt, und der hat einen Onkel mit Einfluss. So konnte ich es deichseln.«

»Das nennt man ostfriesische Seilschaft«, erklärte Lars. »Aber schiet'n Didi. Hauptsache, dat löppt.«

»Moment«, fiel Nina ihm ins Wort. »Bevor ihr hier alle in lauten Jubel ausbrecht und weiter über mein Leben bestimmt: Es ist *mein* Boot. *Meine* Entscheidung. Und ich habe weder beschlossen, die Gertje zu behalten, noch sie gar auf Juist zu lassen, um darauf einen Laden zu betreiben.« Sie rang sichtlich um Fassung. »Ich weiß, ihr meint es gut, und ihr möchtet, dass ich bleibe oder wiederkomme. Das hier geht mir alles viel zu schnell. Ich brauche Zeit, und ich entscheide am Ende immer selbst. Immer.« Dann lächelte sie entschuldigend in die Runde. »Seid mir nicht böse, aber ich muss eine Weile allein sein.« Nina griff nach ihrem Mantel und huschte hinaus in die winterliche Kälte.

Morten stand auf und schlug das noch offene Islandbuch mit einem heftigen Schlag zu. Er hatte es versiebt. Mal wieder!

Kapitel 18

Die Gertje konnte bleiben.

Mortens Worte hatten in Nina heftiges Herzklopfen ausgelöst, das immer noch anhielt, als sie durch den kalten Wind zurück zu ihrem Hausboot stapfte. Einen Moment lang waren Bilder vor ihrem inneren Auge aufgetaucht: Morten und sie Hand in Hand am Strand. Morten, der an ihre Tür klopfte, den sie hereinließ und mit einem innigen Kuss begrüßte …

So reizvoll diese Vorstellung auch sein mochte, sie war völlig unrealistisch. Falls Tessa nach der Grundüberholung des Bootes auf der Gertje einen Wollladen eröffnen würde, bliebe für sie selbst im Grunde nur die Schlafkabine als Notunterkunft, wenn sie gelegentlich kurz zu einem Besuch nach Juist käme.

Aber wollte sie überhaupt zurückkehren? Und sich bei jeder Abreise erneut das Herz brechen lassen? Irgendwie bezweifelte Nina, dass das, was sie für Morten empfand, leicht und schnell verblassen würde.

Doch Island rief mit einem Traumjob. In wenigen Tagen würde sie wissen, ob es klappte. Wenn sie ihrer Freundin Yrsa glaubte, war die Zusage von *Íslandsferð* reine Formsache. Dann würde sie nach Freiburg fahren und ihre Wohnung auflösen, die wichtigsten Sachen packen und …

Es war Unsinn, über eine Alternative nachzudenken. Selbst wenn Nina zu wissen glaubte, was Morten für sie empfand, konnte sie nicht sicher sein, dass jetzt doch nur ein kleines Strohfeuer brannte. Eine plötzliche Verliebtheit, eine Anziehung, die genauso schnell verschwinden würde, wie sie gekommen war. Noch vor drei Wochen hatte sie nicht einmal gewusst, dass es Morten Janßen gab! Sollte sie jetzt seinetwegen ihr Leben über den Haufen werfen? Das wäre vollkommen idiotisch!

Ohne den Weg dorthin bewusst gegangen zu sein, stand Nina plötzlich vor der Gertje. Sie seufzte tief. Morgen musste sie einen langen Strandspaziergang machen. Sich den Wind ins Gesicht wehen lassen, sodass er ihr die trüben und unnützen Überlegungen aus dem Kopf blies. Dann würden sich auch wieder vernünftige Gedanken herauskristallisieren.

*

Natürlich war die Nacht nicht besonders gut gewesen. Beim Frühstück hielt sich Nina förmlich an ihrer Teetasse fest und wartete, dass das starke Gebräu endlich seine Wirkung tat. Sie hatte Pepe völlig vergessen, bis das Summen seiner Nachricht auf dem Handy sie an die Verabredung erinnerte, die sie für heute hatten.

Hol dich um 3 zum Strandspaziergang ab, stand da. *Bring nen Schirm mit.* Dazu ein Zwinkersmiley.

Nina atmete tief durch. Das war's dann wohl mit ihrem einsamen Marsch und dem Blick auf Meer und Weite. Der Regen, der rhythmisch an ihr Fenster klopfte, hätte sie nicht gestört. Sie war schließlich nicht aus Zucker, und sie hatte eine warme, wasserdichte Jacke mit Kapuze und entsprechende Schuhe. Aber jetzt loslaufen und dann heute Nachmittag noch einmal? Das war etwas übertrieben. Nina fühlte sich ohnehin wie gerädert von der ganzen Hin- und Herwälzerei in der Nacht.

Natürlich konnte sie Pepe auf die Gertje einladen, statt mit ihm spazieren zu gehen. Aber nein, das kam nicht wirklich infrage. Dann würde sie doch lieber eine andere Möglichkeit suchen, ihre Gedanken zu klären. Sie konnte zum Beispiel wieder einmal meditieren. Eine Zeit lang hatte das zu Ninas Tagesrhythmus gehört, und es hatte ihr gutgetan. Doch irgendwann hatte sie immer seltener die Ruhe dazu gefunden und schließlich gar nicht mehr.

Ein Einkauf war nötig, denn es war fast kein Brot mehr da, und die Butter ging ihr auch aus. Mal sehen, was es an Gemüse gab. Sie konnte einen kräftigen Eintopf zubereiten, am besten gleich für zwei oder drei Tage. Der schmeckte und wärmte. Gelegentlich kochte Nina ganz gern, aber manchmal lohnte sich der Aufwand für eine Person nicht.

»Erst einkaufen, dann meditieren«, murmelte sie. »Und am Nachmittag kann mich Pepe ablenken.«

Zufrieden mit ihrer Entscheidung machte sich Nina auf den Weg durch den Regen zu dem kleinen Supermarkt. Sie wählte Kartoffeln, Möhren und Lauch aus, Erbsen und die notwendigen Gewürze waren noch da. Brot, Milch – ach ja, Butter.

Nina zahlte, packte alles in ihren Rucksack und verließ den Laden.

Die Frau auf dem Fahrrad, die gerade vorbeifuhr, bremste scharf und rief ihr ein fröhliches »Moin!« entgegen.

»Moin, Tessa«, grüßte Nina zurück.

»Alles klar?«, erkundigte die sich mit fragendem Blick.

Nina zuckte mit den Achseln.

»Wir haben dich gestern ein bisschen überfallen, nicht wahr? Tut mir leid. War echt ganz großer Schiet und eigentlich gar nicht unsere Art.«

»Schon okay.«

Tessa zog eine Grimasse. »So wie du aussiehst, ist es nicht okay. Komm mit ins Trockene. Bei mir gibt's leckeren Krintstuut zum Tee, und du kannst mir erzählen, was dich bewegt. Manchmal hilft das ja. Ich verspreche auch, keine unerwünschten Ratschläge zu erteilen.«

Nina zögerte. »Ich hab gerade erst gefrühstückt.«

»Das stört die Rosinen im Krintstuut nicht.« Tessa zwinkerte, und Nina musste unwillkürlich grinsen.

»Na gut«, sagte sie.

»Ich fahre vor und setze das Wasser auf«, rief Tessa und trat wieder in die Pedale.

Kurz darauf saßen die beiden Frauen gemütlich in Tessas Weihnachtswunderland. Es waren weitere adventliche Dekorationsstücke dazugekommen. Ein hölzerner Elch auf der Fensterbank trug kleine bunte Kugeln auf seinem Geweih, und ein pummeliger weiß-goldener Engel aus Keramik sang unhörbar zwischen den dicken roten Kerzen, die auf dem Tisch brannten.

»Wie geht es dir wirklich?«, erkundigte sich Tessa.

»Ehrlich gesagt fühle ich mich gerade total überfordert, irgendeine Entscheidung zu treffen«, gab Nina zu. »Mir ist klar geworden, dass ich die Gertje nicht irgendwo an der Küste liegen haben möchte, nur um vielleicht ab und zu Urlaub darauf zu machen. Damit sich das ein bisschen lohnt und nicht nur Geld frisst, müsste ich sie als Touristenunterkunft vermieten. Aber die Vorstellung, dass irgendwer auf Onkel Pitts Boot … « Sie schüttelte den Kopf.

»Ich verstehe.«

»Also hab ich mich gestern Morgen entschlossen, das Hausboot zu verkaufen. Mit so einem klaren Ende komme ich besser zurecht als mit einem Schwebezustand.«

Tessa nickte zustimmend, sagte aber nichts.

»Ich hatte also endlich einen Entschluss gefasst. Und dann kommt Morten mit der Nachricht, dass die Gertje wieder hierher zurück darf. Und du willst voller Begeisterung deinen Wollladen darauf eröffnen. Ihr habt so viele klare Pläne …«

Tessa sah sie fragend an.

»Aber ihr habt alles einfach über meinen Kopf hinweg entschieden. Als hätte ich gar nicht mitzureden.«

»Da hast du was falsch verstanden. Ich dachte, du freust dich, dass nun alles gut wird.«

»Dass nun alles gut wird … Ich bin mir einfach nicht sicher, was gut ist. Gut für mich, meine ich. Und ich kann es nicht ausstehen, wenn man mir sagt, was ich zu tun oder zu denken habe.«

»So war das wirklich nicht gemeint. Wir hatten doch nach dem Basar schon über meine Idee gesprochen, und ich dachte, du findest sie prima.«

Nina atmete tief durch. »Ich habe ehrlich gesagt nicht ernsthaft darüber nachgedacht, weil Morten ja immer gesagt hat, dass die Gertje nicht nach Juist zurückkommen kann.«

»Der arme Morten. Der war ziemlich mitgenommen nach deinem Ausbruch. Er hatte sich wohl eher vorgestellt, dass du ihm um den Hals fällst.«

Nina sah ihre Freundin an. »Ich hab ein bisschen überreagiert, das stimmt. Aber ich hatte schon einmal einen Freund, der ständig für mich entscheiden wollte. Vom Essen im Restaurant bis zu unserem Urlaubsziel. Wobei Morten natürlich nicht mein Freund ist, also ich meine, nicht so ein Freund, sondern …«

Angesichts von Tessas Schmunzeln und wissendem Blick verstummte Nina und sah hilflos in ihre Teetasse.

Zu ihrer Überraschung ging Tessa nicht auf ihre letzte Bemerkung ein.

»Darf ich dir trotzdem kurz erklären, wie ich mir das mit dem Wollboot in etwa vorgestellt habe? Danach kannst du natürlich ganz frei entscheiden. Aber ich finde, du musst erst mal Bescheid wissen.«

Nina war einverstanden. »Gut. Schieß los.«

»Wie Morten schon gesagt hat, würde ein neuer Liegeplatz außerhalb des Sportboothafens mehr Kundschaft bringen, weil der Zugang für die Inselgäste viel einfacher wäre. Wir könnten auch gleich am Fähranleger einen Werbeaufsteller platzieren, dann wissen alle sofort, dass es das Wollboot gibt.«

Tessa bemühte sich sichtlich, die Vorteile des Arrangements sachlich zu schildern und Nina durch das *Wir* miteinzubeziehen. Es gelang ihr nicht ganz, weil die Pferde vor Begeisterung schon wieder mit ihr durchgingen und Nina ihre innere Abwehr aufrechterhielt, um nicht überrumpelt zu werden.

Tessa sprach über die Pacht, die ersten Ideen für ein Geschäftsmodell und ihre Erfahrungen und deutete dabei an, wie sehr ihr der alte Wollladen fehlte.

»Wenn du dann im Urlaub ab und zu kommst, um nach dem Rechten zu sehen, kannst du auf der Gertje schlafen, wir lassen eine der Kabinen dafür wollknäuelfrei.«

Nina war einerseits gerührt über Tessas Engagement, andererseits brauchte sie Zeit, um Tessas Vorschläge zu verdauen, die auf sie einprasselten wie Starkregen. Ihrer Freundin lag die Idee offenbar so sehr am Herzen, dass sie entgegen ihrer sonstigen Art regelrecht hektisch wirkte.

»Oder ich reserviere dir jeweils eine meiner Ferienwohnungen«, fuhr Tessa fort. »Allzu gemütlich stelle ich es mir auf dem Boot auf Dauer sowieso nicht vor, zumindest im Winter. Hast du nicht langsam die Nase voll von feuchter Kälte in der Koje?«

Nina fühlte sich ertappt. Letzte Nacht war der Pelletofen

ausgegangen, und sie hatte ihn neu befüllen müssen, weil sie am Morgen nicht hatte frieren wollen. Aber sie wollte kein Wasser auf Tessas Mühlen gießen.

»Das ist okay«, behauptete Nina deshalb.

»Solange kein Sturm kommt«, gab Tessa zurück. »Oder noch größere Kälte. Bisher ist der Dezember überwiegend recht ruhig und mild gewesen, aber in zwei, drei Tagen ist ein Orkantief angesagt. Dann könntest du anders denken.«

Nina ignorierte Tessas Einwurf. Es war nur fair, wieder auf deren Grundidee zurückzukommen, damit sie alles in Ruhe durchdenken konnte. Dazu brauchte sie Fakten.

»Und du meinst wirklich, so ein Wollladen auf der Gertje wäre das Richtige?«

»Ja. Hast du Bedenken?«

»Ich bin mir nicht sicher, ob es heutzutage reicht, einfach nur Garne und Nadeln und anderes Zubehör zu verkaufen. Es gibt doch gar nicht mehr so viele Leute, die stricken oder häkeln können, selbst wenn du vielleicht Kurse anbietest. Und so wie ich das mitbekommen habe, kaufen die meisten heutzutage im Internet.«

Tessa zog ein langes Gesicht. »Hm. Ja. Irgendwie hast du recht.«

»Das Wollboot müsste außer Garnen noch etwas anderes bieten – denk mal an den Basar, die fertig gestrickten Sachen sind viel besser weggegangen als die Wolle selbst.«

»Du meinst, ich sollte zusätzlich mehr Selbstgestricktes verkaufen? Das wäre gar keine schlechte Idee. Spontan fallen mir auch ein paar Strickdamen hier auf der Insel ein, die sich über ein kleines Zusatzeinkommen sicher freuen würden.«

»Eben. Auf den Färöern haben das vor einigen Jahren zwei Frauen auch so gemacht, heute verkaufen sie ihre Strickmoden weltweit.«

Plötzlich begann es in Nina zu kribbeln, und ihr Herzschlag beschleunigte sich. Im Grunde waren Tessas Gedanken gar nicht so abwegig. Immerhin hatte Nina ein solches Projekt schon einmal beobachtet. Wenn es Guðrun & Guðrun gelungen war, ein gut gehendes Geschäft aufzubauen, könnte es auf Juist ebenfalls gelingen.

Tessas Augen begannen zu strahlen. »Du hast recht! Heutzutage reicht es nicht mehr, vor Ort zu sein, da braucht man zu allem einen Onlineshop, daran hatte ich auch schon gedacht. Und noch etwas Besonderes. Ich war gerade dabei, handgesponnene und pflanzengefärbte Schafwolle in mein Sortiment aufzunehmen, als mir der Laden gekündigt wurde. So was müsste doch gut ankommen – irgendwelche ganz besonderen Garne, die man nicht überall kriegt, und auch Pullover daraus.«

»Und Socken«, fügte Nina hinzu und hörte sich sagen. »Ich könnte dir sogar welche stricken, wenn ich in Island bin.«

Tessa lachte. »Cool! Dann kann ich also hoffen, dass du dich letztlich mit der Gertje für uns entscheidest?«

Nina schwieg. Würde sie das?

»Denk in Ruhe nach. Du sollst dich nicht unter Druck gesetzt fühlen«, wiederholte Tessa. »Ich fände es nur so schön, wenn du auf Juist bleibst und es unser Wollboot geben würde.«

»*Unser* Wollboot?«

»Klar, wir müssten das natürlich irgendwie so regeln, dass ich das Alltagsgeschäft führe, aber es wäre ein Traum, wenn wir das Ganze als Partnerinnen zusammen aufziehen würden.«

Zusammen. Ein Wollboot mit Tessa. Auf Juist.

Die Idee nahm Nina schon wieder den Atem. »Ich fürchte, ich brauche etwas Zeit«, sagte sie.

»Ja, natürlich. Ich werde mir selbst noch ein paar mehr

Gedanken machen, und falls du Ja sagst, treffen wir uns und brainstormen zusammen. Ist das für dich okay?«

»Ja, das wäre in Ordnung.« Nina stand auf. »Danke für den Tee. Ich lass mir alles durch den Kopf gehen und sag dir Bescheid, sobald ich mich entschieden habe.«

Tessa begleitete sie zur Tür. »Vergiss deine Einkäufe nicht, sonst musst du hungern.«

Nina schulterte ihren Rucksack, den sie im kühlen Windfang abgestellt hatte. Dann umarmte sie Tessa zum Abschied.

»Danke für dein Verständnis.«

»So sind Morten und ich erzogen worden.«

Dieser Satz klang Nina den ganzen Heimweg über nach.

Morten. Bei ihm musste sie sich auch noch entschuldigen. Er hatte sich schließlich enorm für sie und ihr Hausboot eingesetzt, obwohl er seine Aktion wirklich mit ihr hätte absprechen müssen.

Außerdem hatte er sich für Island interessiert, sogar einen Bildband gekauft, weil er neugierig auf ihr neues Zuhause war. Sie war ihm nicht gleichgültig, und dieser Gedanke ließ Ninas Herz höherschlagen.

*

Nina war mit ihren Überlegungen keinen Schritt weitergekommen, als Pepe an die Tür der Gertje klopfte.

»Hab mir überlegt, dass das mit dem Schirm doch nicht so praktisch ist, und einfach Sonnenschein bestellt«, sagte er zur Begrüßung und wies zum Himmel.

Tatsächlich hatten die Wolken sich zum größten Teil verzogen, und die Sonne nutzte einen breiten Spalt, um Juist in ein sanftes Licht zu tauchen.

»Gut gemacht«, lobte Nina. »Dann lass uns das mal ausnutzen.«

Sie machten sich auf den Weg zur Nordseite der Insel, durchquerten den Ort und wählten den nächstgelegenen Strandabgang. Jetzt im Winter war der Hohlweg zwischen den Dünen zum Teil vom Sand verweht, erst im Frühjahr würde man ihn wieder herrichten, um mit Holzbohlenwegen einen leichten und sicheren Zugang zu bieten.

Nina mochte die Insel, so wie sie jetzt war, viel lieber als bei ihren Besuchen früher im Sommer. Juist hatte etwas Wildes, Ursprüngliches, eine Rauheit, wie Nina sie schätzte. So ein leerer Strand, an dem man nur in der Ferne zwei Gestalten stehen und aufs Meer schauen sah, vermittelte eine ganz besondere Atmosphäre, die in krassem Gegensatz zu dem sommerlichen Getümmel in der Hauptsaison stand.

Natürlich würde das Wollboot in den Touristenzeiten mehr Zulauf haben, fuhr es ihr durch den Kopf. Dabei hatte sie sich vorgenommen, diese Überlegungen für eine Weile auszuschalten und die Zeit mit Pepe zu genießen.

Heute war das nicht schwer. Er schien nun endlich verstanden zu haben, dass seine Flirtversuche nicht willkommen waren, und sie hatten zu einem freundschaftlichen Umgang zurückgefunden. Pepe erzählte kleine Anekdoten von seinem Besuch bei Carlos und Andrea, ehemaligen Kollegen von ihnen aus Peru, die inzwischen in der Schweiz lebten und ihren Ruhestand genossen.

»Eigentlich wollte ich dich danach in Freiburg überraschen, aber du warst nicht da.«

»Sodass du mich auf diese Insel verfolgen musstest.«

Nina blieb stehen und bückte sich nach einem besonders schönen Schneckenhaus. Es war gut drei Zentimeter lang, von länglicher Form und hatte gleichmäßige, kräftige Rippen.

»Ich glaube, das ist von einer Gemeinen Wendeltreppe«,

überlegte sie laut. »Eine räuberische Schnecke, die Seeanemonen frisst.«

»Gefährlich sieht sie gar nicht aus.« Pepe betrachtete das Schneckenhaus in ihrer Hand. »Aber die Seeanemonen finden das sicher gemein, wenn sie von einer Wendeltreppe gefressen werden.«

Nina grinste. »Es kommt noch besser: Sie ist zuerst ein Männchen, dann ein Weibchen.«

»Was du alles weißt!«

»Du erinnerst dich sicher, dass mich Tiere und Pflanzen immer interessiert haben. Also hab ich mir hier gleich mal ein Bestimmungsbuch gekauft und schon einiges gelernt.«

»Was ist das da?« Pepe deutete auf eine rötliche gestreifte Muschelschale.

»Eine Rote Bohne«, gab Nina Auskunft. »Oder Baltische Plattmuschel.«

»Und die da? Sieht ein bisschen wie ein Paar Engelsflügel aus.«

»Den Spitznamen hat sie tatsächlich. Ist eine Amerikanische Bohrmuschel. Die ist schon Ende des 19. Jahrhunderts hier eingeschleppt worden.«

»Ich bin beeindruckt.«

Langsam setzten sie ihren Weg fort.

»Wie sehen deine weiteren Pläne aus? Bleibst du länger hier?«, fragte Pepe nach einer Pause.

Nina schüttelte den Kopf. »Wahrscheinlich nur bis ins neue Jahr. Mit etwas Glück habe ich danach eine neue Stelle und etliches für den Umzug zu tun.«

»Ach ja?« Überraschenderweise fragte Pepe ihr nicht wie sonst ein Loch in den Bauch, sondern sah nur aufs Meer hinaus, wo helle Schaumkronen die herannahenden Wellen zierten.

»Sag mal«, fuhr er dann fort. »Hast du nie das Bedürfnis verspürt, mal irgendwo anzukommen und dich endgültig niederzulassen?«

Nina stutzte. »Wie kommst du jetzt darauf? Hast du solche Pläne?«

»Ich? Nein, ich doch nicht! Es gibt noch viele Orte, die ich bereisen muss! Aber so als Frau …«

»Hör mit dem Macho-Quatsch auf, Pepe!«

»Sorry. War nicht so gemeint. Ich dachte nur …«

»Was dachtest du?«

»Du wirkst hier gar nicht wie eine Touristin.«

»Warum sollte ich? Ich bin ja keine.«

»Das habe ich falsch ausgedrückt. Also, du wirkst, als ob du hier hingehörst. Hier glücklich bist. Und du hast Freunde gefunden. Mit der Frau, die mit dir den Basar organisiert hat, bist du ziemlich eng, oder?«

»Ja, wir haben eine Menge gemeinsam.«

»Und dann ist da dieser Morten …«

Erneut blieb Nina stehen. War es so offensichtlich, dass Morten und sie Gefühle füreinander hatten?

»Guck nicht so, *querida*. Ich kenne dich. Du hast mehr als nur eine kleine Schwäche für den Mann. Hast du dir schon mal überlegt, hierzubleiben? Auf die neue Stelle zu pfeifen und mit deiner Freundin Stricksocken zu verkaufen?«

Nina starrte Pepe an. Er sagte das so, als ob es ganz einfach wäre, das Leben völlig umzukrempeln und alle bisherigen Pläne zu begraben, um neue zu entwickeln.

Vielleicht war es das sogar.

Nina war drauf und dran, ihm von Tessas Wollboot-Idee zu berichten, als er ihr die Hand auf die Schulter legte und sagte: »Überleg es dir gut. Hier hast du schon eine Basis. In Island fängst du ganz von vorne an.«

Nina stutzte und trat einen Schritt zurück. Sie hatte Pepe mit Absicht nichts Genaueres von ihren Plänen und der neuen Stelle erzählt.

»Wie kommst du auf Island?«

»Hast du mir nicht gesagt, dass du dich dort beworben hast?«

»Nein, habe ich nicht.«

»Dann weiß ich es wahrscheinlich von deiner Freundin Steffi.«

Nina schüttelte den Kopf. Da ihr Arbeitsverhältnis während ihres Sabbaticals weiterbestand, hatte sie niemandem in Freiburg von ihrer Bewerbung erzählt, und auf Steffis Stillschweigen war Verlass.

»Kann nicht sein.«

»Dann muss es jemand hier auf der Insel gewesen sein.«

Nina runzelte die Stirn. Das war nicht ausgeschlossen, auf Juist hatte sie kein Geheimnis daraus gemacht, dass sie auf eine Zusage aus Island wartete. Sie hatte es nicht gerade an die große Glocke gehängt, aber mit Morten, mit Tessa und mit den alten Damen Foline, Beeke und Hanne hatte sie mehrmals darüber gesprochen. Wer wusste noch davon? Lientje vielleicht? Sie konnte durchaus Pepes Quelle sein.

»Ist doch egal«, sagte Pepe nun, nahm ihre Hand und führte Nina weiter mit sich, am Spülsaum entlang. »Lass uns über etwas anderes sprechen.«

Nina entzog ihm ihre Finger. »Was ist los?«, fragte sie streng. »Irgendwas heckst du doch aus. Du tauchst hier auf, spielst mir das Klischee eines Latin Lovers vor, tust als ob du mich zurückgewinnen willst, und jetzt versuchst du, mich plötzlich dazu zu überreden, hier auf dieser Insel zu bleiben?«

Pepe blieb stehen und hob die Schultern. »Ich passe mich

den Umständen an. Mir ist aufgefallen, wie du diesen Morten anguckst. Und er dich. Ich meine es ja nur gut mit dir.«

Nina hatte ebenfalls innegehalten, schaute Pepe aber nicht an, sondern ließ den Blick über die See schweifen.

»Genau das fällt mir schwer zu glauben. So selbstlos kenne ich dich nicht. Was hast du davon, wenn ich hierbleibe?«

Sie hatte die Frage kaum ausgesprochen, da traf sie die plötzliche Erkenntnis wie ein Blitz. Das musste es sein! Von wegen, Pepe sorgte sich um sie und ihr Wohlergehen!

Sie schnellte zu ihm herum.

»Du hast dich auch bei *Íslandsferð* beworben! *Du* bist der Mitbewerber, von dem Yrsa gesprochen hat!«

»Ist ne tolle Stelle«, versuchte Pepe sich zu verteidigen.

Nina schnaubte. »Und du tust wirklich alles, um sie zu kriegen! Wahrscheinlich, weil dir klar ist, dass ich viel bessere Chancen habe als du! Mensch, Pepe, dass du zu so fiesen Mitteln greifst!«

»Reg dich nicht so auf, Nina. Ja, ich wollte ausloten, wie sehr du an dieser Bewerbung hängst, und vielleicht ein wenig gut Wetter für mich machen. Hätte ja auch sein können, dass es bei uns wieder funkt und wir zusammen nach Island gehen.«

»Mit dir auf der Superstelle und mir als Reiseführerin – kann ich mir wunderbar vorstellen, wie du dir das ausgemalt hast.«

Pepe seufzte. »Aber du hast ja jetzt deinen Insulaner im Kopf, und ich hatte keine Chance.«

Nina hielt die Luft an, fassungslos über Pepes Intrige.

»Jetzt willst du mich also dazu bringen, meine Bewerbung zurückzuziehen. Weißt du, wie lange ich mich auf so einen Posten vorbereitet habe?«

»Meinst du, ich nicht?«

»Ich glaube, wir beenden das hier.« Nina war erstaunt, wie ruhig und gelassen ihre Stimme klang. »Ich hatte mich echt gefreut, dich wiederzusehen. Aber du ... Du hast dich verändert – warum hast du nicht einfach offen mit mir gesprochen? Warum dieses Versteckspiel? Hast du das wirklich nötig? Es gab Zeiten, da haben wir einander vertraut.«

»Früher war es einfacher mit dir«, sagte Pepe.

Ja, damals hatte sie oft nachgegeben und über sich bestimmen lassen. Aber das war lange her, und diese Zeiten waren vorbei. Sie traf ihre eigenen Entscheidungen.

»Du brauchst dich vor deiner Abreise nicht mehr extra von mir zu verabschieden. Das können wir gleich jetzt tun. *Chao*, Pepe. Trotz allem wünsche ich dir ein gutes Leben. Nur nicht gerade dort, wo ich arbeite.«

Nina machte auf dem Absatz kehrt und marschierte davon.

»Aber *querida* ...«, hörte sie Pepe rufen.

Doch sie drehte sich nicht mehr um.

Kapitel 19

Nach der gestrigen Auseinandersetzung mit Pepe war Nina so aufgewühlt gewesen, dass sie den Strandspaziergang in die andere Richtung allein fortgesetzt hatte. Nein, Spaziergang war das falsche Wort. Über eine Stunde war sie wütend am Meer entlangmarschiert, bis sie sich endlich beruhigt hatte.

Nina war maßlos enttäuscht von Pepe. Und von sich selbst. Beinahe wäre sie wieder auf ihn hereingefallen, hätte ihm von der Wollbootidee erzählt, ja, vielleicht sogar von ihrer Sehnsucht, sesshaft zu werden. Einen Moment lang hatte sein Köder so verlockend gewirkt: einfach hierbleiben, mit Tessa ein Geschäft gründen und offen sein für das, was sich mit Morten entwickeln mochte.

Aber natürlich war Pepe nur auf seinen eigenen Vorteil aus und verschwendete nicht einen Gedanken an sie und ihr mögliches Glück.

Schluss. Nina würde ihren Weg gehen, das hatte sie gestern Abend bei einer Flasche Spätburgunder beschlossen. Und an diesem Morgen wollte sie damit anfangen.

Zuerst einmal rief sie Yrsa an, um sich zu erkundigen, wann endlich mit einer Entscheidung zu rechnen war. Yrsa kannte jeden Menschen in Reykjavik und war, wie erhofft, bestens informiert.

»Dafür ist Helga Jónsdóttir zuständig. Deren Tochter ist

nach einem Unfall im Krankenhaus, und sie kümmert sich um die Enkel in Keflavik. Ich schätze, dass du noch eine Woche warten musst, sie hat gerade anderes im Kopf, und alles verzögert sich zusätzlich, weil ihr Vertreter krank ist. Aber du bekommst ganz bestimmt vor Weihnachten deine Zusage.«

»Oder Absage.«

»Ich denke nicht. Jetzt genieße die Zeit auf deiner kleinen Insel, und im neuen Jahr sehen wir uns bestimmt auf meiner großen!«

Yrsa klang sehr sicher. Eine weitere Woche zu warten war schwer. Andererseits …

Warum nicht vorerst zwei Eisen im Feuer halten? Nina musste ja nicht sofort eine endgültige Entscheidung treffen.

Der Gedanke an ein besonderes Woll- und Strickwarengeschäft mit einem Laden auf der Gertje und einem Onlineshop ließ Nina nicht mehr los. Warum sollte sie diese Gelegenheit für ein weiteres Standbein eigentlich verstreichen lassen?

Tessa wollte das Geschäft mit ihr zusammen gründen, wie genau das ablaufen konnte, mussten sie natürlich absprechen. Die Gertje hätte auf jeden Fall eine sinnvolle Verwendung, die Onkel Pitt sicher gefallen würde, und Tessa wieder einen Wollladen. Foline, Beeke, Hanne und die anderen könnten mit ihrem Hobby etwas Geld verdienen und Erwachsene wie Kinder mit warmen Pullovern, Mützen oder Schals glücklich machen. Sicher fanden sich noch weitere Strickerinnen, die exklusive Einzelstücke herstellen konnten.

Und sie selbst?

Sie würde sich um das Marketing kümmern. Ob Reisen oder Strickwaren – das Prinzip war das gleiche. In diesem Bereich hatte sie einige Erfahrung gesammelt und würde ihren Aufgaben auch problemlos von Reykjavik aus nachgehen können. Bei der Einrichtung des Onlineshops konnte Steffi ihr Tipps geben, die vertrieb ja, wenn sie nicht gerade einen Stand auf einem Weihnachts- oder Straßenmarkt hatte, ihren Schmuck erfolgreich auf diese Art.

Ja, so würde es gehen. Ab und zu könnte Nina hierherkommen, weil sich manches doch besser vor Ort besprechen ließ als in einer Videokonferenz.

Aber was war mit Morten?

Nein, an ihn wollte sie nicht denken. Zumindest vorerst nicht. Das war eine ganz andere Baustelle. Besser, sie konzentrierte sich zuerst einmal auf das Geschäftliche.

Jetzt war es Zeit, Tessa die frohe Botschaft zu verkünden.

Nina wunderte sich über die Ruhe, die sie plötzlich spürte. Seit Langem hatte sie erstmals wieder das Gefühl, nicht nur das Richtige zu tun, sondern auch das, was ihr wirklich guttat.

*

Tessa öffnete die Tür in Jacke und Mütze.

»Oh, wolltest du gerade gehen?«, fragte Nina überrascht.

»Ja, ich habe einer Freundin versprochen, bei der Renovierung ihrer Wohnung zu helfen. Ich bin nämlich Meisterin im Streichen.«

»Gut zu wissen.«

»Aber deswegen bist du nicht gekommen.« Tessas Blick durchbohrte sie förmlich. »Du siehst aus, als hättest du was auf dem Herzen.«

Nina zögerte, aber dann gab es kein Halten mehr. »Ich bin auf der Suche nach einer Frau, die mit mir im nächsten Jahr auf der Gertje ein Wollunternehmen aufziehen will. Kennst du zufällig so jemanden?«

Tessa riss die Augen auf. »Du hast dich entschieden? Wir machen das?«

Nina lächelte nun. »Wenn du das wirklich willst …«

»Und ob ich das will!« Tessa umarmte Nina und drückte sie fest. »Ach wie doof, dass ich jetzt keine Zeit habe. Aber heute Abend! Ich komm zu dir, ja? Dann hecken wir gemeinsam einen Plan aus.«

»Abgemacht.«

Schade, dass ihnen gerade nur ein kurzes Gespräch zwischen Tür und Angel blieb. Aber so war es eben. Eigentlich war ohnehin klar, was noch zu tun war. Sie musste Morten Bescheid geben und sich vor allem für ihren heftigen Ausbruch nach dem Tanzen entschuldigen. Persönlich, nicht nur am Telefon.

Das Problem war, dass Nina nicht wusste, wo sie ihn finden konnte. Sie kannte zwar das Haus, in dem er wohnte, aber dort würde er um diese Tageszeit wohl kaum sein. In seinem Büro war er auch nicht, das hatte sie vorhin schon beim Vorbeigehen gesehen. Wahrscheinlich war er mit dem Fuhrwerk unterwegs – irgendwo auf der Insel.

Unschlüssig blieb sie am Straßenrand stehen und sah dem Pferdetaxi entgegen, das vom Flugplatz kam und neu angekommene Gäste zu ihren Hotels fuhr. Es wurde langsam deutlich voller auf der Insel, offenbar gab es doch recht viele Leute, die hier die Weihnachtstage und den Jahreswechsel verbringen wollten. So wie sie.

Mit klappernden Hufen zogen die kräftigen Pferde den gelben Planwagen an ihr vorbei.

Nina fasste einen Entschluss. Sie würde ihren heutigen Wichtelstreich spielen, der nach dem letzten – einem bis obenhin mit Werbeprospekten vollgestopften Briefkasten – wieder ein netter in Gestalt eines Glücksschweinchens aus

Marzipan war. Nina konnte den süßen Gruß mit einem grünen Band am Knauf von Mortens Haustür festbinden. Und ihn dann anrufen und um ein kurzes Treffen bitten. Ganz locker.

Doch auch dort lief nicht alles wie erwartet, denn die Tür öffnete sich genau in dem Moment, als sie sich bückte, um das Schweinchen festzubinden.

»Huch«, rief sie erschrocken, als das Holz unter ihrer Berührung nachgab.

»Nina?« Morten sah sie verblüfft an. »Wolltest du zu mir?«

»Nein, äh, ja«, stammelte sie. »Also eigentlich ...«

Morten blickte auf das rosa Marzipanschwein in ihrer Hand.

»Ich verstehe. Du wolltest zu Hanno«, sagte er. »Der hält aber gerade seinen Mittagsschlaf.«

»Und du bist schon damit fertig?«, fragte Nina unwillkürlich.

Morten schmunzelte. »Schön wär's. Ich musste nur was holen, bin schon fast wieder weg. Kann ich irgendwas für dich tun?«

Das traf sich gut. Morten hatte zu arbeiten, und sie konnte die Sache rasch hinter sich bringen.

»Ich möchte mich bei dir entschuldigen«, sagte Nina. »Ich hab nach dem Tanzen ein bisschen überreagiert. Dabei hast du dich so um mich und die Gertje bemüht, und es war sicher nicht einfach, einen Platz im Hafen für sie zu organisieren. Und dein Freund ... Ehrlich gesagt, ich bin dir wirklich dankbar.«

»Aber ich hätte dich fragen müssen, ob dir das überhaupt recht ist«, sagte Morten ruhig.

Nina zuckte mit den Schultern. »Ich hasse es, wenn man mich bei einer Entscheidung übergeht. Meine Eltern hatten diese Angewohnheit, selbst als ich schon erwachsen war. Auch später bin ich immer wieder auf solche Leute gestoßen.«

Morten sah sie ernst an. »Verständlich. Doch ich wollte dich wirklich nur damit überraschen. Ich weiß, was die Gertje dir bedeutet.«

Nina schluckte. »Es tut mir leid. Ich bin wirklich froh, selbst wenn es zuerst vielleicht nicht so ausgesehen hat. Kann ich dich demnächst als Dankeschön irgendwie einladen? Auf ein Bier oder zum Essen?«

»Darüber können wir reden. Heute Abend?«

Nina atmete erleichtert auf. Morten war ihr nicht böse, sonst würde er nicht ein so baldiges Treffen vorschlagen. Zu schade, dass sie keine Zeit hatte.

»Da bin ich schon mit deiner Schwester verabredet, um über die Details unserer Wollboot-Geschäftsidee zu sprechen.«

»Du willst ... Also, du vermietest Tessa die Gertje?«

»Es sieht eher so aus, als ob wir zusammen eine Firma gründen. Tessa übernimmt dann den Standort Juist, und ich mach den Online-Kram. Aber wart's ab. Wenn wir genauer wissen, was wir vorhaben, werden wir es dir brühwarm erzählen.«

»Das beruhigt mich. Jetzt muss ich leider los.«

Nina trat zur Seite und streckte ihre Hand mit dem Marzipanschweinchen aus. »Würdest du das bitte Hanno geben?«

»Ich glaube, das mit den Wichteln muss ich dir noch mal erklären. Die Wichtel spielen Streiche oder schenken Dinge. Nicht umgekehrt.«

»Muss man die nicht bestechen?«

»Das stimmt. Wenn sie zu frech werden!«

»Siehst du! Außerdem ist Hanno was Besonderes!«, konterte Nina. »Der kriegt gerne Geschenke. Hat Ekke Nekkepenn mir gesagt.«

Morten schmunzelte. »Na denn.«

Er nahm Nina das Schweinchen aus der Hand und setzte es im Haus auf die unterste Treppenstufe. Danach trat er heraus und zog die Tür hinter sich zu.

»Morgen dann?«, fragte er. »Es ist zwar Orkan angesagt, aber solange die Schafe noch Locken haben, stört uns das wenig.«

Nina stimmte zu. »Sehr gern. Wo treffen wir uns?«

»Ich überlege mir was Wetterfestes und melde mich. Du kannst entscheiden.«

Er hob die Hand zum Gruß und eilte mit großen Schritten davon.

*

Es wurde ein besonders gemütlicher und lustiger Abend. Letzteres lag nicht nur an Ninas speziellem weihnachtlichen Früchtetee mit den Noten von Orange, Zimt und Kardamom und Tessas selbst gebackenen Keksen, sondern auch daran, dass die Spannung von Nina abgefallen war. Nachdem sie Pepe gestern am Strand stehen gelassen hatte, fühlte sie sich erstmals seit Wochen wieder klar und stark.

Ob er inzwischen abgereist war, wusste sie nicht, aber das war ihr egal. Hauptsache, sie sah ihren neuen Weg klar vor sich und konnte die Zukunft optimistisch anpacken.

»Also, das Finanzielle haben wir jetzt schon mal ungefähr geklärt, und einig sind wir uns, dass wir das Sortiment fein und besonders halten wollen. So unter dem Motto ›Handarbeiten mit Liebe‹. Das gilt sowohl für die Wolle als auch für die gestrickten Klamotten«, fasste Tessa nun zusammen.

»Klamotten? Besser du gewöhnst dir gleich ›feinste Strickwaren‹ an, nicht dass dir das sonst noch rausrutscht und die Kundinnen und Kunden vergrault.«

Tessa, die mit untergeschlagenen Beinen auf dem Sofa saß, wiegte den Kopf. »Wir könnten diesem Wort aber auch eine ganz neue Bedeutung verleihen.«

»Ich fürchte, das dauert zu lange. Bis die Leute das in zwanzig Jahren gecheckt haben, reicht unser Geld nicht.«

»Zu exklusiv darf unser Kram aber auch nicht sein. Eher so beste Qualität zu erschwinglichem Preis.«

»Kram.« Nina schüttelte missbilligend den Kopf.

»Na, soll ich etwa ›Toilette‹ sagen?«

»Das könnte man wiederum völlig missverstehen. Dann bestellen die Leute am Ende bei uns auch noch Waschbecken und Duschwannen.«

Tessa kicherte. »Hast du noch einen? Ich rede vom Tee, nicht vom Witz.«

Sie streckte Nina den Becher entgegen, und die ging in die Küche, um Nachschub zu holen.

Als sie zurückkam, hatte Tessa einen Schreibblock auf dem Schoß und machte Notizen. Nina stellte den Früchtetee vor sie auf den Couchtisch und setzte sich ihr wieder gegenüber. Das Getränk roch einfach himmlisch, und es enttäuschte auch beim Trinken nicht.

»Das wird gut«, sagte Tessa. »Ich fühle das. Viel besser wäre es natürlich, wenn du hier wohnen würdest und wir immer alles so gemütlich absprechen könnten wie jetzt, aber zum Glück hat irgendjemand das Internet erfunden.«

Sie prostete Nina mit ihrem Becher zu und nahm einen Schluck.

»Ich bin nicht sicher, ob es so gut wäre, wenn wir ständig zusammensitzen und Alkohol trinken würden«, wandte Nina ein. »Deshalb bin ich heute auch bereits auf Tee umgeschwenkt. Ich finde, meine Kreation kommt geschmacklich ziemlich nah an Glühwein ran. Und der Kopf bleibt klar. Dein

Lars würde mich sonst bestimmt schnellstens auf seine Fähre schleppen, um dem ein Ende zu bereiten.«

»Da könntest du recht haben«, sagte Tessa grinsend.

Dann sah sie auf ihren Block.

»Ich freue mich schon richtig darauf, mir neue Muster für die Pullover auszudenken. Meinst du, wir sollen zu den Island-, Fair-Isles- und Norwegerpullis auch noch einen eigenen Juist-Pullover kreieren?«

»Warum nicht, wenn dir dazu was einfällt?«

»Bestimmt!«

»Zuerst einmal muss die Gertje wieder flottgemacht werden. Wenn ich von Morten weiß, wann sie geholt und wieder zurückgebracht wird, können wir einen Zeitplan aufstellen. Ich werde versuchen, im Frühjahr zu kommen, wenn das Boot wieder hier ist, und beim Einrichten helfen.«

»Meinst du, du bekommst Urlaub? Meistens hat man doch sechs Monate Sperre, wenn man eine neue Stelle antritt.«

»Ich denke, das ist verhandelbar. Aber natürlich kann ich dann nicht lange bleiben.«

»Egal«, behauptete Tessa. »Aus deinem Arbeitsvertrag in Freiburg kommst du problemlos raus?«

Nina nickte. »Ich habe eine nur vierwöchige Kündigungsfrist. Zuerst hat mich das gestört, aber jetzt bin ich froh drum. Meine Vertretung fürs Sabbatical dürfte sich freuen, wenn sie bleiben kann.«

Tessa hob die Brauen. »Was ist, falls das mit Island doch nicht klappt?«, fragte sie. »Gehst du dann nach Freiburg zurück?«

Nina schüttelte den Kopf. »In dem Fall müsste ich für das Reiseunternehmen wieder ständig unterwegs sein. Früher fand ich so ein Leben toll, aber mit der Zeit ...« Sie seufzte. »Vielleicht werde ich einfach alt.«

Tessa verschluckte sich an ihrem Tee und hustete.

»Das habe ich jetzt nicht gehört«, sagte sie streng. »Das kannst du sagen, wenn du siebzig bist oder achtzig.«

»War doch ein Witz. Ich müsste eben noch mal auf Stellensuche gehen.«

»Auf jeden Fall hast du jetzt zusätzlich den Plan G wie Gertje. Oder besser gesagt Plan W wie Wollboot. Wenn die dich in Island nicht wollen, kannst du notfalls einfach hierbleiben und mit mir direkt auf Juist arbeiten.« Tessa nahm eine Kokosmakrone vom Keksteller und betrachtete sie intensiv. »Davon muss ich noch mal welche backen. Morten hatte davon schon fast alle weggefuttert. Du magst sie auch so gern, oder?«

»Stimmt«, gab Nina zu.

Wieder eine Gemeinsamkeit. Aber darüber wollte sie jetzt nicht nachdenken.

Kapitel 20

Morten wachte früh am Morgen auf, weil eine heftige Böe ums Haus wehte. Der Orkan hatte in der letzten Stunde ordentlich an Fahrt aufgenommen. Außerdem schien er stärker zu sein als angekündigt. Um diese Jahreszeit waren solche Wetterlagen nichts Ungewöhnliches, weshalb er sich zunächst keine großen Gedanken gemacht hatte. Aber jetzt ging es um Nina.

Sie war allein auf der Gertje, und sie kannte es nicht, wenn der Wind sich mit den Booten, Dünen und Deichen anlegte. Wenn die Wellen sich wütend gegen den Kai und aufs Land warfen, ihre Gischt wie eine Warnung versprühten und dabei ihr bedrohliches Lied sangen.

Solch eine Wetterlage war für Nina neu, und Morten wollte nicht, dass sie sich fürchtete. Natürlich hatte er gestern alle Taue und Sicherungen überprüft, doch so ein Orkan war oft unberechenbar.

Morten hielt es keine Sekunde länger im Bett aus und zog sich an. Er wollte so oder so nach Nina sehen, aber ein kurzes Telefonat vorab würde ihn beruhigen. Selbst wenn er sie damit weckte und sie verärgert war. Das Risiko musste er eingehen.

Blitzschnell hatte er Ninas Nummer gewählt, nur kam keine Verbindung zustande. Morten sprang lediglich eine kaltfreundliche Telefondamenstimme entgegen, und er konnte gar nicht sagen, wie sehr er sie in diesem Moment hasste.

The person you have called is temporarily not available.

Es half nichts, er musste wirklich los, dem Orkanungeheuer Kontra geben und vor allem Nina zur Seite stehen.

Da es nicht nur stürmte, sondern der Himmel auch noch seine Schleusen geöffnet hatte und es in Strömen goss, entschied er sich für den schwarzen Südwester, die dunkle Öljacke samt wasserdichter Hose und die Gummistiefel.

Herrje, hoffentlich erschrak Nina nicht, wenn sie ihn so sah.

Morten verschloss die Haustür, prüfte beim Fortgehen routinemäßig, ob das Dach des Wohnhauses dem Orkan bislang Paroli geboten hatte, und registrierte nebenbei, dass in der Wohnung seiner Eltern alles ruhig war.

Dann kämpfte er sich durch das Unwetter die Juister Straßen entlang. Er kam nur schwer voran, weil ihn die starken Böen aus Nordwest entweder vom Gehweg drückten, plötzlich wie von allen Seiten umkreisten oder am Weitergehen hinderten, wenn sie sich ihm mit ganzer Macht entgegenstemmten.

Als eine Dachpfanne einen Meter vor ihm auf die Straße knallte, zuckte Morten erschrocken zusammen. Er wechselte die Gehwegseite, doch auch das war keine gute Idee, denn mit einem Mal hatte er eine abgerissene Weihnachtslichterkette im Gesicht. Diesem Schmuck folgte ein Adventsgesteck, das aber nur an seinen Füßen vorbeikullerte. Es hatte ursprünglich wohl mal einen Hauseingang verschönert.

Mühsam befreite Morten sich aus dem Kabel und stapfte weiter. Der Wind nahm ihm fast den Atem, manchmal musste er innehalten, um nach Luft zu ringen. Die umliegenden Büsche und Bäume duckten sich und schüttelten sich erschrocken, wenn der Sturm wieder zu stark an ihnen zerrte und sie in die Knie zwingen wollte.

Morten wusste, dass er bei einem solchen Wetter eigentlich zu Hause bleiben müsste, und hoffte, dass er die Gertje unbeschadet erreichte.

Als der Hafen endlich in Sichtweite kam, peitschten die Böen von der Seite her. Gleich musste er höllisch aufpassen, nicht vom Steg ins Hafenwasser geweht zu werden.

Er kam noch immer nur langsam voran.

Der Orkan wurde von Minute zu Minute stärker. Weil ihm der Regen nicht nur ins Gesicht peitschte, sondern auch von der Krempe des Südwesters in seine Augen tropfte, war es ihm aus der Entfernung unmöglich, die Lage auf der Gertje einzuschätzen. Die undurchdringliche Regenwand versperrte ihm die Sicht, und er konnte nicht erkennen, ob das Hausboot auf den Wellen auf und nieder tanzte. Ob sich vielleicht schon der Tampen am Poller gelöst hatte und die Gertje Gefahr lief, mit der nächsten Woge gegen den Steg zu knallen und leckzuschlagen.

»Es hilft nichts, ich muss dahin, so schnell es geht«, murmelte er.

Mit einem mulmigen Gefühl näherte Morten sich der Hafenanlage mit den Stegen. Hinter ihm schepperte und knirschte es, und als er sich umdrehte, wehte gerade ein Tannenbaum über die Straße. Er kullerte und überschlug sich, tanzte nach rechts und links, um dann um die nächste Straßenecke zu verschwinden.

»Weihnachten ade«, flüsterte Morten. Es war einfach zu traurig, wie wenig von der festlichen Stimmung, die sich nach dem Basar über Juist gelegt hatte, angesichts der Zerstörungswut des Orkans noch zu spüren war.

Bis zum Hafenbüro war das Vorankommen zwar weiterhin

kein Kinderspiel, aber durchaus zu bewältigen. Jetzt kam der brenzlige Teil. Der Steg wurde schmaler, und weil die Nordseewellen von beiden Seiten dagegenpeitschten, war er nicht nur glitschig, sondern wegen des kräftigen Seegangs auch in Bewegung. Es fühlte sich an, als stünde Morten auf den Planken eines Schiffes, das auf See wie eine Nussschale tanzte.

Endlich war die Gertje deutlicher zu erkennen, aber noch immer konnte Morten nicht sehen, ob das Boot und seine Befestigung intakt waren. Für sein Empfinden lag das Schiff viel zu unruhig im Wasser. Wenn sich sein Eindruck bewahrheitete, brauchte er Material, um das Boot zu befestigen.

Es war besser, auf Nummer sicher zu gehen. Morten kehrte um, holte aus dem Schuppen der Hafenmeisterei ein paar stabile Seile und seine Arbeitshandschuhe.

Als er die Tür wieder schließen wollte, wurde sie ihm von einer Böe aus der Hand gerissen, und er wäre fast ins Hafenwasser geschleudert worden.

»Dammich!« Es dauerte, bis Morten sich ausbalanciert hatte.

Er musste nicht lange überlegen und entschied, lieber auf allen vieren zur Gertje zu gelangen, um dem Wind möglichst wenig Angriffsfläche zu bieten. Außerdem hatte er so auch viel mehr Halt, weil er sich an den Brettern des Steges festhalten konnte. Morten krabbelte über das Holz bis zur Gertje.

Mit einem Blick erkannte er, dass hier gar nichts in Ordnung war. Die hintere Trosse hatte sich vom Poller gelöst, und der Tampen schleuderte mit Wucht gegen den Rumpf des Schiffes. Die Gertje hüpfte trotz ihres nicht zu kleinen Bootskörpers in den Wellen auf und ab, weil sie achtern keinen Halt mehr hatte. Die Gangway drohte abzureißen. Wie der Taktstock eines Dirigenten schmetterte sie zu einer ohrenbetäubenden Musik auf und nieder.

Morten schaute sich hektisch um.

Er musste den Bootsrumpf wieder am Poller befestigen, doch dazu war es nötig, an Bord zu gelangen, dort den Tampen einzuholen und ihn irgendwie mit einer günstigen Welle über den Eisenpfosten zu werfen. Sonst drohte die Gertje, bei einer unglücklichen Woge am Steg leckzuschlagen.

Dieses Vorhaben schien Morten angesichts des schaukelnden Hausbootes allerdings ziemlich aussichtslos.

Hinter dem Fenster erkannte er plötzlich Nina, die ihn mit vor Angst geweiteten Augen anstarrte.

Er winkte ihr.

»Alles gut!«, brüllte Morten gegen den Kanon des Sturmes an.

Wahrscheinlich hatte sie ihn gar nicht verstanden, wusste aber um den Sinn seiner Worte. Sie schüttelte vehement den Kopf.

Morten musste handeln und an Bord kommen. Von der Stegseite aus war keine Hilfe möglich.

Kurz entschlossen wartete er ein paar Wellenzüge ab, nahm seinen ganzen Mut zusammen und – sprang. Einen Fuß kurz auf die Gangway, und dann landete er mit einem Satz auf der Gertje.

Es war wie erwartet glitschig, Morten rutschte aus und stürzte auf den Allerwertesten. Er schlitterte quer übers Deck, versuchte sich zu halten, doch das war unmöglich. Er biss die Zähne zusammen, die Innenflächen seiner Hände brannten wie Feuer.

Die Gertje hob nun den Bug, klatschte damit zurück, um sich sofort wieder vorn zu erheben. Morten kam sich vor wie ein kleiner Junge auf der Rutsche. Nur warteten unten nicht die sicheren Arme seiner Mutter, sondern der graue Schlund der Nordsee, weil die hintere Holzreling abgeschlagen und schon von der See gefressen worden war. Die angeschlagene Gertje würde ihn nun dem Klabautermann zum Fraß vorwerfen. Wenn kein Wunder geschah.

Ich muss mich absichern, schoss es Morten durch den Kopf.

Bei diesem Seegang war ein Überleben fast aussichtlos. Die Wellen würden ihn sofort mit sich reißen, ein Schwimmen mit der vollgesogenen Kleidung ausgeschlossen. Hinzu kam die Kälte des Wassers. Sein Herz klopfte, aber ihm blieb keine Wahl. Wenn er Nina retten wollte, musste er sein Leben aufs Spiel setzen. Er wollte für sie da sein, ihr helfen, ihre Träume, wo auch immer sie stattfanden, zu verwirklichen. Und er wollte sie wenigstens einmal geküsst haben. Ein einziges Mal nur, denn er musste doch wissen, wie sich diese Lippen auf seinen anfühlten. Dafür wollte er kämpfen.

Erneut senkte sich der Bug – Morten blieben ein paar Sekunden, um zu reagieren.

Mit dem Mut der Verzweiflung umklammerte er einen Eisenhaken am Fuß der seitlichen Reling, spürte, wie das Metall tief in seine Haut schnitt.

Aber er hatte Halt. Auch als das Heck sich wieder senkte, konnte er gegensteuern und verhindern, in die Nordsee zu rutschen.

Mühsam zog Morten die Beine an und versuchte aufzustehen, was allerdings weiterhin schwierig blieb, denn die Planken waren glatt wie eine Eisfläche.

»Morten, geht es dir gut?«, hörte er Nina.

»Was tust du hier draußen? Rein mit dir! Reicht es nicht, dass ich fast ein Kamerad vom Klabautermann geworden wäre?«

»Ekke Nekkepenn hätte dich bestimmt gerettet.« Nina gab sich ungerührt und reichte Morten die Hand. Mit der anderen umklammerte sie die Reling.

Morten zollte Nina Respekt, weil sie sich auch von diesem Orkan nicht aus der Ruhe bringen ließ. Obwohl sie sichtlich Angst hatte, geriet sie nicht in Panik, sondern versuchte, die Lage unter Kontrolle zu behalten.

»Was müssen wir tun, damit sich die Gertje nicht weiter losreißt?«, schrie Nina nun gegen den Wind an.

»Der Tampen muss wieder am Poller befestigt werden«, brüllte Morten. »Das wird allerdings nicht leicht. Vorher müssen wir das Boot dichtholen.«

»Was bedeutet das?«

»Die Gertje muss näher an den Steg heran. Wir nehmen ein Seil, legen es um dieses schwarze Eisenungetüm und ziehen das Boot ganz nah an die Anlegebrücke, sodass ich den Tampen über den Poller werfen kann.«

Nina wischte sich das Wasser aus dem Gesicht.

»Wenn uns das gelingt, hat die Gertje wieder Halt. Das ist unsere einzige Chance! Sonst ist das Boot morgen wahrscheinlich hinne.«

Nina zitterte trotz ihres Islandpullovers am ganzen Körper.

Am liebsten hätte Morten ihr den Südwester angeboten, aber dann würden sie Zeit verlieren. Zeit, die sie nicht hatten.

»Ich brauche dazu deine Hilfe. Schaffst du das?«, brüllte Morten.

»Aye, aye, Sir! Bleibt mir eine Wahl?«

Morten griff in seine Öljacke und gab Nina die Arbeitshandschuhe. »Sonst sind deine Hände gleich blutig.«

»So wie deine?«, gab Nina zurück.

Morten wischte sie an der Hose ab. Darum würde er sich später kümmern.

»Wie ist der genaue Plan?«, quetschte Nina hervor.

»Ich gebe dir jetzt zwei Seile. Mit dem einen sichern wir dich ab, mit dem anderen holen wir dicht.«

»Okay.«

»Ich muss gleich wieder rüber«, gab Morten Auskunft. »Aber der Reihe nach. Als Erstes verknote ich das Zugseil und deine Sicherung an der Klampe«, erklärte er.

»Was zum Teufel ist das?«, schrie Nina gegen den Wind an. »Red bitte deutsch mit mir!«

»Daran befestigt man die Schiffsleinen, das sind die schwarzen Dinger da unterhalb der Reling. Auf diese Weise bist du gesichert, und mein Seil fällt nicht ins Wasser, während ich auf dem Steg bin.«

Nina legte das Ende des einen Seils um ihre Taille, und Morten verknotete das andere mit einem Palstek an der Klampe der Reling. Das zweite Tau befestigte er auf die gleiche Weise an derselben Stelle.

Ihm taten noch sämtliche Knochen weh, die verletzten Hände brannten. Doch das war im Augenblick nebensächlich. Der Orkan brüllte und sang. Er hieb um sich, und es war, als schwinge er eine Peitsche. Morten musste nun mit dem Seilende auf den Steg, damit er es dort um den Poller legen konnte.

»Du willst da jetzt nicht wirklich rüber?«, fragte Nina entsetzt. Denn in diesem Augenblick klappte die Gangway erneut etwa einen halben Meter hoch.

»Doch.« Morten band sich das Seil um den Bauch, ließ aber genug Länge, damit er nicht ins Wasser gezogen werden konnte, selbst wenn die Gertje besonders kräftig schaukelte.

Er wartete nicht lange und nutzte die nächste Welle, um auf den Steg zu springen. Dieses Mal war er darauf vorbereitet, wie glitschig die Bretter waren, und konnte sich besser abfangen. Wieder krabbelte er auf allen vieren weiter, bis er beim Poller angelangt war. Den umschlang er mit dem Seilende.

»Ich komme nun zurück, und danach wird dichtgeholt«, rief er.

Es dauerte dieses Mal etwas, ehe Morten auf der Gertje war, aber da der Orkan eine kleine Pause einlegte und die Böen weniger wurden, kam er bei der Landung nicht ins Rutschen.

»Und jetzt?« Nina hielt sich tapfer.

»Zuerst muss der Tampen an Deck geholt werden, anschließend ziehen wir die Gertje wie abgesprochen näher an den Steg. Dann musst du gegenhalten, damit ich festmachen kann.«

Nina ging Morten zur Hand, das sehr dicke Haltetau mit der riesigen Schlaufe an Bord zu hieven.

»Nun ist unsere Kraft gefragt. Ich bin froh, dass es nicht mehr ganz so stürmt, das macht es leichter. Je näher wir am Steg sind, desto besser. Also zieh so stark, wie du kannst. Ich helfe dir natürlich zuerst, und wir nutzen die Hebelwirkung. Das andere Ende sitzt fest an der Klampe.«

»Ja, alles klar.«

Gemeinsam und schweigend holten sie die Gertje Zentimeter für Zentimeter dicht. Doch als Morten losließ, um nach dem Tampen zu greifen, und wieder eine besonders kräftige Welle gegen das Boot schlug, glitt Nina das Seil ein Stück aus der Hand.

»Die See ist zu stark«, erkannte Morten. »Noch einmal!«

Er wischte sich das Regen- und Meerwasser aus den Augen.

Nina und Morten arbeiteten erneut Hand in Hand.

Als die Gertje nah genug am Steg lag, gelang es ihm allen Widrigkeiten zum Trotz, den Tampen über den Poller zu werfen und die Gertje wieder zu sichern.

Erleichtert schauten sich beide an. Erst jetzt bemerkte

Morten, wie kurzatmig er war. Trotz der Kälte war sein Rücken schweißnass, und seine Beine zitterten, als wäre er einen Marathon gelaufen.

»Mann, bin ich froh, dass das geklappt hat.« Nina winkte Morten ins Bootsinnere. »Als sich die Befestigung gelöst hat, dachte ich wirklich, das war's. Das Netz war weg. Ich hätte keinen Hilferuf absetzen können.«

»Ich war ja da.« Es klang beruhigender, als Morten sich fühlte. Denn noch stürmte es draußen, und die Gefahr war nicht gebannt.

Er war trotzdem froh, dass sie beide im Innern des Bootes waren und ihnen die angenehme Wärme des Pelletofens entgegenschlug.

»Nun machen wir dir hier alles nass«, sagte er bedauernd, denn um sie herum hatte sich bereits eine Pfütze gebildet.

»Wenn's weiter nichts ist.« Nina schälte sich aus ihrem Islandpullover, der die Nässe tatsächlich nicht völlig auf die darunterliegende Kleidung durchgelassen hatte. Trotzdem tropfte es vom Haar und von der Jeans, als wäre sie eben aus der Dusche gekommen.

»So einen bekomme ich ja auch«, meinte Morten mit einem Fingerzeig auf den Islandpulli, während er sich den Südwester vom Kopf zog und anschließend aus der Öljacke und Hose schlüpfte.

»Ich arbeite dran. War aber kleidsam, dein Outfit«, sagte Nina mit einem amüsierten Gesichtsausdruck. »Und ich dachte immer, alle Ostfriesen tragen ihren gelben Nerz.«

Morten schüttelte das Haar und versuchte, wieder etwas Ordnung hineinzubringen. Ein hoffnungsloses Unterfangen, es stand in alle Windrichtungen ab. Seine Ölkleidung hatte dem Unwetter ebenfalls getrotzt, und so waren die Sachen darunter trocken.

»Ich ziehe mich schnell um. Nimm schon mal Platz«, bat Nina.

Morten setzte sich an den Esstisch und schaute sich um. Wie nur hatte Nina es geschafft, aus der unpersönlichen Gertje ein solches Paradies zu schaffen?

Morten lächelte sie an, als sie mit einer Jogginghose und einem roten Sweater bekleidet zurückkam.

»Du siehst aus wie eine Weihnachtsfrau«, spaßte Morten. »Fehlt nur die Mütze.«

»Die kommt noch.« Dann betrachtete Nina seine rechte Hand. »Das sieht schlimm aus.«

»Hast du was zum Desinfizieren?«

»Nicht nur das.«

Nina verschwand erneut und kam mit Verbandszeug, Octenisept und einer Wundcreme wieder. Mit geschickten Fingern kümmerte sie sich um Mortens Hand. Er genoss jede ihrer Berührungen, und im Nu trug er einen schicken weißen Verband.

»Tee?«, fragte Nina.

»Immer.«

Nachdem Nina in die Kombüse gegangen war, hörte Morten, wie sie den Wasserkocher anstellte und mit anderen Dingen rumorte.

Draußen dämmerte es. Mit zunehmendem Tageslicht wurde deutlich, wie hoch die Wellen wirklich peitschten. Jetzt, da die Gertje wieder fest vertäut war, fühlte er sich überaus wohl in diesem urgemütlichen Zuhause. Hier herrschte trotz allem noch immer adventliche Stimmung.

Nina kam mit zwei Teebechern und einem Brett, auf dem belegte Brote gestapelt waren, zurück. Sie stellte alles auf den Tisch und zündete die LED-Kerzen an. Sofort hatte die Gertje selbst am frühen Morgen weihnachtlichen Charme.

»Ich habe nur Tee in Beuteln, sorry«, sagte Nina zerknirscht. »Für Tessa und mich hatte ich eine neue Mischung kreiert, aber die ist leer. Immerhin bekommst du den englisch-kräftigen. Und ich habe uns ein paar Brote gemacht. Zur Stärkung.«

»Super Idee!«

»Wenn du magst, hab ich auch schwedische Pfefferkuchen. Das Rezept habe ich von Tessa. Wir zwei haben eben so viel geleistet, dass wir sein können wie Pippi Langstrumpf, die mochte die Dinger ja auch. Sei frech und wild und wunderbar«, rezitierte Nina. »Soll ich das Gebäck holen?«

»Gerne, ich liebe Pfefferkuchen. Hast du welche mit Mandeln oder mit Zuckerguss?«

»Beides. Eine Sorte sogar in Schaukelpferdform, die andere sieht aus wie ein Kobold. Oder wie Hanno. Ganz wie es sich gehört. Die Zipfelmütze passt auf jeden Fall.«

Nina ging wieder in die Kombüse und kam mit einem Teller, auf dem sie die Köstlichkeiten drapiert hatte, zurück. Es schmeckte nach der Anstrengung himmlisch.

»Ich habe Pepe übrigens zum Teufel geschickt«, sagte Nina. Sie biss von ihrem Pfefferkuchenkobold ab.

»Warum?«

Nina erzählte Morten die ganze Geschichte. Er war ein bisschen stolz, wie ehrlich sie war und wie sehr sie ihm offenbar vertraute.

»Wirklich übel. Es muss schmerzhaft sein, von einem guten Freund so hintergangen zu werden.«

»Das ist es.« Über Ninas Wange rollte eine Träne, und Morten war kurz versucht, sie wegzuwischen. Doch das wagte er nicht.

Es wurde heller, Nina kochte neuen Tee, schmierte weitere Stullen, und sie aßen das würzige Gebäck in allen Varianten.

Der Ofen knisterte, und die See gebärdete sich nach wie vor wild. Aber die Gertje hielt dem jetzt stand.

»Wie konnte es eigentlich passieren, dass das Boot sich von allein aus der Befestigung gelöst hat?«, fragte Nina und kaute bedächtig. Sie hatte die Knie angezogen und den Pullover darübergestülpt.

»So etwas passiert selten, aber es kommt vor«, wusste Morten zu berichten. »Bei einem Orkan ist alles möglich. In Neuharlingersiel ist sogar mal eine Fähre, die Spiekeroog IV, vom Wind an Land geschoben worden. Daran war Sturmtief Zoltan schuld. Das Schiff lag dann von Dezember bis Ende April an Land, bevor sie es zurück ins Hafenbecken bringen konnten. Das ist die Naturgewalt. Der sind wir oft hilflos ausgeliefert.«

»Krass«, antwortete Nina nur.

Sie saßen nebeneinander auf dem Sofa, tranken Tee und hingen ihren Gedanken nach.

»Im Augenblick haben wir die Situation ja erst einmal gerettet«, meinte Nina schließlich.

Morten ergriff ihre Hand. »Danke, dass du so mit angepackt hast. Allein hätte ich es nicht geschafft.«

»Danke, dass du gekommen bist, Morten. Das hätte nicht jeder getan.«

Nina schaute ihm tief in die Augen, und sein Herz galoppierte davon. Plötzlich war das Schaukeln des Bootes so sanft wie eine Wiege. Das Brüllen des Orkans verstummte, und es war nur noch das leise Knistern des Pelletofens zu hören.

»Ich hatte eine Scheißangst um dich, Nina«, sagte Morten mit rauer Stimme und näherte sich ihr.

»Und ich um dich, als du hingefallen bist.«

»Musstest du nicht, der Gedanke an dich hat mir übermenschliche Kräfte verliehen.«

Ninas Gesicht näherte sich. Atem vermischte sich mit Atem. Ihre Blicke vereinten sich.

»Was hast du denn gedacht?«

»Dass ich nicht sterben kann, ohne dich geküsst zu haben.«

Nina lächelte ihn verheißungsvoll an. »Bitte tu es doch, Morten Janßen. Küss mich!«

Er brauchte keine zweite Einladung. Ihre Lippen berührten sich. Erst kurz und flüchtig, dann intensiver, und schließlich fanden sich ihre Zungen, und sie versenkten sich in ein endlos dauerndes Spiel.

Kapitel 21

In Mortens Umarmung zu ruhen fühlte sich nach diesem aufwühlenden Kuss sicher und unerwartet vertraut an. Nina drückte ihr Gesicht an seine Brust und atmete den Duft von leicht feuchter Wolle und Mann tief ein. Danach legte sie ihren Kopf an seine Schulter.

Sie schwiegen beide und lauschten eine Weile dem Toben der Elemente vor den Fenstern der Gertje, sicher in ihrer eigenen, leicht schwankenden kleinen Welt.

Morten küsste Nina auf die Stirn, und sie wandte ihm das Gesicht zu. Er bedachte ihre Nasenspitze mit einem Stupser, bevor sich seine Lippen wieder auf ihre senkten.

Der Mann konnte küssen! Nina erwiderte seine Liebkosungen mit wachsendem Verlangen. Seine Hand hatte nun am Rücken den Weg unter den Sweater und das T-Shirt gefunden und hielt sie fest und sicher. Haut an Haut.

»Mir ist warm«, murmelte sie, als er ihren Mund wieder freigab.

Morten lachte leise und ließ sie los. Er sagte nichts, doch seine Augen verfolgten aufmerksam, wie sie ihren Pullover auszog. Er atmete tief durch, und auch sein Troyer flog zur Seite.

So war es besser. Nina kehrte in seine Arme zurück und strich über seine Brust, die leider unter dem karierten Hemd verborgen war. Sie genoss das Gefühl, ihm nun näher zu sein.

Dies war ihr jedoch längst nicht genug. Sie begann, mit seinen Hemdknöpfen zu spielen.

»Musst du heute noch arbeiten?«, fragte sie. »Oder liegt bei diesem Wetter alles still?«

Morten zog sie näher an sich. »So könnte man es nennen. Ich habe sozusagen orkanfrei.«

»Du kannst also bleiben?«

»Willst du das?«

»Ja«, flüsterte Nina.

Morten sah ihr forschend in die Augen. »Okay, dann muss das wohl so sein.«

Kurz schoss Nina der Gedanke durch den Kopf, dass sie nun genau das tat, was sie keineswegs hatte tun wollen. Doch das war vor dem Orkan gewesen. Und bevor sie Mortens Küsse gekannt hatte.

*

Wie seltsam es war, nach langer Zeit wieder an der Seite eines Mannes aufzuwachen. Vor allem an der Seite dieses Mannes.

Nina betrachtete Morten voller Zärtlichkeit und erinnerte sich an all die kleinen Geschichten aus seiner Vergangenheit, die er ihr gestern anvertraut hatte. Das schien ihm ebenso leichtgefallen zu sein wie ihr. Auch war er ein guter Zuhörer, der sich ehrlich für alles interessierte, was sie ihm erzählte.

So hatten sie ihrer beider Leben erkundet, in denen trotz der großen Unterschiede immer wieder unerwartete Gemeinsamkeiten aufgetaucht waren. Gemeinsamkeiten, die über die Vorliebe für Rosinen und extrascharfen Senf hinausgingen.

Es war ein Wunder, dass sie sich gefunden hatten, eines, das sie allein dem Orkan verdankten. Der Nähe von Gefahr und Tod. Dem Zusammenarbeiten in Sturm und Regen, um die Gertje zu retten. Der Erleichterung, die Herausforderung gemeinsam überstanden zu haben. Der Erkenntnis, dass das Leben endlich war.

Morten musste ihren Blick gespürt haben, denn er öffnete die Augen, wandte sich ihr zu und lächelte.

»Moin. Gut geschlafen?«

Nina nickte. »Hervorragend.«

Morten streichelte ihre Wange. »Ich auch«, murmelte er und küsste sie sanft.

Ninas Magen gab ein lautes Knurren von sich.

»Das klingt gefährlich. Soll ich dir Frühstück machen?«, fragte Morten. »Ich brate ausgezeichnete Spiegeleier.«

»Wir könnten das gemeinsam tun.«

»Ja, aber zuerst …«

Dieser morgendliche Kuss war voller Zärtlichkeit, und doch lag bereits ein Hauch von Abschied darin. Sie mussten ihre kleine, glückliche Welt verlassen und zum Alltag zurückkehren, das war ihnen beiden klar. Doch wie würde es dann weitergehen?

Mortens Spiegeleier waren wirklich vorzüglich, und er trank, ohne sich zu beschweren, ihren englischen Tee.

»Der Wind hat nachgelassen«, sagte Nina mit einem Blick aus dem Fenster.

»Wind.« Morten schmunzelte. »So kann man das auch nennen. Ja, das Schlimmste ist überstanden. Ich werde gleich mal schauen, ob es größere Schäden auf der Insel oder im Dorf gibt und wo ich mit anpacken kann.«

»Wenn ich irgendwo helfen soll, ruf mich an, ja? Das Netz funktioniert wieder.«

Morten nickte. »Wenn du nachher rausgehst, pass auf dich auf, es dürfte auf dem Steg immer noch sehr rutschig sein. Brauchst du etwas? Ich kann es dir später auch vorbeibringen, dann kannst du einfach auf der Gertje im Warmen, Trocknen und Sicheren bleiben. Ganz ungefährlich ist es draußen noch nicht.«

»Ich habe ausreichend Vorräte, danke.«

»Gut. Falls dir noch was einfällt, schreib mir eine Nachricht oder ruf an.«

Nina hörte es an seinem Tonfall. Morten war zum Alltag zurückgekehrt. Sie hätte ihn gern gefragt, ob er am Abend wiederkommen würde, doch irgendwie brachte sie die Worte nicht über die Lippen.

Er zog sich wieder wetterfest an und schien noch etwas sagen zu wollen, als sein Handy klingelte.

»Was? ... Wo? ... Ich komme!«

Er umarmte und küsste Nina zum Abschied. Einen Augenblick lang war es so wie in der vergangenen Nacht. Dann aber ließ er sie abrupt los und öffnete die Tür. Ohne ein weiteres Wort verließ er die Gertje.

*

Am frühen Nachmittag hörte sie lautes Klopfen an der Bootstür und dazu ihren Namen. Das war Mortens Stimme! Ninas Herz hüpfte vor Überraschung und vor Freude. Sie war sich nicht sicher gewesen, ob er zurückkommen würde.

»Komm rein!«, rief sie, legte ihr Strickzeug und die drei Wollknäuel, die sie gerade an der Rundpasse des Islandspullovers verarbeitete, zur Seite und stand auf, um ihm entgegenzueilen.

Doch als er im Türrahmen des Wohnraums erschien, sah er nicht aus, als ob er sich den nächsten Kuss abholen wollte. Stattdessen war seine Miene grimmig und verschlossen.

»Was ist passiert?« In Ninas Kopf tauchten Bilder von zerstörten Häusern auf, von weinenden Menschen. »Ist jemand verletzt? Geht es Tessa und ihrer Familie gut? Deinen Eltern?«

»Niemandem ist ernsthaft was passiert«, erklärte Morten. »Insgesamt halten sich die Schäden auch im Rahmen des Üblichen. Das war ja nicht unser erster Orkan und wird nicht der letzte sein.«

Nina atmete auf. »Das ist gut.«

»Ja.«

Morten zögerte. Was wollte er ihr sagen? Nina wurde flau im Magen. Dachte er, dass die gemeinsam verbrachte Zeit ein Fehler gewesen war? Wünschte er sich, die vergangene Nacht möglichst schnell zu vergessen?

»Es gibt allerdings ein Problem mit der Gertje«, eröffnete er ihr nun.

Nina atmete auf. »Solange es nur das ist. Ich hab mir den Schaden schon angeschaut, das kann man sicher wieder reparieren. Und das Boot soll ja ohnehin ins Dock.«

Mortens Gesicht blieb ernst. »Ich muss dich leider bitten, das Wichtigste zusammenzupacken und die Gertje umgehend zu verlassen.«

»Was? Warum denn?« Nina runzelte die Stirn.

»Die Hafenaufsicht hat eine Meldung bekommen, dass dein Hausboot nicht mehr sicher ist, und jetzt wird die Gertje gesperrt, bis das überprüft werden kann.«

»Was? Gesperrt?« Das Entsetzen ließ Ninas Stimme heiser klingen, und sie musste sich räuspern. »Wann wird diese Überprüfung sein? Heute ist Freitag, und am Wochenende wird wohl niemand kommen, oder?«

Morten schüttelte den Kopf. »Vor Montag geht gar nichts.«

»Aber wo …«

»Ich habe eine Unterkunft für dich«, antwortete Morten auf ihre noch unvollständige Frage. »Eine von Tessas Ferienwohnungen ist frei, der Gast, der bis nach Neujahr bleiben wollte, hat vorgestern wegen Krankheit abgesagt.«

Nina atmete erleichtert auf.

»Danke, dann muss ich wohl gleich mal ans Packen gehen.«

Nina holte ihren großen Trekkingrucksack, ging in die Schlafkabine und begann, Kleidungsstücke zusammenzurollen und hineinzustecken.

»Kann ich dir helfen?«, bot Morten an, der ihr bis zur Tür gefolgt war.

»Nein danke, setz dich einfach. Wenn ich nichts Wichtiges hierlassen will, muss ich mich konzentrieren.«

Ohne einen Zuschauer war es leichter. Nina war das Packen durch ihren Beruf gewohnt, sodass sie nicht lange brauchte.

Für ein paar Tage würde das, was sie mitnahm, reichen. Danach musste sie sehen, wie sie an die restlichen Sachen kam. Jetzt der Badezimmerkram. Dann E-Reader und Laptop. Ladekabel nicht vergessen. Schließlich noch Mortens angefangener Pullover und die Wolle, die sie zur Fertigstellung brauchte. Ihr kleiner Rucksack, den sie statt einer Handtasche benutzte, mit Portemonnaie, Handy und dem Schlüsselbund.

Nina ging in den Wohnraum und sah sich erneut um. Es tat weh, dieses Heim, das sie sich gerade erst geschaffen hatte, zu verlassen.

»Ich glaube, ich bin so weit.«

Morten stand vom Sofa auf. »Das ging schnell.«

Nina zuckte mit den Schultern, steckte noch ein Paar feste Schuhe und die blauen Stiefeletten in eine Baumwolltasche und schlüpfte dann in ihre wasserfesten Stiefel, bevor sie sich den Trekkingrucksack mit Schwung auf den Rücken hievte. Sie ließ Morten den Vortritt und schloss die Tür hinter sich sorgfältig ab.

»Ich helfe dir tragen«, bot Morten an.

Nina drückte ihm die Schuhtasche in die Hand.

»Eigentlich war das anders gemeint«, klärte Morten sie auf.

»Ich trage meinen Kram immer selber. Wo ist diese Wohnung von Tessa?«

»Ziemlich genau zwischen ihr und mir. Das Haus hat Lars geerbt, und eine der Wohnungen ist dauervermietet. Um die anderen beiden kümmert sich Tessa. Ist nicht groß, aber ganz nüüt eingerichtet. Du weißt es sicher auch zu schätzen, wenn du festere Wände und eine richtige Heizung hast.«

Nina blieb stehen. »Der Ofen. Ich habe mich gar nicht um die Gertje gekümmert, bin einfach so gegangen.«

»Ich mach das nachher, wenn du nichts dagegen hast«, versicherte ihr Morten. »Ich kann den Ersatzschlüssel aus der Hafenmeisterei nehmen.«

»Danke.«

Es war nicht weit bis zu Ninas neuer Bleibe, schließlich war hier auf der Insel alles nahe. Morten führte sie die Treppe hinauf und schloss für sie die Tür auf.

Er hatte recht – die kleine Wohnung war gemütlich. Das Schlafzimmer war durch das große Bett ein bisschen eng, aber das Wohnzimmer dafür großzügig und hell. Die Möbel waren weiß und schlicht, auf der blauen Sofaecke lag einladend eine in verschiedenen Blautönen gehaltene wollene Decke. Auf der Fensterbank stand ein weißer Kerzenhalter, und ein ansehnliches Regal voller Bücher gab es auch. Der Raum hatte etwas Anheimelndes, Skandinavisches, fand Nina.

Sie stellte den kleinen Rucksack ab und ließ den großen von ihren Schultern gleiten.

Morten platzierte die Schuhtasche neben ihrem Gepäck und trat einen Schritt auf sie zu. Er war ihr nun ganz nahe.

»Nina, ich ...«

Ein Geräusch an der Tür ließ ihn zurückweichen.

»Ach, ihr seid schon da!«, rief Tessa überrascht. »Wenn

ich das gewusst hätte, hätte ich natürlich geklingelt! Aber ich wollte es dir noch ein bisschen gemütlicher machen, Nina.« Sie deutete auf den kleinen Koffer, den sie in der Hand trug.

»Ich finde es hier schon sehr hübsch«, lobte Nina. »Danke, dass du mich so überstürzt aufgenommen hast.«

»Da nich für«, sagte Tessa mit einer wegwerfenden Handbewegung. »Wir können dich doch nicht im Regen stehen lassen. Dass Herr Wildengruber abgesagt hat und ich bisher keinen Ersatz habe, war wohl ein Wink des Schicksals.«

Morten wandte sich zur Tür. »Ich gehe dann mal weiter. Muss noch bei Fiete und Beeke vorbeischauen, die haben einen Dachschaden. Also, einen Schaden am Dach.«

»Wir kommen allein zurecht«, versicherte ihm Tessa. »Weißt du inzwischen, wer die Gertje beim Hafenamt gemeldet hat, Morten?«

»Nein. Aber das finde ich noch raus. Dass die alte Dame reparaturbedürftig ist, darüber sind wir uns alle einig. Sie als Gefährdung einzustufen, geht allerdings deutlich zu weit.«

Morten nickte den beiden Frauen einen Abschiedsgruß zu und verließ die Wohnung.

Tessa öffnete den Koffer und deutete stolz auf die Dekofiguren und Lichterketten.

»So. Und jetzt … tadaa!« Sie nahm eine dicke rote Kerze nebst einem Holzteller heraus und sah sich um. »Ein bisschen was Weihnachtliches brauchst du noch am vierten Adventswochenende. Räum du deine Klamotten in den Schrank, und ich fange schon mal an zu dekorieren. Oder willst du das lieber selbst übernehmen?«

»Nein, nein«, versicherte Nina. »Ich freue mich über deine Unterstützung.«

Sie holte den angefangenen Islandpullover aus dem Rucksack und legte ihn auf einen der Stühle mit den blau-weiß gestreiften Polstern.

»Zeig mal.« Tessa hob ihn auf. »Oh, du bist ja fast fertig!«

»Ja, mit der dicken Wolle geht das schnell. Noch zwei oder drei Tage, je nachdem wie oft ich dazu komme.«

»Cool. Wir können uns heute Abend zusammensetzen, ein bisschen stricken und ein wenig weiter brainstormen. Für unser Wollboot ... Oh!« Tessa stockte. »Die Gertje ...«

»Ja, vielleicht sollten wir nicht zu optimistisch planen. Was ist, wenn das Hausboot wirklich nicht mehr sicher ist?«

Tessa schüttelte energisch den Kopf. »Wenn Morten sagt, für die Anzeige gäbe es absolut keinen Grund, dann ist das auch so. Er hat sich ganz schön aufgeregt darüber, dass man dich einfach so auf die Straße setzt. Aber zum Glück hat er an seine liebe Schwester gedacht, die immer eine Lösung findet, und jetzt hast du's warm und gemütlich. Und gleich auch noch weihnachtlich.«

Sie nahm eine Lichterkette aus dem Koffer und steuerte das Fenster an.

Nina griff nach ihrem Rucksack und ging ins Schlafzimmer, um ihre Kleidungsstücke in den Schrank zu legen. Zumindest für ein paar Tage.

Hoffentlich würde man die Gertje am Montag wieder freigeben!

Nina seufzte schwer.

Was um alles in der Welt sollte sie sonst tun?

Kapitel 22

Morten war froh, dass Knut Melchers, der Kollege von der Hafenaufsichtsbehörde, so schnell mit der Prüfung durch war. Er hatte nur einen kurzen Blick auf die Gertje geworfen und befand sich nun schon wieder im Büro. Wahrscheinlich war Knut bereits in Weihnachtsstimmung und hatte wenig Lust auf zusätzliche Arbeit. Morten hatte ihm bereitwillig alles gezeigt, und er schien damit zufrieden.

»Natürlich gibt es Mängel auf der Gertje, aber keine gravierenden, die Leib und Leben gefährden«, erklärte er Knut abschließend. »Sie kommt ohnehin bald in die Werft.«

»Dann ist ja alles in Butter. Nichts für ungut, ich musste das prüfen. So sind die Vorschriften.« Knut verzog bedauernd das Gesicht.

»Klar, wenn wir es dabei belassen können, bin ich zufrieden.«

Der Kollege packte seine Unterlagen in den Aktenkoffer.

Bevor er das Büro verließ, wollte Morten unbedingt noch eine Frage loswerden. »Kannst du mir verraten, wer da seine Finger im Spiel hatte?«

»Dienstgeheimnis, tut mir leid. Ich muss auch. Hab etwas zu erledigen, bevor mein Flug geht.« Knut senkte die Mundwinkel. »Ich hasse das Fliegen mit der Cessna, aber mit der Fähre ist man längst nicht so flexibel.«

Morten kniff die Lippen verärgert zusammen. Er hätte

gern aus erster Hand erfahren, wer für diese Überprüfung verantwortlich war. Eine innere Stimme raunte ihm ununterbrochen zu, dass er doch eigentlich wusste, wem Nina das zu verdanken hatte.

Zwar gab es unter den Insulanern etliche, denen die Gertje ein Dorn im Auge war, aber die meisten von ihnen waren aufrichtig und direkt und würden den Teufel tun, Nina hinterrücks anzugreifen, zumal sie sich inzwischen bei den Juistern viele Freunde gemacht hatte. Bis auf eine.

Aber würde Lientje wirklich so weit gehen?

Morten musste sich eingestehen, dass er keine Ahnung hatte. Es würde schwer sein, das herauszubekommen.

Wichtig war jedoch einzig, dass Nina wieder auf der Gertje wohnen und Tessa die Wohnung anderweitig vermieten konnte. Zwar hatte sie Nina das kleine Domizil in ihrer Großherzigkeit natürlich angeboten und wollte angesichts der Umstände keine Miete verlangen, aber so dicke hatten es Tessa und Lars auch nicht.

»Jetzt ist die Kuh zum Glück vom Eis, und Tessa wird einen Mieter für die Festtage finden.«

Morten wollte keine Zeit verlieren und Nina die gute Nachricht gleich mitteilen. Er schloss das Büro ab, schlüpfte in die Joppe und machte sich auf den Weg zu ihr. Es würde ein eigenartiges Gefühl sein, ihr wieder gegenüberzutreten, nachdem sie sich zwei Tage kaum gesehen hatten.

Seit Freitag, nach jener Nacht, war vieles so anders, und er wusste noch nicht, wie er damit umgehen sollte. Da Nina mehrere Einladungen und »so viel zu erledigen« hatte und auch Morten seinen Verpflichtungen nachkommen musste, hatten sie sich nur aus der Ferne mal kurz zugewinkt. Das war ihm unglaublich schwergefallen, zeigte aber, dass es besser war, die Fäden nicht zu fest anzuziehen. Wenn Ninas Interesse an ihm tiefer wäre, hätte sie bestimmt ein paar Minuten für ihn freigeschaufelt. Das war nicht passiert.

Zwei Tage ohne Nina. Eine halbe Ewigkeit.

Warum nur hatten sie eine Grenze überschritten, die sie eigentlich zuvor selbst gezogen hatten? Als Schutz. Als Sicherheit, dass sie ihre Gefühle in Schach hielten.

Doch der Orkan, die Gefahr … das hatte alles verändert.

Wie sagte seine Mutter immer?

»Störm vör de Döör, sall Störm im Kopp maken.«

Früher hatte sie Tessa und ihn als Kinder gemeint, weil sie bei starkem Wind meist sehr unruhig gewesen waren, wenn sie nicht wie sonst draußen herumtoben durften. Ächzte also draußen der Sturm, gab es den Wind auch im Kopf, und alle waren wie verrückt.

Aber das, was er mit Nina angestellt hatte, zeigte, dass er auch als erwachsener Mann durchaus noch von den stürmischen Gegebenheiten beeinflusst wurde!

Ach, er sehnte sich so sehr nach Ninas Küssen, ihrem Körper. Nach ihrem Geruch und ihren leisen und wunderbaren Geräuschen, als sie sich so nahgekommen waren.

Du hast den Kopf verloren, Morten Janßen, schalt er sich. Nu sieh zu, wie du das wieder vörnanner kriegst. Nina wird gehen, daran ändern auch diese Stunden nichts. Dein Herz wird zertrümmert werden, wie du es schon erlebt hast. Und du Döskopp hast selbst schuld, weil du dich in den Schlamassel reingeritten hast.

Morten blieb stehen und ging noch einmal in sich. War es richtig, wenn er Nina gleich, trotz allem, zur Begrüßung küsste? Oder sollte er sie nur in den Arm nehmen? War es besser, ein wenig auf Distanz zu gehen?

Sie hatten einander viel anvertraut …

Und doch war da diese Barriere. Sie konnten sich nicht

aufeinander einlassen. Weil sie kein gemeinsames Ziel hatten. Nina wollte nach Island, er liebte Juist. Es war zum Verrücktwerden.

Morten spürte, wie ihm hilflose Tränen kamen. Dammich, da stand er nun als erwachsener Kerl mitten auf der Straße, weil er nicht wusste, wie er der Liebe seines Lebens – ja so sah er sie nach allem, was geschehen war – gegenübertreten sollte.

Denn falls er zu emotional war, lief er Gefahr, dass Nina sich unter Druck gesetzt fühlte, und er wollte sie glücklich wissen. Auch wenn der Preis hoch war, weil er auf sie verzichten musste.

Morten wischte sich die Tränen aus dem Gesicht.

Er würde sehen, was passierte.

*

Lientje hatte Morten die ganze Zeit beobachtet. Hatte er eben tatsächlich geflennt? Wahrscheinlich wegen dieser blöden Eule, die nun zum Glück bald wieder von Juist verschwinden würde, weil Lientjes genialer Plan aufgegangen war.

Sie leckte ihre Lippen, die noch etwas nach Pepe schmeckten, denn er war erst heute Morgen abgereist. Zuerst wollte er nach Ninas Abfuhr seinen Urlaub sofort abbrechen. Dann hatte der Orkan für Niedrigwasser zwischen Juist und dem Festland gesorgt, weshalb die Frisia nicht auslaufen konnte und Pepe noch länger bleiben musste. Wie gut, dass Lientje ihm zufällig begegnet war, nachdem Nina ihm den Laufpass gegeben hatte. Sie hatten sich gegenseitig wunderbar von ihrem Schmerz ablenken können.

Warum Nina diesen grandiosen Liebhaber nicht wollte, würde Lientje wohl immer ein Rätsel bleiben. Er passte so viel besser zu ihr als Morten, denn der gehörte aufs Töwerland und an die Seite einer Insulanerin. Einer ganz bestimmten natürlich. Das würde er eines Tages einsehen müssen.

Doch dann hatte sie mitbekommen, dass Morten am frühen Morgen während des Orkans zur Gertje gegangen war. Sein Weg hatte ihn an ihrem Haus vorbeigeführt. Trotz des dichten Regens hatte sie seine vertraute Gestalt sofort erkannt. Dass er sich bei dem Schietwedder um diese Tageszeit nicht in sein Büro setzen würde, konnte sie an allen zehn Fingern abzählen. Ihr war ebenfalls nicht entgangen, dass er das Boot erst am nächsten Morgen wieder verlassen hatte. Wo sonst sollte er hergekommen sein, als sie kurz draußen nach dem Rechten gesehen hatte und er in ihren Augen ziemlich aufgewühlt gewirkt hatte?

Nein, Lientje hegte keinerlei Zweifel daran, was sich in der Orkannacht zwischen den beiden abgespielt hatte. Es machte sie wahnsinnig, und ihr blieb nur eine Wahl: Sie musste dem Ganzen ein Ende bereiten.

Pepes Schulterzucken war da nur wenig hilfreich gewesen. »*Querida*, da gibt es doch Wege, dass Nina und Morten auf die Nase fallen, streng dein hübsches Köpfchen an, *mi corazón*!«

Sie hatten dann nicht mehr darüber gesprochen. Heute Morgen hatte er seine Siebensachen gepackt und war mit der ersten frühen Schnellfähre verschwunden. Es gab keine Abmachung, dass sie in Kontakt bleiben wollten, und das fand Lientje auch in Ordnung. Für eine Bettgeschichte hatte es gereicht, aber ansonsten lag ihr Ziel weiterhin klar vor Augen, und das hieß Morten.

Bis zum Weihnachtsfest wollte sie ihn an ihrer Seite wissen. Angesichts der neuen Situation mit Nina war das ein sportliches Unterfangen, und sie musste sich ranhalten.

Zum Glück war ihr Knut von der Hafenbehörde eingefallen. Sie hatte ihn mal bei Rio in Wittmund kennengelernt. Der

Laden war jetzt leider geschlossen, obwohl er jahrzehntelang eine echte Kultkneipe gewesen war, die sogar die Insulaner kannten.

Sei's drum.

Knut hatte sich damals gerühmt, ein scharfer Hund zu sein und streng auf die Einhaltung der Regeln zu achten. Er würde Nina, Tessa und Morten das Wollboot und das Weihnachtsfest richtig schön versalzen.

Schnell war die Mail geschrieben, und Nina hatte die Gertje auch sofort verlassen müssen. Was für ein Bild, als Morten mit gesenktem Haupt zu ihr ging! Und jetzt flennte er auf offener Straße. Das konnte doch nur bedeuten, dass ihr Plan aufgegangen war und die Gertje nun doch nicht Tessas neuer Wollladen werden würde.

Lientje schlüpfte rasch in Jacke und Schuhe und eilte Morten hinterher.

»Moin!«, rief sie dermaßen laut, dass er stehen blieb.

»Moin, Lientje. Na, alles heil geblieben bei dir?«

Warum musterte Morten sie so merkwürdig? Hatte Knut etwa gequatscht?

»Jo, bei mir ist alles in Ordnung. Wie sieht es bei dir aus? Die Gertje hat ganz schön was abbekommen, oder?« Lientje schaute ihn lauernd an.

»Nichts, was nicht zu reparieren ist«, gab Morten ausweichend zurück.

»Aber da war doch eben jemand von der Hafenbehörde bei dir!«

Morten zog die Brauen hoch. »Woher weißt du, dass mein Besuch von der Hafenbehörde war? Kennst du Knut Melchers?«

Lientje schluckte. Schiet, da hatte sie sich verplappert.

»Ja, von Rio. Ist lange her.« Sie lächelte ihn an und hoffte, dass ihre Freundlichkeit die erhoffte Wirkung nicht verfehlte. »Hat er denn etwas gefunden? Nicht, dass eure Pläne noch durchkreuzt werden, das wäre ja schade.«

»Findest du?«

Mein Gott, war Morten heute kurz angebunden. »Ja, finde ich.«

»Gut, jetzt ist ja alles gesagt.« Morten wandte sich abrupt von ihr weg. Kaum war er ein Stück gegangen, ertönte ein Rufen.

»Lientje, moin! Gut, dass ich dich treffe!«

Sie wäre am liebsten in Grund und Boden versunken, denn Kurt eilte auf sie zu. Hektisch sah sie sich um, ob Morten weit genug weg war, doch er war stehen geblieben.

»Das mit dem Boot ist nicht so schlimm«, verkündete Kurt. »Da hast du dir umsonst Sorgen gemacht. Auf der Gertje ist alles in Ordnung.«

»Ja, schön«, hörte Lientje sich sagen.

Morten schüttelte nur den Kopf.

»Sehen wir uns drüben mal wieder?«, fragte Knut.

»Ich weiß nicht«, gab Lientje wie versteinert zurück.

»Dann jetzt. Ich werde in einer Stunde den Flieger nehmen, Bis dahin haben wir Zeit. Lust auf einen Kaffee?« Lientje verneinte.

Sie hatte gerade ihre letzte Chance auf Morten verspielt.

»Ich muss nach Hause. Mir geht es nicht gut«, sagte sie, machte auf dem Absatz kehrt und lief weg.

Es wurde immer schwerer, den dicken Kloß im Hals hinunterzuschlucken. Morten war für sie verloren. Sie hatte gegen das ungeschriebene Gesetz verstoßen, dass die Insulaner zusammenhielten. Das würde er ihr nie verzeihen. Außerdem liebte er Nina. Diese Erkenntnis war besonders schmerzhaft.

Es wurde Zeit, endlich zu akzeptieren, dass er sie, Lientje, nicht wollte.

Jetzt liefen ihr doch Tränen über die Wangen.

Schnell in ihre Wohnung und die Wunden lecken. Dann überlegen, was sie tun wollte. Wahrscheinlich wäre es am besten, aufs Festland zu gehen. Weit weg von Morten. Weit weg von Juist.

*

Morten klopfte an die Tür der Ferienwohnung. Es dauerte eine Weile, ehe Nina öffnete.

Sie trug einen weiten bequemen Pullover und lila Leggings, die ihre schlanken Beine betonten.

»Was ist denn hier passiert?« Morten verschlug es fast die Sprache, was allerdings nicht nur daran lag, dass Nina wieder umwerfend aussah und sie sein Herz augenblicklich zum Galoppieren brachte, sondern auch an den Lichtern hinter ihr, die sie umgaben wie ein Sternenhimmel.

Tessa, schoss es ihm durch den Kopf. Das war eindeutig das Werk seiner Schwester. Bestimmt hatte sie in ihrem Dekowahn einen ganzen Koffer voll Weihnachtsschmuck in die sonst so schlicht gehaltene Ferienwohnung geschleppt.

»Morten?« Nina riss ihn aus seinem Schock.

»Sorry, ich war geblendet«, stammelte er.

»Von mir oder den Lichtern?«

»Beides.« Plötzlich konnte er nicht anders, als Nina an sich zu ziehen. Ihren Duft einzuatmen. Ihre Haut an seiner spüren. Wissen, dass sie in diesem Augenblick noch da war und er das genießen wollte, ohne an morgen zu denken.

Nina zog ihn in das Lichtermeer, und sie sanken auf ihr Bett.

Erst nachdem sie ihre Sehnsucht aufeinander gestillt hatten und Morten sacht mit seinem Zeigefinger ihre wunderschönen Konturen nachzeichnete, war er in der Lage, mit Nina zu reden.

»Es gibt gute und schlechte Neuigkeiten«, sagte er. »Ich stelle die klassische Frage: Welche möchtest du zuerst hören?«

Nina spitzte die Lippen. »Und ich antworte ebenso klassisch: natürlich erst die gute!«

Morten war verwirrt. »Das ist nicht klassisch.«

»Eben, weil ich anders bin. Kenne ich nämlich zuerst die positive Seite, kann ich die negative viel besser verkraften. Bei mir ist klassisch demzufolge umgekehrt.«

Auch eine Sichtweise, dachte Morten.

»Gut, ich weiß, wer die Gertje bei der Behörde angeschwärzt hat.«

Morten berichtete knapp, was er vorhin erfahren hatte.

»Das gibt es doch gar nicht! Was für eine falsche Schlange!« Nina hieb mit der Faust auf die Bettdecke.

»Ja, leider ist Lientje wohl einer der durchtriebensten Menschen, die ich kenne. Aber …« Morten fuhr sich genüsslich mit der Zunge über die Lippen, bevor er Nina noch einen Kuss gab.

»Aber was? Mach es bitte nicht so spannend«, bat sie ihn.

»Lientje hatte keinen Erfolg. Sie hat es wohl ohnehin als wohlmeinende Sorge getarnt, und ich konnte alles richtigstellen. Pack deine Sache, min Leevsten, und dann ab zurück auf die Gertje.« Er schmunzelte. »Da ist es ohnehin schöner dekoriert. Ninamäßig eben.«

Nina sah Morten lange an. »Wie hast du mich eben genannt? Min Leevsten? Täusche ich mich oder heißt es: meine Liebste. Hat es eine tiefere Bedeutung für dich, dass du mich so nennst?«

Morten spürte, dass er feuerrot anlief. Ihm blieb nichts anderes übrig, als zu nicken.

Ach, wenn Nina doch bleiben würde! Es wäre allerdings ziemlich vermessen, ihr das zu sagen.

Kapitel 23

Nina packte also erneut ihre Sachen und kehrte auf die Gertje zurück. Morten begleitete sie. Er sprach auf dem Weg zum Hafen nur über Belanglosigkeiten, doch er küsste sie zum Abschied, bevor er wieder seiner Arbeit nachging.

Nina genoss es, das Hausboot erneut in Besitz zu nehmen. Sie würde nur noch eine kurze Zeit hierbleiben, aber das war in Ordnung. Die Gertje blieb ja ihr Eigentum, und als Wollboot würden Tessa und Nina ihr zu neuem Glanz verhelfen, der auch Bestand hatte, wenn sie selbst weit weg war. Wenn sie Juist hinter sich ließ und weiterzog …

Nina seufzte. Noch nie in ihrem Leben hatte sie sich so gefühlt wie jetzt. Es war nicht einfach, das Knäuel aus Emotionen zu entwirren. Was war nur mit ihr los?

Sie brauchte frische Luft. Musste sich bewegen, denken.

Der Strand war leer, zumindest, was Menschen betraf. Vielleicht war es den Gästen auf der Insel heute zu windig. Beim Einkaufen hatte Nina ein Gespräch mitgehört, bei dem eine Frau sich darüber beklagte, dass es auf Juist immer so unangenehm stürmte, was sie grinsen ließ.

Nina liebte den Wind, die frische Brise, die ihr ins Gesicht blies oder ihre Haare zauste und ihr die Grübeleien aus dem Kopf pustete. Dieser herrliche Luftzug war einer der Gründe, der sie immer wieder an den Strand trieb. Der andere war der Blick ins Weite, ins Unendliche.

Und nein, sie war nicht allein hier. Eine ganze Gruppe von Sanderlingen suchte Nahrung entlang des Spülsaums. Die kleinen, agilen Watvögelchen eilten vorwärts, pickten nach Krebstieren, Muscheln und Würmern und rannten dann mit unglaublich schnellen Schritten vor der nächsten herannahenden Welle davon.

Zwei Silbermöwen kreisten über Nina. Es kam ihr so vor, als hätten die beiden sie fest im Blick und hielten Ausschau nach etwas Essbarem, das man ihr aus der Hand stehlen konnte.

Weiter östlich, ganz in der Ferne, entdeckte Nina nun doch einen Menschen. Eine winzige Gestalt in einer roten Jacke, die den Dünenpfad herunterkam. Nina setzte ihre Kapuze auf und wandte sich nach Westen. Sie wollte allein sein.

Der Wind blies von hinten und wirbelte getrockneten Sand auf. Eigentlich wäre es besser, nicht auf dem Rückweg gegen ihn ankämpfen zu müssen. Andererseits gab es ja immer die Möglichkeit, die schmale Insel zu überqueren und auf der ruhigeren Wattseite zurückzugehen, wenn sie dem fliegenden Sand entkommen wollte.

Nina ertappte sich dabei, dass sie sich mit großen, schnellen Schritten fortbewegte, statt den Spaziergang zu genießen, wie sie es sonst tat. Da war einfach zu viel aufgestaute Energie in ihrem Körper.

Stehen bleiben, befahl sie sich. Tief durchatmen.

Es half nichts, vor ihren Gedanken und Gefühlen davonzulaufen. Dies war das Töwerland – das Zauberland. Und ja, es hatte sie verzaubert. Sie liebte diesen Strand, die Insel und …

»Du hast dich tatsächlich verliebt!«, sagte sie laut. »Und wie!«

Nun war er draußen in der Welt, in der Weite – der Gedanke, der ihr die ganze Zeit im Kopf herumgespukt hatte.

Morten.

Auf einen Schlag wurde ihr bewusst, warum sie sich so zerrissen fühlte.

Sie wollte nicht fort. Wollte das, was zwischen ihm und ihr gerade entstand, nicht verlieren.

Und doch ... Konnte sie, sollte sie alles, auf das sie so lange hingearbeitet hatte, einfach aufgeben? Morten hatte sie »min Leevsten« genannt, aber was bedeutete das? Waren seine Gefühle tief genug, um sich mehr zu wünschen als eine kleine, wenngleich leidenschaftliche Liebelei? Er hatte nichts dergleichen auch nur angedeutet. Und sich am vergangenen Wochenende zwei Tage lang nicht bemüht, sie zu treffen. Trotz dieser einzigartigen Nacht.

Nina blickte auf die Nordsee hinaus, auf die Schaumkronen der Wellen, die brachen, bevor sie sich ihr näherten.

Auflaufend Wasser, dachte sie und trat einen Schritt zurück. Das Meer kommt zu mir, ruft mir entgegen: »Bleib!«

Oder meint es doch: »Geh, verwirkliche deinen Traum!«

War ein Neuanfang in Island überhaupt noch das, was sie wollte?

Gab es ein Gegenmittel gegen diesen Widerstreit der Gefühle? Wenn ja, war es nicht leicht zu finden.

Vernunft. Nina war immer stolz darauf gewesen, große Entscheidungen nicht nur aus dem Bauch heraus zu treffen, sondern sich stets Zeit zu lassen, alle Aspekte genau und besonnen zu prüfen und zu durchdenken. Doch nun fiel ihr das unglaublich schwer, denn dieses Mal versuchte auch ihr Herz, sich Gehör zu verschaffen.

Wieder kreisten zwei Silbermöwen über ihr. Sie schrien »Kü-o, kü-o«, und sie fragte sich, ob es dieselben waren wie zuvor und was sie ihr damit sagen wollten. Eine der beiden landete nur ein paar Meter entfernt am Strand und sah sie skeptisch an, während die andere es vorzog weiterzufliegen und über den Dünen zu verschwinden.

Nina seufzte tief. Nicht einmal das Vogelorakel half!

*

Tessa erschien am frühen Abend mit einer großen Dose selbst gebackener Weihnachtskekse und voller enthusiastischer Pläne.

»Was hältst du davon, wenn wir da drüben einen offenen Schrank für die fertigen Strickwaren hinstellen und die Garne ansonsten in Regale packen, die von beiden Seiten zugänglich sind. Dann können mehr Leute gleichzeitig aussuchen …«

Nina nickte. In Wirklichkeit drang kaum etwas, was Tessa sagte, zu ihr durch. Zu sehr war sie damit beschäftigt zu lauschen, ob Morten kommen würde.

»… und bestimmt gibt es auch genug Touristen, die sich gern mal das Stricken oder Häkeln zeigen lassen. Oder meinst du, ich soll lieber richtige Kurse anbieten?« Tessa runzelte die Stirn.

»Mhm, ich weiß nicht«, murmelte Nina.

»Das mit den festen Terminen könnte für manche schwierig werden, wenn sie nicht so lange auf der Insel sind …«

Nina bemühte sich zuzuhören, während die Ideen aus Tessa nur so heraussprudelten. Doch schien ihr das nicht besonders gut zu gelingen, denn ihre Freundin sah sie nach einer Weile forschend an.

»Du bist heute gar nicht bei der Sache. Hat dich die Anzeige beim Hafenamt so aus der Bahn geworfen? Oder ist was mit der Stelle in Reykjavik?«

»Ach, ich weiß es nicht«, behauptete Nina. »Es war einfach alles zu viel in der letzten Zeit. Aus Island hab ich leider noch nichts gehört. Das macht mich natürlich ein bisschen nervös. Es ist doch eigentlich nicht so schwer, eine Zusage zu erteilen. Oder auch eine Absage.«

»Wird schon werden. Und wenn nicht, bleibst du eben hier. Mit dem Wollboot würde es sogar einfacher. Ich kann dir die kleine Ferienwohnung vermieten, bis du etwas anderes gefunden hast. Also, mach dir keinen Kopf.«

Nina erwiderte Tessas warmes Lächeln.

»Ich weiß. Danke.«

Eine Absage aus Island. Diese Vorstellung, die sie vor wenigen Tagen noch bekümmert hätte, schien auf einmal fast erstrebenswert. Denn sie würde ihr andere Möglichkeiten eröffnen: eine neue berufliche Zukunft an der Seite einer guten Freundin, ein Zuhause auf Juist.

Morten und sie bekämen eine Chance.

Als Tessa sich verabschiedete, war es spät geworden. Nina räumte langsam den Wohnraum auf und anschließend auch die Küche, bis es nichts mehr zu tun gab. Schließlich ging sie zu Bett.

Morten war nicht gekommen.

*

Mit einem Ruck wachte Nina auf. Trotz der Dunkelheit fühlte es sich bereits wie früher Morgen an. Sie setzte sich auf den Rand ihrer Koje und sah auf die Uhr. 6:38 Uhr.

Sie hatte geträumt, fiel ihr ein. Es war kein schöner Traum gewesen, obwohl Morten darin vorgekommen war. Sie konnte ihn noch vor sich sehen: In seinem blauen Troyer und mit windzerzausten Haaren war er am Strand auf sie zugekommen und hatte die Arme ausgebreitet. Nina hatte ihm voller Glück entgegengesehen, als eine Frau an ihr vorbeilief und sich ihm an die Brust warf.

Morten lachte auf und umarmte sie. Sie drehte ihren Kopf und sah Nina triumphierend an. Lientje.

»Insulaner gehören einfach zusammen«, rief die Juisterin.

Morten nickte mit zufriedenem Gesicht.

Nina schüttelte den Kopf. Warum träumte sie so etwas? Morten hatte ihr versichert, dass er nicht an Lientje interessiert war, und sie glaubte ihm. Außerdem hatte er seit der Geschichte mit der Anzeige beim Hafenamt eine heftige Wut auf die Frau.

Leider war doch ein bisschen Wahres dran an Ninas Traum, das konnte sie nicht leugnen. Sie war nun einmal eine Fremde, eine Außenseiterin, die von überall und nirgends kam. Morten hingegen war durch und durch Insulaner, fest verankert in dieser Welt.

Was empfand er wirklich für sie? Ja, er hatte sie *min Leevsten* genannt, aber hier in Ostfriesland schrieb man auch *Söten und Gröten* – schickte also Küsse mit den Grüßen, ohne dass es etwas Besonderes zu bedeuten hatte.

Er hatte sie nie gebeten zu bleiben.

Mit einem tiefen Seufzer stand Nina auf.

»Du hast allerdings auch nie durchblicken lassen, dass du dir das überhaupt vorstellen kannst«, sagte sie laut zu sich.

Nina ging in die Kombüse, um Teewasser aufzusetzen. Wenn sie ohnehin schon wach war, konnte sie sich gleich hinsetzen und mit der Ausarbeitung eines Businessplans für das Wollboot beginnen.

*

Darf ich dich als Dank für deine Hilfe zum Essen einladen? Wenn du nichts gegen Knoblauch hast, koche ich Spaghetti aglio olio e peperoncino. Um 18 Uhr auf der Gertje?

Nina hatte lange am Text dieser kurzen Nachricht an Morten gefeilt, um sie freundlich-interessiert, aber nicht aufdringlich klingen zu lassen. Es war besser, sich nicht zu weit aus dem Fenster zu hängen, falls es Morten mit ihr doch nicht so ernst war.

Ich komme gern.

Mehr hatte er nicht geantwortet.

Jetzt war es fünf vor sechs, und Nina wartete. Sie trug das einzige Kleid, das sie sich für den Fall der Fälle auf die Gertje mitgebracht hatte. Es war rot und endete eine Handbreit über dem Knie. Dazu trug sie eine dunkelgrüne Strumpfhose, die im Kerzenlicht fast schwarz aussah. Zusammen mit der roten Brille ein passendes Weihnachtsoutfit. Oder eines für einen romantischen Abend.

Es klopfte, und Nina eilte zur Tür. Sie hatte sich mehrere Sätze zurechtgelegt, mit denen sie Morten empfangen wollte, doch als er nun vor ihr stand, war alles vergessen.

Zum Reden blieb ohnehin keine Zeit, denn er trat ein, schloss die Tür hinter sich, legte einen Arm um Nina und küsste sie, ohne auch nur »Moin« zu sagen.

»Willst du nicht richtig reinkommen und dich ausziehen?«, murmelte sie zwischen zwei Küssen. »Also, ich meine, deine Jacke.«

Morten grinste. »Ach ja?«

Er sah sie so verschmitzt an, dass sie ihn noch einmal küssen musste. Erst danach ließ er sie los und holte eine einzelne rote Rose hinter seinem Rücken hervor.

»Für mich?«, fragte Nina verblüfft.

»Nein, eigentlich ist sie für deine isländischen Weihnachtskerle«, behauptete Morten. »Ein Gruß von Hanno.«

Sein Scherz tat gut, er entspannte die aufgeladene Stimmung ein bisschen.

»Ich such mal was Passendes für das Blümelein. Vasen hatte Onkel Pitt hier nämlich keine.«

Nina verschwand in der Kombüse und füllte eine leere Weinflasche mit Wasser, um die Blume zu versorgen. Sanft berührte sie die Blütenblätter mit der Fingerspitze.

Eine rote Rose!

Das hatte Bedeutung, ganz sicher.

Morten war ihr gefolgt und hinter sie getreten.

»Die Spaghetti sind noch nicht fertig«, sagte Nina. »Die mache ich gleich ganz frisch. Wenn du möchtest, kannst du als Vorspeise schon einen Salat haben, wenn du hungrig bist.«

»Ich bin nicht sicher, ob das gegen meine Art von Hunger hilft ...«

Seine Stimme war tief und sinnlich, und jeglicher Gedanke an Spaghetti verschwand aus Ninas Kopf.

»Wir können auch später essen.« Sie drehte sich zu Morten um.

*

Das Essen fand tatsächlich später statt – viel später. Bis dahin hatte Ninas Magen mehrfach laut geknurrt. Morten amüsierte das sehr, und er stellte Vermutungen an, dass sie einen Löwen verschluckt haben könnte.

Mit Freude bemerkte Nina, dass Morten sich nicht wieder vollständig anzog. Das sprach dafür, dass er nach dem Essen nicht sofort gehen wollte. Vielleicht würde er heute Nacht bei ihr bleiben, und sie konnten reden. Über sie beide, über ihre Gefühle, über ihre Wünsche und Träume.

Nina rollte einige Spaghetti auf die Gabel und führte sie zum Mund. Sie waren ihr sehr gut gelungen, was natürlich bei einem so einfachen Gericht keine große Leistung war. Angesichts ihres großen Hungers und des Mannes an ihrer Seite hatte sie gleich die doppelte Menge gekocht, und so konnten sie nun förmlich in Spaghetti schwelgen.

Der italienische Weißwein, ein Pinot Grigio, den Nina besorgt hatte, passte hervorragend und würde auch das gleich folgende Tiramisu gut begleiten.

Mortens Handy klingelte. Er runzelte die Stirn und drückte den Anruf weg.

Wenige Minuten später, sie hatten gerade das Hauptgericht beendet, meldete es sich erneut.

»Wer ist denn da so dringend auf der Suche nach dir?« Nina stand auf, um die Teller abzuräumen.

»Tessa.«

»Geh ruhig dran, bis ich mit dem Nachtisch zurückkomme. Vielleicht ist es wichtig.«

Aus der Kombüse hörte sie Mortens Stimme, ohne jedoch zu verstehen, was er sagte. Sie nahm die Schale mit dem Tiramisu aus dem Kühlschrank und stellte sie zusammen mit zwei Glastellern auf das Tablett.

Als sie zum Tisch zurückkam, hatte Morten sein Gespräch fast beendet.

»... morgen. Ich gehe jetzt gleich ins Bett, bin heute sehr müde ... Gute Nacht, Tessa!«

Nina schmunzelte und wechselte einen verschwörerischen Blick mit Morten.

»Hoffentlich bist du nicht zu müde für das Dessert«, sagte sie.

Er legte den Kopf schief. »Ich glaube nicht. Aber ob ich heute noch den weiten Weg nach Hause gehen kann ...«

Nina setzte ein mitleidiges Gesicht auf. »In dem Fall werde ich dir wohl Obdach bieten müssen.«

Er nickte ernst.

In Nina stieg ein warmes Glücksgefühl auf, und sie hätte laut lachen können vor Freude. Ohne Zweifel: Sie liebte diesen Mann, und an seiner Seite aufzuwachen, war das Schönste, was sie sich vorstellen konnte.

Die beiden aßen das Tiramisu fast schweigend, nur ihre Blicke streichelten einander und versprachen mehr.

Ein kurzer, aber lauter Brummton vom Couchtisch ließ Nina zusammenfahren.

»Das ist jetzt mein Handy«, gab sie zu. »Immerhin kein Anruf, sondern nur eine Message.«

»Du hast trotzdem einmal Drangehen frei«, erklärte Morten ernst. »Danach machen wir alle Geräte aus!«

Nina stand auf und holte ihr Handy. Das Display zeigte eine Nachricht von Yrsa: *Schau in deine Mails!*

Ninas Herz begann zu rasen, und sie rief schnell ihren Posteingang auf. Da war sie. Die E-Mail von Helga Jónsdóttir von *Íslandsferð.*

Wir freuen uns ...

Nina überflog die wenigen Zeilen, dann las sie sie noch einmal langsam.

Es war eine Zusage. Sie hatte die Stelle!

Ihr Herz klopfte laut, und in ihrem Kopf summte es.

»Ist es was Schlimmes?«, fragte Morten leise.

»Nein, nein«, versicherte Nina, »alles okay.«

Er sah sie trotzdem weiter fragend an.

Verdammt, sie konnte ihm jetzt unmöglich sagen, dass sie bald fortgehen würde. Nicht heute Abend, nicht heute Nacht.

Sie schloss das Mailprogramm wieder und schaltete das Handy aus.

Mortens Blick war immer noch auf sie gerichtet. Fragend. Besorgt. »Nina?«

Nina schluckte und schwieg.

Morten stand auf, kam zu ihr und legte seine Hand auf ihre Schulter. Sie berührte seine warmen, starken Finger und atmete tief durch.

»Ich habe eben eine Zusage für die Stelle in Island bekommen«, gestand sie leise.

Sie spürte, wie seine Hand sich anspannte, dann wieder locker ließ.

»Gratuliere!« Er zog sie in seine Arme. »Es ist schön für dich, dass dein großer Wunsch nun in Erfüllung geht.«

Nina lehnte ihren Kopf an seine Schulter, und er hielt sie fest.

Sie hatte keine Worte für das, was sie empfand. So lange hatte sie sich auf diesen Moment vorbereitet, hatte herrliche Pläne für ihre Zeit in Island, für ihr neues Zuhause dort geschmiedet. Die große Erleichterung und Freude, die sie sich immer ausgemalt hatte, war beim Lesen der Nachricht allerdings ausgeblieben. Stattdessen fühlte sie sich, als hätte jemand sie in den Magen geboxt.

Morten schien zu verstehen.

»Komm!« Er führte Nina zum Bett. »Ich möchte dich halten.«

Er sagte nicht »ein letztes Mal«, doch war es genau das, was er meinte. Nina verstand, ohne dass er es aussprechen musste.

Morten würde sich nie auf eine Fernbeziehung einlassen, er würde eine klare Grenze ziehen. Wahrscheinlich war dies das Beste, was sie tun konnten. Ein Ende, bevor es zu schmerzhaft wurde.

Zeit heilte Wunden. Mit etwas Glück würden sie sich bei ihrem nächsten Besuch auf Juist wie alte Freunde begegnen können, sagte sich Nina. Doch sie glaubte nicht wirklich daran.

Kapitel 24

Mortens Nacht war schlecht gewesen, denn natürlich war er gegangen und nicht bei Nina geblieben. Wozu alles noch schlimmer machen? Warum war er überhaupt dieser Versuchung, Nina nah zu sein, erneut erlegen?

Weil er, der alte Dösbaddel, sich klammheimlich in die Hoffnung verstiegen hatte, Nina würde vielleicht doch noch bleiben. Er hätte es besser wissen müssen. Keine Frau hatte der Liebe zu ihm bisher oberste Priorität eingeräumt. Nina würde fortgehen. Wie sie es von Anfang an geplant hatte.

Daran war nichts zu ändern. Auch nicht das kleinste bisschen. Morten seufzte. Er hatte noch im Kontor zu tun, damit er die Weihnachtstage freihaben konnte. Aber zuvor …

Ein Spaziergang zu den Goldfischteichen würde ihn auf andere Gedanken bringen. Auf dem Rückweg könnte er am Strand entlanglaufen. Nach solchen Märschen ging es ihm erfahrungsgemäß besser.

Die See, am besten mächtig aufgepeitscht, die wilden Wolkengebilde, die ihm schon manches Mal zugeflüstert hatten, wohin sein Weg führen sollte, und jeder Schritt im knirschenden Sand waren Balsam auf seiner geschundenen Seele.

Ob Hanno ihm heute Morgen einen Streich gespielt hatte, interessierte ihn nicht. Im Gegenteil: Er stellte seinen Briefbeschwerer vor dessen Haustür, damit der Wichtel nicht herauskonnte. Mortens Hoffnungen zerbröckelten gerade vor seinen Augen in winzige Stücke, und er konnte nichts, aber auch gar nichts dagegen tun.

Nina saß bereits auf gepackten Koffern.

Morten zog sich wetterfest an, danach stapfte er los.

Es herrschte eine steife Brise. Da der Wind aus Nordost wehte, war es sinnvoll, zuerst durch den schützenden Dünengürtel zu den Teichen zu laufen. Auf dem Rückweg hätte er dann den schneidenden Wind von hinten, was ihm das Gehen und Atmen erleichtern würde.

Der Ablenkung wegen ging Morten im Geist durch, was im Büro noch bis Weihnachten zu bewerkstelligen war. Es handelte sich um eine überschaubare Arbeit. Allerdings warteten noch allerlei Fahrten von der Fähre auf ihn.

Über die Feiertage war die Insel voll. Die Geschäfte und Restaurants mussten mit ihren Waren auf den Ansturm vorbereitet sein. Es war viel geordert worden. Morten hatte einige Sonderfahrten auf dem Terminkalender. Das war gut so, denn Ablenkung war bei Liebeskummer erfahrungsgemäß die beste Therapie.

Keinen unnützen Gedanken mehr an Nina verschwenden. Nichts tun, was ihn auch nur annähernd mit ihr in Verbindung brachte.

Am liebsten hätte Morten die Gertje versenkt, nur damit er sie nicht weiterhin Tag für Tag vor Augen haben musste. Das war natürlich dummes Zeug und seiner Verzweiflung geschuldet, denn damit würde er Tessas Traum zerstören; sie freute sich unbändig auf ihr Wollboot.

Morten hatte die Goldfischteiche erreicht. Um diese Jahreszeit war es ein stiller Ort, fast magisch. Hier rauschte nur der Wind durch die kleinen Krüppelkiefern und Dünengräser, von Ferne glaubte er das Bellen eines Hundes zu hören.

Morten schloss die Augen. Er war ein Teil dieser unfassbaren Natur. Er, Morten Janßen von Juist, war ein Element in diesem Universum, und ob eine Frau bei ihm blieb oder zu einer anderen Insel fuhr, um dort ihr Glück zu suchen, die Erde würde sich trotzdem weiterdrehen.

Als Morten nach einer ganzen Weile die Augen wieder öffnete, ging es ihm zwar nicht besser, aber ihn tröstete die Erkenntnis, ein Teil von einem großen Ganzen zu sein.

Nur dieses Mal war ihm klar, dass der Schmerz tiefer saß als bei seinen anderen Trennungen. Dieses Mal war es elementar, weil er noch nie so innig gefühlt hatte wie für Nina.

Morten begann zu laufen. Erst mäßig, dann schneller und schneller, bis er rannte. Den Dünenüberweg fiel er geradezu hinunter.

Am Spülsaum angekommen bekam er kaum noch Luft, so sehr hatte Morten sich verausgabt. Er musste innehalten und sich ausruhen, bevor er auch nur einen Schritt weitergehen konnte. Dabei bemerkte er kaum, dass eine Welle über seine Schuhe schwappte und die Ölhose benetzte. Immerhin war sie dicht und sein Bein wurde nicht nass.

Morten hielt den Blick starr auf die See gerichtet.

Die See, die immer da war.

Die See, die nirgendwo zu enden schien und in der die Sonne am Abend verschwand oder am Morgen wiederauftauchte. Je nachdem, wo auf der großen Welt man sich befand.

Morten hatte schon vieles erlebt. Wie einzigartig waren die Sonnenaufgänge an der Costa Daurada gewesen, wenn sich erst der Himmel leicht rosa, dann dunkelrot verfärbt hatte, bis der Ball aus der See aufgetaucht war und die Morgendämmerung verdrängte!

Am Atlantik war es umgekehrt. Da versank die Sonne am Horizont im Meer, küsste es, bevor sie für viele Stunden verschwand und nichts als Dunkelheit zurückließ. Es war immer eine Frage des Standortes, welches Erlebnis einem vergönnt war.

Wie war es wohl in Island? Welches Naturschauspiel würde Nina dort erleben?

Morten winkte ab. Es war doch egal und sollte ihn nicht kümmern. Nina würde aus seinem Leben verschwinden. Wie Merle und Emilia vor ihr.

Weil Morten nun eine Welle förmlich ansprang, als wollte sie ihm ins Knie beißen, geriet er von der Wucht ins Straucheln, was ihm in diesem Moment wie ein Sinnbild erschien.

Er balancierte sich aus, biss die Zähne zusammen und trotzte der Naturgewalt. So, wie er es von Kindesbeinen an gelernt hatte. Er war ein Sohn der Insel und würde es immer bleiben. Morten reckte das Kinn und blieb stehen, wo er war.

Die Wellen warfen sich weiterhin tosend an den Strand, um sich kurz darauf wieder zurückzuziehen, sogen aber dabei Muscheln und Kies mit sich. Wehrlos wurde alles in die Tiefe der See geschlürft, und nur wenige Muscheln würden das Tageslicht ein zweites Mal erblicken.

Morten fühlte sich wie dieses Strandgut, das sich vielleicht etwas Sonne erhofft hatte und nun keine Gnade erfahren würde.

Verdammt, weshalb war ihm Nina bloß begegnet?

So stand Morten eine Weile da, ließ sich von den Wellen umspülen, bis sein Herzschlag in den normalen Rhythmus zurückfand. Er war standhaft geblieben, hatte sich nicht umwerfen lassen. Weil er Morten war. Der freie und selbstständige Morten Janßen!

»Ich bin keine wehrlose Muschel und kein Steinchen, das vom Wasser geschliffen wird«, murmelte er. »Ich habe mein Leben selbst in der Hand.«

Nach diesem Satz war klar, was dies in letzter Konsequenz bedeutete. *Er* musste handeln. Nicht Nina. Er!

Morten atmete tief durch, dann sprach er es aus, und es fühlte sich gut an. Endlich hatte er es gewagt, über seinen Schatten zu springen! Der Liebe war es egal, wo man sie lebte. Hauptsache, man war zusammen. Leicht würde es nicht werden, aber Nina war jeden Versuch wert.

»Wenn es Nina recht ist, werde ich ihr nach Island folgen und mir dort eine neue Existenz aufbauen. Ich möchte sie nicht aufgeben müssen, weil ich hier auf Juist vor Anker gegangen bin. Ein Schiff kann erneut in See stechen. Wenn Nina mich will, bleibe ich eben für immer an ihrer Seite. Insel ist Insel!«

*

Nina kam nicht zur Ruhe. Unwillkürlich fand sie sich am Strand wieder.

Sie ging eine Weile spazieren und sammelte Muscheln, Schnecken und Seeglas für Steffi. Dieses Mal bemühte sie sich, dabei an nichts zu denken, obwohl das natürlich unmöglich war. Immerhin gelang es ihr, Morten aus ihrem Kopf zu verbannen. Zumindest fast.

Die See war heute rau, und manchmal leckten die Wellen so heftig am Sandstrand, dass Nina sich ein Stück zurückziehen musste, um nicht plötzlich im Wasser zu stehen.

Immer wieder bückte sie sich nach besonders hübschen kleinen Muschelschalen: weißlichen und gelblichen Herzmüschelchen sowie rosé oder gräulich schimmernden Plattmuscheln. Sie nahm auch ein paar flach geschliffene Austernhälften mit, die Steffi zu Broschen, Anhängern und Ohrringen verarbeiten konnte. Dann wiederum blieb Nina stehen und sah aufs Meer hinaus.

Bald würde sie dies in Island tun. Am schwarzen Strand von Breiðamerkursandur im Südosten der Insel oder im goldrötlichen Sand von Rauðasandur in den Westfjorden. Seltsam, sie hatte nie darauf geachtet, ob dort auch Muschelschalen lagen wie hier. Aber bald würde sie es herausfinden.

Was hatte es mit Inseln und Stränden auf sich, dass diese Orte so ein vertrautes, ja geradezu heimatliches Gefühl in ihr hervorriefen, besonders hier, wo sie seit ein paar Wochen jeden Tag ans Wasser ging? Der Blick in die unendliche Weite des Meeres? Das Wissen, angesichts der großartigen Natur um sie herum nicht mehr zu sein als ein Sandkorn?

Nina lächelte. Manchen Leuten machten solche Gedanken Angst. Ihr nicht. Sie fand es tröstlich, wie klein sämtliche Probleme der Welt wurden, wenn sie inmitten der Natur stand.

Viele sahen in einem Sandstrand wie diesem einen Erholungsort in ganz anderem Sinne, einen zum Sonne tanken und Faulenzen im Sommer. Auch das war berechtigt – eine Meeresküste konnte so unterschiedliche Sehnsüchte befriedigen.

Was Morten wohl davon hielt? Oder machte er sich keine Gedanken über Strände und das Meer, weil er ja schon ewig hier lebte und es für ihn alltäglich war?

Halt! Sie wollte doch nicht an Morten denken. Immer, wenn sie sein Gesicht mit den strahlend blauen Augen vor sich sah, schien ihr Herz kurz stehen zu bleiben. Und das konnte sie überhaupt nicht gebrauchen.

Ach verflixt, wie hatte es passieren können, dass sie in den wenigen Wochen solch starke Gefühle für diesen Mann entwickelt hatte? Jetzt tat es unerwartet weh, ihrem lange gehegten Traum zu folgen.

Nina schob diese Gedanken beiseite und bückte sich nach einem bläulich schimmernden Glassteinchen.

Auf dem Rückweg vom Strand kaufte Nina ein, briet sich mittags zwei Spiegeleier zum Käsebrot und lief danach wieder los.

Dieses Mal marschierte sie in Richtung Hammersee. Sie wusste, dass das Gewässer durch eine Sturmflut entstanden war und als Süßwassersee inmitten von Wald und Schilf vielen Vögeln und kleinen Tieren ein einzigartiges Rückzugsgebiet bot. Sie freute sich darauf, Flora und Fauna zu beobachten. Nach ungewöhnlichen Fotomotiven von Moorbirken und anderen schief gewachsenen Bäumen zu suchen, würde sie vielleicht endlich von ihren Grübeleien ablenken.

Es war deutlich kälter geworden, und dichte Wolken ballten sich zusammen. Nina war froh über ihre dicke Mütze und die wind- und wasserfeste Jacke. Wahrscheinlich würde es später regnen. Aber das war ihr egal. Wenn der Himmel weinte, passte das zu ihrer Stimmung.

Tatsächlich hatte sie gerade erst die Stufen zur Aussichtsplattform am Hammersee erklommen, da landete ein Tropfen auf ihrer Brille. Wenige Minuten später goss es wie aus Eimern. Nina blieb nichts anderes übrig, als zurückzugehen.

Sie hatte das Gefühl, als liefe sie neben sich; es war schwer, einen klaren Gedanken zu fassen. Der Regen rann über die Kapuze und ihr Gesicht, dann an der Jacke hinab. Wasser sammelte sich in immer größer werdenden Pfützen. Anfangs versuchte Nina instinktiv auszuweichen. Schon bald ging sie einfach mittendurch. Ihre Stiefel, die sie bisher für wasserdicht gehalten hatte, gaben irgendwann auf, und kalte Nässe drang an Ninas Füße.

Bis sie endlich die Gertje erreicht hatte, war sie vollkommen durchgefroren. Doch das körperliche Unbehagen verdrängte immerhin die bisherigen trüben Gedanken.

Nina nahm eine heiße Dusche und zog sich den übergroßen Wollpullover mit den Sternmotiven an, den sie vor ihrer Ankunft auf Juist fertig bekommen hatte. Dazu ihre Leggings. Dieses Outfit war warm und bequem. Erschöpft von ihrem Ausflug schaltete sie die Lichterkette und eine dicke LED-Kerze an, um es sich gemütlich zu machen, und setzte sich mit einem Becher Tee aufs Sofa.

Nur noch drei Tage bis zum Heiligen Abend. Es war durch ihre Auslandsaufenthalte nicht der erste, den sie allein feiern würde, aber bisher hatten Onkel Pitt und sie dann wenigstens miteinander telefoniert. Er fehlte ihr.

Automatisch griff Nina nach ihrem Strickzeug. Nur noch das Halsbündchen, dann war Mortens Islandpulli fertig. Er würde ihn zu Weihnachten tragen können.

Nina schluckte und strich mit der Handfläche über die leicht raue Wolle, bevor sie wieder zu den Nadeln griff.

Morten hatte den ganzen Tag nichts von sich hören lassen. Sie ebenso wenig. Aber wozu auch? Schließlich war es vorbei, dieses undefinierbare Etwas, das sie verbunden hatte.

Tessa rief an, lud sie für den ersten Weihnachtstag zum Nachmittagstee ein und beklagte sich darüber, dass weder Mann noch Kinder sich angemessen an den Vorbereitungen zum Fest beteiligten.

Nina antwortete automatisch und fand sogar ein paar humorvolle Worte, doch sie fühlte sich weiter wie ein Zombie.

Als sie schließlich die restlichen Spaghetti vom Abend zuvor erwärmte und ihr auf einmal Tränen übers Gesicht liefen, wusste sie, dass sie bis zum Morgen eine Entscheidung treffen musste.

*

Morten war am Nachmittag noch einmal aufgebrochen und hatte erneut einen langen Strandspaziergang gemacht. Sein Entschluss, den Anker auf Juist für Nina und ihre Liebe zu lichten, hatte ihn selbst etwas überfahren, und je länger er darüber nachdachte, desto unsicherer wurde er. Hier war sein Zuhause, er war Juister durch und durch. Seine Freunde gaben ihm Wurzeln, die Familie Halt.

Doch dann dachte Morten erneut an Nina, und die Zweifel flogen so schnell fort wie der Wind die Wolken am Nordseehimmel vertrieb.

Ein Leben ohne sie wäre definitiv das Furchtbarste, was er sich in diesem Moment vorstellen konnte.

Zu einem Entschluss, wie er sein Vorhaben umsetzen wollte, war Morten an diesem Nachmittag nicht gekommen, denn er war ziemlich nass geworden und froh, jetzt wieder in trockenen Sachen zu stecken. Er hätte den Regen eigentlich vorhersehen müssen, schließlich war er wetterkundig wie kaum ein anderer. Aber er war mit den Gedanken woanders gewesen.

Die Heizung blubberte, und Morten stellte sich Musik an. Leise fluteten die Klänge von Edvard Grieg durch die Stube. Er liebte die Peer-Gynt-Suiten besonders.

Dann schaute er sich um. So ordentlich er sein Büro in der Hafenmeisterei auch hielt, in seiner Wohnung herrschte ein schreckliches Chaos, das man auch mit gutem Willen nicht mehr als liebevoll bezeichnen konnte. Sollte Nina ihn mal besuchen, wäre es ihm mehr als peinlich, wenn er sie in einem solchen Durcheinander empfangen würde. Es galt also, aufzuräumen und zu putzen, bevor er es sich mit einem Essen gemütlich machte.

Zum Glück war Mortens Wohnung klein, und er kam rasch voran. Nach zwei Stunden sah es vorzeigbar aus, morgen wollte er Tessa um etwas Deko bitten, damit es behaglicher wurde. Nina sollte sich schließlich bei ihm und Hanno wohlfühlen.

Erst dann machte Morten sich Gedanken darüber, was er denn genau essen wollte.

Spiegelei zum Käsebrot, das war eine gute Idee. Heute würde Morten nicht in die Spelunke gehen, auch wenn sein Kumpel Keno von der Reise zurückgekehrt war und zum Umtrunk geladen hatte.

Morten briet die beiden Eier, belegte das Graubrot mit dem so geliebten Deichwiesengouda und dachte weiter nach.

Er würde viel aufgeben, aber er hätte Nina an seiner Seite. Das wog alles auf. Endlich würden sie Zeit füreinander haben. Kassiopeia sah man bestimmt auch von Island aus, und dort würde er Nina das Sternbild zeigen können. Kein Pepe hinderte ihn mehr daran, ihr davon zu erzählen.

Morten überlegte kurz, ob er jetzt gleich zu ihr gehen sollte, um vorzufühlen, was sie von seiner Idee hielt, sie nicht nur in Island zu besuchen, sondern sogar seinen Lebensdampfer am Kai der neuen Insel anzudocken.

Der Blick aus dem Fenster hielt Morten von diesem Vorhaben jedoch ab. Es war schon spät, weil er so lange aufgeräumt hatte, und noch immer schüttete es wie aus Kübeln.

Nein, er wollte seinen Entschluss zelebrieren. Nina einen weihnachtlichen Blumenstrauß kaufen und ihr feierlich mitteilen, dass er an ihrer Seite bleiben würde. Wohin auch immer es sie zog.

Vorausgesetzt, sie wollte das ebenfalls.

Morten räumte den Tisch ab und schickte Nina dann einen kleinen Gruß.

Ich habe eben an dich gedacht. Bei Spiegelei und Käsebrot. Irgendwie hoffe ich, dass du das genauso gern isst wie ich. Morgen Nachmittag komme ich bei dir vorbei. Schlaf gut, Morten

Seit Langem war er endlich sicher, genau das Richtige zu tun.

*

Nina hielt es nicht mehr aus. Sie brach noch vor dem Frühstück auf und klingelte an Tessas Haustür. Ihre Freundin öffnete nur Sekunden später.

»Moin, Tessa.«

»Moin, Nina, was machst denn du so früh hier? Ist was passiert?«

Tessa schaute sie besorgt an. Wahrscheinlich sah sie nach ihrem stundenlangen Grübeln zum Fürchten aus.

»Wie man's nimmt. Ich habe letzte Nacht nicht wirklich geschlafen.«

»Komm rein. Möchtest du einen Tee?«

»Sehr gerne, ich hab noch nicht gefrühstückt.«

Tessa runzelte die Stirn. »Das gefällt mir nicht – klingt nicht gut. Bist du krank?«

Nein, verliebt!, hätte Nina am liebsten gerufen. Und verrückt genug, alles auf eine Karte zu setzen. Ohne Netz und doppelten Boden.

Statt zu schlafen, hatte sie die meiste Zeit nur nachgedacht und dabei mehrfach die Nachricht von Morten gelesen, die gestern Abend eingegangen war. Heute Morgen war sie sich sicher, genau das Richtige zu tun. Es war vielleicht albern und ihrer Verliebtheit geschuldet, aber die Vorliebe für dieses profane Essen hatte Nina gezeigt, wie viel sie und Morten miteinander verband, weil sogar dieses winzige Stück Alltag passte.

Das konnte sie Tessa allerdings so nicht sagen, die würde sie für komplett verrückt erklären, dass ein Käsebrot und ein Spiegelei sie dazu brachten, ihre Lebensplanung über den Haufen zu werfen. Sie musste es anders angehen. Deshalb schüttelte sie den Kopf. Ihre Stimme klang ruhig und entschlossen, als sie verkündete: »Ich habe eine Entscheidung getroffen. Du bist die Erste, die davon erfährt.«

Tessa schaute sie fragend an und wartete, bis Nina weitersprach.

»Ich hab vorhin eine Mail geschrieben und die Stelle in Reykjavik abgesagt.«

Tessa riss die Augen auf. »Du hast was?«

»Ich hab abgesagt«, wiederholte Nina.

»Du bleibst also hier?«

Nina nickte.

Über Tessas Gesicht glitt ein Strahlen. Dann umarmte sie ihre Freundin.

»Ich freue mich so! Das wird ganz wunderbar.«

»Gilt dein Angebot noch, dass du mir die Wohnung vermieten kannst, oder bist du inzwischen völlig ausgebucht?«

»Das lässt sich arrangieren. Der nächste Gast will erst zu Silvester kommen, und wenn ich ihm eine neue Bleibe besorge, weil ich die Wohnung aus familiären Gründen selbst brauche …« Tessa grinste. »Du musst übrigens nicht rot werden. Ich verstehe vollkommen. Es ist nicht nur das Wollboot, das dich hier hält, oder?«

»Nicht nur«, gab Nina zu. »Juist gefällt mir einfach. Die Insel, die Leute. Unsere Freundschaft.«

Tessa legte den Kopf schief. »Und ganz zufällig noch jemand anderes?«

»Könnte sein.«

»Wusste ich's doch! So wie mein lieber Bruder dich anguckt …«

»Äh, versteh das nicht falsch, also Morten und ich, wir haben nie darüber gesprochen, ich weiß gar nicht, was er davon hält, dass ich nun doch nicht nach Island gehe, vielleicht ist ihm das ja gar nicht recht …« Nina machte eine Pause. »Ich weiß nur, dass ich nicht einfach abreisen kann, ohne ihm und mir eine Chance zu geben.«

Dann platzte sie doch mit dem Spiegelei heraus.

Tessa fand das allerdings überhaupt nicht merkwürdig, sondern hatte volles Verständnis.

»Das ist ein Zeichen, sehe ich auch so.« Ihr glitt ein Leuchten übers Gesicht. »Klingt jetzt komisch, aber bei Lars und mir war es Schlumpfeis!«

Tessa goss das heiße Wasser in die vorbereitete Teekanne. Sie stellte sie auf den gedeckten Tisch und zündete die vier roten Kerzen am Adventskranz an.

»Jetzt setz dich, wir trinken erst mal Tee, und dann rufe ich Morten an, dass er kommen soll.«

Nina sah sie entsetzt an. »Was? Warum?«

»Ich will dabei sein, wenn mein Bruder von deinen neuen Plänen erfährt.«

Nina biss sich auf die Lippen. Das ging auf keinen Fall. Was, wenn Morten gar nicht so glücklich war, wie sie hoffte? Wenn er im Grunde gar nicht wollte, dass sie blieb? Wenn er Nina das vor seiner Schwester erklären musste …

»Kleiner Scherz, das mache ich natürlich nicht!« Tessa nahm Nina kurz in den Arm. »Ich gönne euch die Zweisamkeit von Herzen. Ihr müsst das ja erst einmal selbst auf die Reihe bekommen.« Sie seufzte theatralisch. »Aber ich rufe ihn trotzdem an und sage ihm, dass ich nachher meine neue Mieterin vorbeischicke, weil sie noch ein paar Fragen hat. Der wird Augen machen, wenn du vor seiner Tür stehst! Das wird besser als jede Weihnachtswichtelüberraschung.«

Kapitel 25

Morten hatte es nach seinem Job am Vormittag eilig, nach Hause zu kommen, weil er so schnell es nur ging, zu Nina wollte. Der Strauß war schon besorgt, und in ihm kribbelte vor Aufregung alles.

Zunächst musste er herausfinden, ob sie ihn überhaupt wollte. Also richtig. Für immer. Das war die letzte Hürde, die er zu nehmen hatte. Nur dazu sollten sie miteinander reden. Immerhin hatte Nina ihm gestern Abend auf seine Nachricht mit einem Kusssmiley geantwortet. Schade, er hätte gern gewusst, was sie zum Spiegelei zu sagen hatte.

Als Morten sein Elternhaus vor sich liegen sah, überkam ihn kurz etwas Wehmut. Der Eingangsbereich seiner Eltern war mit einer Tannengirlande und roten Schleifen geschmückt, abends leuchten hier die Lichterketten.

Doch seine Burg, sein ureigenstes Hier würde ihm keiner nehmen können. Auch wenn er auf einer anderen Insel lebte, wäre dieses Zuhause seine Zuflucht, falls er es brauchte. Das Risiko war gering, falls er mit Nina nach Island ging. Der Fixpunkt Töwerland würde trotzdem bleiben.

Morten umrundete das Haus und zuckte zusammen, als er vor der Tür unterm Vordach eine Gestalt sitzen sah.

»Hallo?«, fragte er vorsichtig, weil er nicht erkennen konnte, um wen es sich handelte, denn sie hatte sich die Kapuze tief ins Gesicht gezogen.

»Morten?«

»Nina!«

Er reichte ihr die Hand und zog sie hoch.

»Was machst du hier? Du holst dir bei der Kälte ja den Tod!«

»Ich warte auf dich. Tessa sagte, du müsstest noch die eine Fuhre wegbringen, danach wolltest du herkommen.«

»Ja, das stimmt. Meine Schwester wollte gleich eine Mieterin vorbeischicken, ich weiß allerdings nicht, wer das ist. Wir haben also nicht so wahnsinnig viel Zeit«, gab er zurück. »Danach komme ich auf die Gertje. Wie versprochen.«

Nina griff nach seiner Hand. »Darf ich erst einmal reinkommen?«

»Natürlich, wie unhöflich von mir. Ich habe gut eingeheizt, und für ein Koppke Tee wird die Zeit reichen. Den Rest der Unterhaltung holen wir dann später bei dir nach.«

Zum Glück hatte er gestern aufgeräumt und das Bett frisch bezogen. Es duftete alles frisch. Schade, dass er noch nicht dazu gekommen war, von Tessa ein wenig Deko abzustauben.

Nina folgte ihm in die Wohnung und schaute sich interessiert um.

»Ich wollte noch dekorieren, aber wie das eben so ist …« Morten hob hilflos die Arme.

»Alles gut. Das spielt doch keine Rolle.«

»Leg ruhig ab«, forderte Morten Nina auf. »Wer weiß, wann die Mieterin kommt, Tessa hat nichts Genaues gesagt. Irgendwann am Vormittag, meinte sie nur.«

Nina schlüpfte aus der Jacke, nahm Schal und Mütze ab und betrat Mortens Wohnzimmer. Als Erstes fiel ihr Blick auf den Briefbeschwerer vor Hannos Wichteltür.

»Hast du ihn eingesperrt?«, fragte sie.

»Jo.« Morten musterte Nina.

Nina schob den Briefbeschwerer zur Seite. »Du kannst Hanno rauslassen, ich glaube, er hat genug Hausarrest gehabt.«

»Mir war nicht mehr nach Weihnachtswichteleien«, sagte Morten.

Ein bisschen war er selbst darüber erschrocken, dass er Nina gegenüber dermaßen ehrlich war. Nur hasste er es, um den heißen Brei herumzureden. Es war ihm nach ihrer Eröffnung, dass sie ihre Traumstelle bekommen hatte, ziemlich bescheiden gegangen, und das durfte Nina ruhig wissen. Bevor er sich aber weiter öffnete und ihr seinen Entschluss mitteilte, wollte Morten es lieber vorsichtig angehen.

Gebranntes Kind scheut das Feuer, schoss es ihm durch den Kopf. Denn mit seinen Plänen einfach so herauszurücken, war plötzlich ungemein schwierig.

Was, wenn Nina gar nicht wollte, dass er mitkam?

Mortens Herz raste.

»Dass du zu knabbern hattest, glaube ich dir«, begann Nina vorsichtig. »Ging mir ähnlich. Deshalb bin ich hier ...«

Morten schaute sie an. Warum druckste sie so herum?

»Es ist nicht alles gesagt, Nina?«, flüsterte er. »Von meiner Seite nämlich auch nicht.«

»Thema Spiegelei?«

Er nickte.

»Hab ich gestern ebenfalls gegessen.«

Nun war Morten doch etwas überrascht. »Echt? Das ... freut mich.«

Er musterte sie, denn Nina senkte verlegen den Blick.

»Das ist nicht alles, oder? Um mir das zu sagen, hast du nicht auf mich gewartet. Dann leg los, weil ich auch was zu bereden möchte.«

»Ich habe eine Entscheidung getroffen, Morten.«

»Das weiß ich doch.«

»Das kannst du nicht wissen. Ich habe mich gegen Island entschieden und die Stelle abgesagt.«

Morten glaubte, seinen Ohren nicht zu trauen. »Du hast *was* gemacht?«

»Ich bleibe erst mal hier und ziehe in Tessas Ferienwohnung.« Nina räusperte sich. »Es wird nämlich außer mir keiner zu dir kommen. *Ich* bin die neue Mieterin.«

Morten griff hinter sich und setzte sich auf einen Stuhl. Seine Gedanken schwirrten wild durcheinander, und er bekam sie gar nicht sortiert.

Nina bleibt, hämmerte es durch seinen Kopf. Nina bleibt.

»Kannst du das bitte noch einmal ganz langsam wiederholen?«, bat er sie.

»Ich gehe nicht nach Island.« Ninas Lächeln war scheu, etwas ängstlich.

Morten blickte auf und schaute in zwei fast flehende Augen, er erkannte Hoffnung und – Liebe.

Verdammt, Nina blieb. Seinetwegen.

Morten stand auf. »Warte kurz!«

Er verschwand in die Küche und kam mit dem Adventsstrauß zurück. Die Tannenadeln piekten ihm am Handgelenk, die rote Schleife kratzte an seiner Nase, als er ihn Nina zeigte.

»Der ist für dich«, flüsterte er. »Und der auch.«

Morten legte das Gebinde auf den Tisch, zog Nina an sich heran, und ihre Lippen fanden sich. Es war ein Kuss, der sich anfühlte, als hätte er viel zu lange darauf gewartet, geküsst zu werden.

War es schon vorher eine Erfüllung gewesen, Nina nah zu sein, erkannte Morten jetzt, wie viel mehr es war, wenn zwei Seelen sich zusätzlich umarmten. Wenn es die Gewissheit gab, dass das Gegenüber genauso empfand und alles andere unwichtig wurde, wenn man zusammen war.

Sie küssten sich und küssten sich. Sie umarmten sich, berührten sich. Wieder und wieder.

Der Weg ins Schlafzimmer war im Nu von ihrer Kleidung übersät.

Es war später Nachmittag, als sie voneinander ließen.

»Nina, du machst mich zum glücklichsten Mann der Welt. Aber ich glaube, ich bin dir etwas schuldig. Weil ich dir nämlich auch was sagen wollte.«

Nina lächelte ihn an, und sie verstand, was ihm auf der Seele brannte.

»Der Tannenstrauß. Deine Nachricht gestern. Wärst du mitgekommen?«

»Jo, das wäre ich.«

Ninas Augen wurden feucht. »Ach, Morten, dass du das überhaupt in Erwägung gezogen hast!«

»Ich war fest entschlossen, das ist ein himmelweiter Unterschied. Dieser Schmerz, dich gehen zu lassen …«

»Der war größer als deine Wurzeln hier? Deine Familie, die Freunde, die Tanzgruppe, die Insel …«

»Ja, dich zu verlieren wäre viel, viel schlimmer gewesen.«

»So etwas hat noch kein Mann zu mir gesagt.«

Nina schwieg. Sie brauchte offenbar eine Weile, um Mortens Worte sacken zu lassen. Dann blitzten ihre Augen vor Freude.

»Das ist der komplette Wahnsinn! Da kannst du ja froh sein, dass ich mich auf Juist richtig zu Hause fühle. Sonst hättest du tatsächlich Isländer werden müssen.«

Morten strich ihr sacht über die Wange. »Solange meine Isländerin Nina heißt.« Er küsste sie noch einmal. »Wie schwer aber muss es dir fallen, min Söten.«

»Ein bisschen holen wir Island ja mit dem Wollboot nach Juist«, erklärte Nina, und es machte auf Morten den Eindruck, dass sie es wirklich meinte, wie sie es sagte.

»Heutzutage gibt es viele Wege, von zu Hause aus zu arbeiten. Ich hab das Wollboot und eine Menge liebenswerter Menschen um mich herum. Und dich! Keine Sorge, ich werde hier glücklich sein. Mit dir.«

In Morten arbeitete es. Er konnte und wollte nicht, dass Nina die Einzige war, die ein Opfer brachte, das wäre unfair.

»Wenn du auf Töwerland bleibst, dann werde ich natürlich über meinen Schatten springen und ab und zu weggehen.«

Nina sah ihn fragend an.

»Mit dir. Wir sollten die Welt gemeinsam bereisen. Orte kennenlernen, die uns gefallen und faszinieren. Wir fangen mit deinem Lieblingsland an und buchen als Erstes eine Reise nach Island.«

Ninas Augen begannen zu leuchten. »Wirklich? Das alles willst du für mich tun?«

Sie kuschelte sich eng an ihn heran.

»Morgen musst du erst einmal meine Eltern kennenlernen, min Leevsten. Sie müssen ja zumindest wissen, mit wem ich Juist verlasse, wenn ich seit Jahren wieder auf Tour gehe.«

»Wir werden immer gern zurückkommen. In unser Zuhause. Zum ersten Mal glaube ich, dass ich eines habe.«

*

»Sie sind also Nina? Ich habe bereits viel von Ihnen gehört«, begrüßte Mortens Mutter sie. »Es wird ja auch Zeit, dass wir Sie endlich kennenlernen. Ganz Juist spricht schließlich schon von Ihnen und uns Jung.«

Morten feixte. »Ja, Moder, das ist Nina, und sie wird von jetzt ab an meiner Seite sein.«

Seine Mutter zwinkerte ihm zu. »Als ob ich nicht schon längst geahnt hätte, dass da wer in deinem Herzen ist. Allein die kleinen Hanno-Geschenke!«

Morten sah Nina entschuldigend an. »Mütter bekommen eben immer alles mit.«

»Ich musste dich ja nur ansehen, min Jung.«

Seine Mutter wandte sich an Nina.

»Ich bin Maria, setzen Sie sich doch. Der Kaffee ist durchgelaufen. Oder möchten Sie Tee?«

Morten zwinkerte Nina zu. »Wenn besondere Gäste kommen, gibt es immer Kaffee.«

»Na, dann nehm ich gerne eine Tasse. Wenn das so ist!«

Der aromatische Duft durchzog bereits die Wohnung und vermischte sich mit dem von frisch gebackenem Kuchen.

»Ich habe Käsekuchen gemacht, ich hoffe, den mögen Sie.«

»Nina und du, bitte!«

Erleichtert atmete Mortens Mutter auf.

Kurz darauf öffnete sich die Tür, und sein Vater Ruben betrat den Raum.

Morten erkannte an Ninas Mimik, wie beeindruckend sie ihn fand, denn er füllte den gesamten Türrahmen aus. Mit seinem Bart und der von Wind und Wetter gegerbten Haut sah er aus wie ein alter Seebär. Er funkelte Nina mit seinen blauen Augen freundlich an.

»Moin, min Deern. Hartelk willkomen bi de Familie Janßen. Ik heb all von Tessa hört, dat du mit ihr dat Wollboot tosamen maken willst …«

»Vadder, bitte sprich hochdeutsch!«, bat Morten ihn.

»All kloar. Also fein, dass du da bist. Ich wünsche euch alles Gute! Glückwunsch!«

Morten war das etwas peinlich, denn verlobt waren sie ja nicht, aber der Glückwunsch suggerierte das.

»Dann setzen wir uns doch«, bat seine Mutter. Sie hatte den Kuchen schon auf den Tisch gestellt und legte allen ein Stück auf den Teller.

Ein paar Minuten später betrat Tessa die Stube.

»So, nun kann die Zukunft starten!«, sagte sie erfreut, goss sich sofort Kaffee ein und nickte zustimmend, als die Mutter zum Käsekuchen zeigte.

»Wir klären jetzt alles nacheinander«, bremste Morten seine Schwester. Aber die winkte ab.

»Ach, Bruderherz. Wenn ich mein Leben lang auf dich gewartet hätte, würde ich noch immer nicht laufen können. Nina und ich haben da echt eine andere Geschwindigkeit.«

»Na, immerhin sind wir schon mal zusammen«, verteidigte Morten sich.

Tessa leckte die Lippen. »Das wurde ja auch echt Zeit!«

Kapitel 26

Die Zeit verging wie im Fluge. Nina verabschiedete sich schließlich von Mortens Eltern, und er begleitete sie zur Gertje. Hand in Hand liefen sie durch den Ort und fingen so manchen überraschten oder amüsierten Blick auf.

Kurz bevor sie den Hafen erreichten, trafen sie auf Foline und Beeke, die ihnen mit Einkaufstaschen in der Hand entgegenkamen. Sie blieben direkt vor dem Paar stehen und musterten Morten und Nina von oben bis unten.

»Ich muss wohl mal zum Optiker gehen, bin nicht sicher, ob ich richtig sehe«, sagte Foline.

Beeke schmunzelte. »Ich habe dir doch gesagt, dass für unseren Morten nur was Besonderes infrage kommt.«

»Aber was ist mit deinem Umzug nach Island, Nina?«, wollte Foline wissen.

»Planänderung.« Nina lächelte. »Island wird unser nächstes Urlaubsziel. Ich bleibe hier.«

»Bei uns auf Juist?«, fragte Foline.

»Ja.«

»Das ist ja ein Ding!«

Wieder warfen sich die beiden alten Damen vielsagende Blicke zu. Bevor sie weitergingen, nickten sie zufrieden und wünschten dem Paar noch einen schönen Tag.

»In spätestens zehn Minuten weiß es die ganze Insel!« Morten zog eine Grimasse.

»Stört dich das?«, fragte Nina vorsichtig.

»Natürlich nicht. Sollen ruhig alle wissen, dass wir zusammengehören.«

Er nahm sie in die Arme und küsste sie. Wieder und wieder.

Die Frau, die gerade auf dem Fahrrad an ihnen vorbeifuhr, geriet bei ihrem Anblick heftig ins Schlingern und wäre beinahe gestürzt. Nur mit Mühe fand sie das Gleichgewicht wieder und radelte eiligst davon.

»Ich glaube, das eben war Lientje«, flüsterte Nina.

»Möglich. Egal.« Abermals küsste Morten sie und hielt sie dabei ganz fest.

»Sollten wir nicht langsam zur Gertje gehen?«, fragte Nina.

»Halte ich dich nicht warm genug?«

»Doch.« Genüsslich schmiegte sie sich an Morten. »Nur packen sich meine Sachen nicht von allein.«

»Du bist immer so vernünftig!«

»Genau wie du.«

»Deswegen passen wir schließlich gut zusammen.«

Nina legte den Kopf schief. »Nur deshalb? Ach nee, da war ja noch was mit dem Spiegelei, dem scharfen Senf und …«

Morten gab ihr einen schnellen Kuss. »Das besprechen wir später. Jetzt ziehst du erst mal um.«

Sie schlenderten weiter zur Gertje, und Morten half Nina beim Packen. Oder besser gesagt, er sah ihr zu, wie sie ihre wichtigsten Kleidungsstücke und Badezimmerartikel in den Koffer und den Trekkingrucksack steckte.

Sie amüsierte sich darüber, dass er interessiert die Brauen hob, als sie ihre Unterwäsche aufs Bett legte, um sie zusammenzurollen. Nicht alle ihre Dessous waren so schlicht und praktisch wie die meisten ihrer Sachen, die sie nach Juist mitgebracht hatte. Es war aufregend zu sehen, wie Mortens Blick über schwarze Spitze schweifte und ihm die Begeisterung ins Gesicht geschrieben stand.

Zum Glück hatte sie seinen Islandpullover in einer Stofftasche aufbewahrt, sodass sie ihn unauffällig einpacken konnte.

»Den Rest kann ich später holen«, verkündete Nina schließlich und schloss die Schnallen des Rucksacks. »Oder morgen.«

»Du weißt, dass morgen Heiligabend ist?«

»Aber die Feierlichkeiten beginnen doch erst am Abend oder am späten Nachmittag. Ich brauche genau dafür ja meine Weihnachtsdeko. Habe ich dich eigentlich schon eingeladen?«

»Zur Wohnungseinweihung? Ja, du hast vorhin so etwas erwähnt.«

»Ich meine zum Weihnachtsfest? An Heiligabend? Oder hast du dafür schon andere Pläne? Ich meine nach dem Essen bei deinen Eltern?«

Morten legte den Kopf schief und verzog gespielt nachdenklich das Gesicht. Doch sein Blick verriet, dass diese Frage sich erübrigte.

Ein warmes Glücksgefühl durchströmte Nina. Sie hatte definitiv die richtige Entscheidung getroffen. Alles auf eine Karte gesetzt. Auf die beste. Auf Morten.

*

Nina hätte sich keine Gedanken um Weihnachtsschmuck in ihrer neuen Wohnung machen müssen. Es war eine größere als die, die sie vor ein paar Tagen bewohnt hatte. Tessa wartete bereits auf sie und hatte zu der bisher eher dezenten Dekoration, die für die Gäste ausreichen musste, allerlei Leuchtendes und Glitzerndes hinzugefügt.

»Was ist das da?«, fragte Morten skeptisch und betrachtete drei grob geschnitzte Holzfiguren mit gestrickten rot-weißen Mützen, die auf der Fensterbank im Wohnzimmer ihren Platz gefunden hatten.

»Isländische Weihnachtskerle«, behauptete Tessa. »Haben Lia und Arne aus dem Holzarbeiten-Workshop in der Schule mitgebracht.«

»Du hast ihnen Mützen gestrickt?« Morten schüttelte ungläubig den Kopf.

»Es ist doch Weihnachten! Da dachte ich mir, Nina braucht unbedingt einen Türschlitzschnüffler ...« Sie deutete auf die Figur mit der langen Nase. »Außerdem könnten ein Essnapflecker und ein Quark-Gierschlund passen.«

Nina begann zu lachen. »Du hast dich schlaugemacht!«

Tessa zuckte mit den Schultern. »Man lernt ja gern dazu.«

Morten hob die Brauen. »Dann überlasse ich den Damen jetzt mal das weitere Einrichten und Dekorieren. Ich habe heute noch ein wenig Arbeit zu erledigen und komme später wieder. Ach, Tessa, ich könnte auch noch ein bisschen Glitzerzeugs brauchen. Zufällig bekomme ich nämlich jetzt öfter Damenbesuch, und den möchte ich beeindrucken.«

Tessa zog erfreut die Brauen hoch. »Geht klar!«

Morten verabschiedete sich nach kurzem Zögern mit einem Winken und ließ Nina mit Tessa allein.

»Jetzt war er doch ein bisschen verlegen«, stellte Tessa grinsend fest. »Hat sich nicht getraut, dich vor mir zu küssen.«

Nina schüttelte den Kopf. »Du glaubst nicht, vor wem er mich heute schon geküsst hat.«

»Sag!«

»Unter anderem vor Lientje. Vor Foline und Beeke.«

»Es lebe der Dorffunk! Die Netze werden bereits überlastet sein«, unkte Tessa.

»Das meinte Morten ebenfalls. So ähnlich.« Nina krauste amüsiert die Nase.

»Mein Bruderherz sieht glücklich aus. Und du auch.« Tessa seufzte. »Ich fühle mich wahnsinnig weihnachtlich mit all dieser Liebe und Freude um mich herum. Allerdings muss ich jetzt zuerst einmal meine hausfraulichen Pflichten erfüllen, damit die Familie an Heiligabend nicht verhungert. Ich bin dann mal weg. Wenn du noch was brauchst ...«

»... melde ich mich. Aber ich glaube, ich habe schon das Wichtigste.«

Tessa zwinkerte und umarmte sie zum Abschied. »Das glaube ich auch.«

In der Küche fand Nina ein frisches Brot und daneben ein blaues Steinguttöpfchen mit Salz. Tessa dachte wirklich an alles. Sogar an die alten Traditionen.

Brot und Salz, Gott erhalt's, schoss es Nina durch den Kopf.

Es würde ein großes Vergnügen sein, im neuen Jahr mit ihr das Wollboot-Projekt anzugehen. Zuerst kam die Gertje so schnell es ging ins Dock, und dann konnte ihr neues Leben beginnen.

*

Den Heiligmorgen verbrachte Nina mit einem weiteren Rucksack-Transport von der Gertje in ihre neue Wohnung und den letzten Einkäufen für die Weihnachtstage.

Für den Nachmittag hatten sich Morten und Nina zu einem Strandspaziergang verabredet. Hand in Hand schlenderten sie durch den Sand und blieben immer wieder einmal stehen, um aufs Meer zu schauen, von wo sich dichte dunkle Wolken näherten.

»Es sieht nach Schnee aus«, sagte Morten.

»Es riecht auch danach.«

»Das wäre schön. Du im Schnee mit einer weißen Haube auf deiner bunten Mütze.«

Nina lachte. »Bist du ein Romantiker?«

»Wenn es um dich geht – absolut.«

Für diese Bemerkung verdiente er einen Kuss, bevor sie weitergingen.

»Du bist so nachdenklich«, sagte Morten nach einer Weile.

Nina blieb stehen. »Meinst du wirklich, das ist okay heute Abend? Ich will mich nicht in eure Familienfeier hineindrängen.«

»Meine Eltern haben dich zum Weihnachtsessen eingeladen – was hat das mit hereindrängen zu tun? An Heiligabend gibt es auch nichts Aufwendiges, also mach dir keinen Kopf. Aber an den Feiertagen wird aufgetischt. Da darfst du dann zuschlagen, die Einladung gilt für das gesamte Fest.«

Er nahm Nina schon wieder in den Arm. So als könnte er gar nicht genug davon bekommen.

»Nach jedem Essen feiern wir noch bei dir weiter. Allein. Das heißt natürlich allein zu zwei'n.«

Nina drückte seine Hand. Sie konnte jetzt nicht sprechen. Ihr dankbarer Gruß galt Onkel Pitt, denn er hatte ihr die Gertje vermacht und sie nach Juist geführt. Ihm verdankte sie im Grunde alles, was sie auf Töwerland neu gefunden hatte.

*

Zuerst war es ein wenig seltsam, mit Morten und seinen Eltern an der festlich geschmückten Tafel zu sitzen und zu diskreter Weihnachtsmusik im Hintergrund Maria Janßens leckeren hausgemachten Kartoffelsalat, den sie mit Äpfeln, Gewürzgurken, Ei und selbst gemachter Mayonnaise angemacht hatte, und die Wiener Würstchen zu verspeisen.

Doch schon nach kurzer Zeit fühlte sich Nina bei diesen Menschen, die sie so ruhig und herzlich aufnahmen, sehr wohl und entspannte sich.

»Morgen gibt es die traditionelle Gans, und am zweiten Feiertag tische ich Rouladen auf«, versprach Maria.

Nina lief bei dem Gedanken daran das Wasser im Mund zusammen. Erst jetzt wurde ihr klar, wie sehr sie all die Jahre lang genau so ein Familienweihnachten vermisst hatte.

Zwar hatte Morten gesagt, seine Eltern würden keine Geschenke von ihr erwarten, aber Nina war doch froh, dass sie für Maria neben dem Kirschlikör – ein Tipp von Morten – ein paar fein gestrickte Handschuhe eingewickelt hatte. Ruben bekam von ihr eine warme Mütze zu einer Flasche Küstennebel.

»Jetzt bin ich gespannt«, sagte sein Vater, als Nina Mortens dickes Paket aus ihrer Tasche holte und es ihm feierlich überreichte.

»Morten weiß ja schon, was es ist.« Nina streichelte zärtlich seinen Unterarm.

Morten sah sie fragend an. »Du hast tatsächlich …?«

Er riss das Geschenkpapier auf, zog den Pullover heraus und hielt ihn hoch. »Nina! Wie wunderschön! Ich hätte nie gedacht, dass er fertig wird! Du hast schließlich so viel für den Basar gestrickt.«

Nina grinste ihn an. »Du weißt doch – ich musste die angefangenen Handarbeiten rechtzeitig fertigstellen, sonst hätte mich die Weihnachtskatze gefressen.«

»Der ist aber toll!« Bewundernd strich Maria über die Musterpasse. »Und sicher herrlich warm.«

»Jetzt bist du dran! Schließ bitte die Augen!«, befahl Morten.

Nina gehorchte.

Was war das? Er schien ihr etwas umzuhängen. Eine Kette?

»Augen auf!«

Ja, es war eine Kette mit einem Anhänger. Wie schön der war! Nina hatte solche Schmuckstücke aus Goldfiligran schon im Fenster der Inselgoldschmiede bewundert. Eine alte Handwerkskunst, die fast ausgestorben war.

Morten schaute sie liebevoll an, und Nina bedauerte kurz, dass sie beide im Augenblick nicht allein waren.

Doch auch Maria und Ruben hatten etwas für sie vorbereitet. In ihrem Paket fand Nina zueinander passende Handtücher in Blau und Weiß und eine Schachtel Trüffelpralinen.

»Ein bisschen was Praktisches für die neue Wohnung«, sagte Maria. »Ich hoffe, das passt. So gut kennen wir uns noch nicht.«

»Wunderbar, vielen Dank! Damit habe ich gar nicht gerechnet.«

»Und deine Familie? Wo feiert die, wenn du jetzt hier bei unserem Jung bist?«, erkundigte sich Ruben.

»Ich habe keine Familie mehr«, antwortete Nina leise. »Onkel Pitt war mein letzter lebender Verwandter.«

Einen Moment schwiegen alle. Dann trat Ruben auf sie zu, legte ihr die Hand auf die Schulter und sagte: »Doch, min Deern, du hast eine Familie. Und mit der feierst du heute Weihnachten. Maria, ich glaube, es ist Zeit für einen Lütten.«

Während seine Eltern hinausgingen, um Schnaps und Gläser zu holen, legte Morten seinen Arm um Nina. Sie lehnte ihren Kopf an seine Schulter.

»Alles okay?«, fragte er leise.

»Alles wunderbar. Schau mal!« Nina wies auf das Fenster, vor dem im Licht der Weihnachtsbeleuchtung dicke weiße Flocken tanzten.

»Perfekt. Ich freue mich schon darauf, dich nachher in deine Wohnung zu bringen.«

Sein warmer Blick ließ Nina zufrieden seufzen.

Sie war zu Hause.

Kapitel 27

Ein Jahr später, 4. Advent

Morten schlüpfte in die Jacke, wickelte den dunkelblauen Wollschal mehrfach um den Hals und machte sich auf den Weg zum Hafen. Er war mächtig aufgeregt. Zum einen, weil er für Nina hoffte, dass der Tag für sie zu einem großen Erfolg wurde, zum anderen hatte er noch eine Überraschung für sie und war unsicher, wie sie darauf reagieren würde.

Zunächst einmal stand aber der zweite Weihnachtsbasar auf der Gertje an, und er sollte noch viel schöner werden als der im vergangenen Jahr.

Das Hausboot erstrahlte seit dem Spätherbst in frischem Glanz und war zu einem wahren Schmuckstück geworden.

Mortens Kumpel Max hatte alles gegeben, um aus der alten Dame wieder eine Perle zu machen. Die Gertje war von sämtlichen Seepocken befreit, komplett instand gesetzt und neu lackiert. Keine Spur mehr von einer kaputten Reling, nichts deutete darauf hin, wie renovierungsbedürftig die vielen Kleinteile gewesen waren. Es gab eine moderne Heizung, der Pelletofen war generalüberholt, und die Leitungen geprüft. Tessa und Nina hatten die Gardinen erneuert, das Mobiliar aufpoliert, und jetzt zum Basar war alles weihnachtlich geschmückt. Mit ihren unzähligen Lichterketten überstrahlte das Hausboot seit einer Woche den gesamten Juister Fährhafen.

Was für ein Segen, dass Morten eine Liegegenehmigung erwirken konnte. Die Gertje war hier viel präsenter und zugänglicher, sodass die Geschäfte sowohl bei den Gästen als auch den Einheimischen wunderbar liefen.

Die Juister Frauenwelt übertraf sich mit ihren Strickideen. Ninas Plan, es den Frauen auf den Färöern gleichzutun und die Insulanerinnen ins Boot zu holen, indem sie sich mit ihren Strickarbeiten ein Zusatzeinkommen sichern konnten, hatte auf der Insel eingeschlagen wie eine Bombe. Natürlich gab es Vorgaben, denn sie wollten dem nordischen Flair gerecht werden. Nina und Tessa hatten dazu ein Konzept erarbeitet und setzten bei der Auswahl der Materialien auf Nachhaltigkeit. Tessa besorgte die Wolle, und dann wurde einmal im Monat besprochen, wer was strickte, damit es zu keinem Überangebot einer Warengruppe kam. Jedes Sockenpaar, jeder Islandpulli, jede Mütze und was sie sonst herstellten, war ein Unikat.

Nina hatte zudem einen jetzt schon florierenden Onlineshop eingerichtet, der beiden Frauen ein gutes Einkommen sicherte.

Es war Morten sehr wichtig, Nina glücklich auf seinem Töwerland zu sehen. Immerhin hatte sie für ihre Liebe auf einiges verzichtet.

Gleich im neuen Jahr stand eine weitere gemeinsame Reise nach Island an. Ganz wie er es ihr versprochen hatte. Morten wollte mit Nina die Welt erkunden, aber sie würden immer wieder aufs Töwerland zurückkehren. Hier war ihre Heimat.

Er blickte dankbar zum Himmel. Für ihn hatte sich alles zum Guten gewendet, und nach dem Basar wollte er Nina nun auch endlich ihre Überraschung präsentieren.

Morten klopfte das Herz bis zum Hals, wenn er daran dachte, wie sie darauf reagieren würde. Er hoffte, er könnte ihr damit wieder dieses unvergleichlich wunderbare Lächeln ins Gesicht zaubern.

Er blieb stehen. Lars kam aus der Seitenstraße auf ihn zu.

»Na, bist du auch so aufgeregt wie ich?« Sein Freund schlug ihm freundschaftlich auf die Schulter. »Unsere beiden Frauen haben sich viel Mühe gegeben, und bislang ist das Wollboot ein echter Erfolg. Was wäre es schön, wenn der Basar heute ebenfalls ein tolles Event werden würde!«

»Ich hoffe es sehr«, bestätigte Morten. Er warf einen prüfenden Blick Richtung Nordsee. Von dort zogen dunkle Wolken auf.

»Es wird schneien«, behauptete Lars. »Glaubst du mir, oder hast du Zweifel am Urteilsvermögen eines alten Seebären?«

»Im Leben nicht! Ich vermute es schließlich auch. Stell dir das Bild mal vor: Der Wollbasar im Schneetreiben, dazu all die Lichter!«

»Junge di, du bist an Ninas Seite tatsächlich zu einem echten Romantiker mutiert!« Lars klopfte Morten ein weiteres Mal auf die Schulter. »Respekt! Das würde sich Tessa von mir bestimmt ebenfalls wünschen.«

Gemächlich liefen sie zum Hafen.

»Aber dafür kann ich, im Gegensatz zu dir, kochen.« Lars musste sich sichtlich ein Lachen verkneifen.

Morten wusste, worauf sein Freund anspielte. Als er ihn und Tessa vor ein paar Wochen zum Frühstück eingeladen hatte, war es ihm tatsächlich gelungen, das Rührei anbrennen zu lassen. Und da Morten sich zuvor noch damit gerühmt hatte, ein wahrer Gourmetkoch zu sein, nutzte Lars nun jede Gelegenheit, um ihm das aufs Brot zu schmieren.

Er nahm es sportlich und scherzte: »Das muss man eben auch erst einmal hinbekommen. Dafür gelingt mir der Spinat immer! Wirklich immer!«

»Ich bin begeistert. Ein echter Traum. Der meiner schlaflosen Nächte. Wenigstens ist es gut, wenn ich abnehmen möchte. Bei dem Speiseangebot fallen mir kleine bis gar keine Mengen leicht.«

Sie hatten das Hafengelände erreicht. Die Bratwurstbude war schon besetzt, der Glühwein in der Hütte wurde eben in einen großen Topf gekippt. Aufsteller wiesen auf den Basar hin. Die Plakate hatte Nina entworfen und auf dem Festland drucken lassen.

»Das sieht wirklich professionell aus!«, meinte Lars.

»Alles, was unsere Wiefkes anfassen, hat Hand und Fuß«, bestätigte Morten. In seiner Stimme klang Stolz mit. Was war er für ein Glückspilz, eine Frau wie Nina an seiner Seite zu haben!

Sie betraten die Gangway und klopften an.

»Dürfen wir reinkommen?«, fragte Morten.

»Ihr doch immer!«, hörten sie Nina antworten.

Morten öffnete und war im nächsten Moment überwältigt von dem Anblick, der sich ihm bot.

LED-Kerzen verströmten ihr warmes Licht. Rund um die Wolle und Strickwaren lagen Tannengirlanden, der weitere Schmuck bestand ausschließlich aus Naturmaterialien wie Stroh und Holz, Tannenzapfen und getrockneten Orangenscheiben. Es duftete nach Weihnachten, weil überall mit Nelken gespickte Orangen aufgestellt waren.

Morten erkannte die *Jólasveinar*, die Weihnachtsgesellen aus Island. Nina hatte es sich nicht nehmen lassen, Erklärungen dazu zu schreiben, sie mit passenden Grafiken abzurunden und ihre Kunstwerke in Rahmen einzufassen. Auch auf Juist war ihr geliebtes Island auf diese Weise nah. Natürlich hatten sie dennoch nicht auf die norddeutschen Weihnachtswichtel verzichtet, und – jetzt grinste Morten breit – ein Ekke

Nekkepenn aus Holz in einem schauderhaften Giftgrün versteckte sich hinter einem Berg Schals.

Alle Strickwaren und Utensilien waren einladend präsentiert. Nichts wirkte überfrachtet, sodass man kaum widerstehen konnte, wenigstens ein Paar Socken in die Hand zu nehmen oder vorsichtig über die Islandwolle der Pullover zu streichen.

»Haben sie den Grill in der Bratwurstbude eingeheizt, und ist schon jemand mit dem Glühwein beschäftigt?«, fragte Nina. Immer wieder huschte ihr Blick nervös zum Fenster.

»Alle sind in der Spur. In einer halben Stunde geht es los, und euer Basar wird ein voller Erfolg«, beruhigte Morten sie.

Wie zur Bestätigung waberten jetzt leichte Rauchschwaden ins Boot, als Zeichen, dass der Grill glühte.

»Du wirst sehen, die Veranstaltung wird wunderbar laufen. Die Kurverwaltung und die Buchhandlung haben schließlich kräftig die Werbetrommel gerührt.« Morten hauchte Nina einen Kuss auf die Wange, was sie mit einem Lächeln kommentierte.

Kurz darauf strömten wahre Menschenmassen ins zauberhafte Weihnachtsboot, die Stricksachen gingen weg wie warme Semmeln. Tessa musste aus dem Lager sogar Nachschub holen.

Am Ende blieben, wie schon im vergangenen Jahr, nur Reste übrig. Nina wirkte erschöpft, aber glücklich, Tessas Wangen glühten vor Freude.

»Unser Wollboot war die beste Entscheidung, die wir je getroffen haben«, sagte sie. »Dass auch noch das ganze Dorf mitspielt, war nicht einmal geplant. Es ist wundervoll. So wie eine große Welle, die uns trägt.«

Nina stimmte zu. »Wer hätte das gedacht, als ich die Gertje geerbt habe.«

Tessa blickte sich um. »Wir räumen morgen auf. Ich bin vollkommen erschöpft. Wie ist es mit euch?«

»Dito«, erklärte Morten sofort, bevor Nina etwas anderes behaupten konnte. Er hatte schließlich seine Überraschung für sie, und die konnte und sollte nicht warten. Seine Hand glitt zur Hosentasche. Es war alles da. »Wollen wir?«, fragte er. »Da ist nämlich noch etwas, das ich loswerden möchte.«

Nina schaute ihn fragend an.

»Du wirst schon sehen. Kommst du?« Er reichte ihr die Hand.

Nina ergriff sie, und zusammen mit Lars und Tessa verließen die beiden die Gertje.

Kaum hatten sie den Kai betreten, begann es zu schneien.

»Was für ein wunderbarer Abschluss!« Nina reckte glücklich die Arme in den Winterhimmel. »Seht nur, wie schön die Gertje mit ihren Lichtern im Schneetreiben wirkt!«

Gemeinsam liefen sie zum Dorf, trennten sich aber an der ersten Abzweigung. Als Tessa und Lars verschwunden waren, blieb Nina stehen.

»So, was hast du nun auf dem Herzen?«

Morten griff in die Hosentasche und zog einen Schlüssel mit einer roten Schleife und einem Herzanhänger heraus.

Nina legte fragend den Kopf schief und leckte sich eine Schneeflocke von der Lippe.

»Ich habe doch schon einen Schlüssel zu deiner Wohnung und kann zu dir kommen, wann immer ich möchte«, sagte sie.

»Das stimmt«, erklärte Morten mit einem leichten Zögern. Nina schien nicht zu verstehen, was Morten ihr sagen wollte. Oder war ihr Schweigen Absicht?

»Nina, mach es mir nicht so schwer«, bat er. »Ich möchte, dass wir zusammen wohnen. Ich möchte jeden Morgen neben dir aufwachen. Ich möchte in der Nacht deinen Atem hören. Ich möchte dich trösten, wenn du von schlechten Träumen gequält wirst.«

»Ich soll zu dir ziehen?«, fragte Nina.

Erleichtert griff Morten nach ihrer Hand. »Ja, das wünsche ich mir.«

Nina fiel ihm um den Hals. »Ich habe mir das schon länger gewünscht, aber ich dachte immer, du bist noch nicht so weit!«

»Irrtum!« Morten verschloss ihre Lippen mit einem Kuss.

Als er Nina losließ, betrachtete sie den Schlüssel. »Aber wird es denn auf Dauer nicht ein wenig eng bei dir?«

»Da hast du recht. Sieh dir bitte mal genauer an, was du in der Hand hältst.«

»Das ist gar nicht der zu deiner Haustür!«, stellte Nina fest.

»Genau. Meine Eltern möchten sich verkleinern und ziehen ein paar Straßen weiter. Ihre besten Freunde gehen aufs Festland, sodass sie ihre Wohnung übernehmen können. Sie überlassen uns das ganze Haus. Wir können es nach unseren Vorstellungen umbauen. Platz ist genug, und wir sind ungestört.«

Nina schaute ihn verdutzt an. »Das ist ein Traum! Kneif mich bitte mal.«

»Lieber nicht«, raunte Morten. »Ich werde dir sicher niemals wehtun.«

Nina strich ihm über die Wange. Sie hatte die Doppeldeutigkeit dieser Aussage verstanden. »Torpediert das unsere Islandreise?«

Morten schüttelte den Kopf. »Versprochen ist versprochen. Das bleibt wie geplant.«

Nina atmete erleichtert auf. »Danke. Ich möchte endlich mit dir gemeinsam richtig viele Nordlichter sehen. Hoffentlich schneien wir ein oder können mit den Ponys dort durch die Winterlandschaft tölten.«

Morten zuckte bei dem letzten Wort zusammen, und Nina fühlte sich offenbar bemüßigt, eine Erklärung abzugeben.

»Die Isländer, ich rede jetzt von der Pferderasse, haben besondere Gangarten. Zum Beispiel den Tölt. Da gibt es keine Schwebephase. Man sitzt richtig entspannt auf dem Rücken und lässt sich durch die Landschaft tragen.«

»Du hast eben aber von einem Pony gesprochen. Guck dir bitte meine stattliche Insulanergröße an. Da bricht das arme Tier entweder zusammen, oder ich kann mitlaufen.«

Nina stieß ihn neckisch in die Seite. »Niemals. Von der Größe her zählen die Isländer zwar zu den Ponys, aber man spricht auch von Islandpferden, die Einheimischen bestehen sogar darauf. Die Tiere sind extrem robust und stark. Die können sogar einen Morten Janßen tragen, da sei dir sicher.«

Morten blieb zwar skeptisch, doch es war zwecklos, mit Nina darüber zu diskutieren, wie wenig reizvoll er die Aussicht fand, auf dem Rücken eines Islandponys zu sitzen. Er hatte ihr versprochen, alles mitzumachen, dann eben auch das. Es würde schließlich eine vollkommen neue Erfahrung sein.

Nina hatte ohnehin bereits das Thema gewechselt. »Um diese Jahreszeit wird es wunderbar leer auf Island sein. Wir können in den heißen Quellen baden, das ist im Winter besonders herrlich, weil der Temperaturunterschied so krass ist. Eisige Kälte und dann die wunderbare Wärme am Körper. Wenn dazu noch Schnee fällt ...«

Mit der Vorstellung konnte sich Morten eher anfreunden. Wenn er reiten musste, würde er Nina als Revanche eben mal auf einen Kutter bei Seegang mitschleppen. Das war ausgleichende Gerechtigkeit. Ach, was liebte er ihre vielen Pläne und die zahlreichen Neckereien, die ihre Beziehung lebendig machten.

»Nach den Feiertagen fliegen wir wie geplant dorthin«, erklärte Morten. »Wenn wir zurückkommen, sind meine Eltern umgezogen, und wir können das Haus so gestalten, wie wir es wünschen. Das übernächste Weihnachtsfest feiern wir dann im eigenen Haus.«

»Das ist schön, Morten. Alles ist ... ein Traum!«

Ihm fiel ein Stein vom Herzen. Er hatte Sorge gehabt, sie mit seinem Wunsch, endlich zusammenzuziehen, zu überrumpeln.

»Lass uns an den Strand gehen!«, schlug Nina vor. »Da genießen wir diesen fantastischen Winterabend. Ich platze gerade vor Glück und brauche eine Menge Luft zum Ausgleich.«

Schweigend spazierten sie durch den Ort.

Als sie auf dem Dünenkamm angekommen waren, hörte es zu schneien auf, und der volle Mond kämpfte sich hinter den Wolken hervor. Er tauchte die Insel in ein unwirkliches Licht, das mit der Schneedecke geradezu mystisch wirkte.

»Jetzt fehlt nur noch ein Weihnachtsengel, der am Himmel entlangschwebt. Das würde ich am heutigen Tag nicht einmal hinterfragen«, flüsterte Nina und schmiegte sich an Morten.

Der nahm sie in den Arm. Sie schauten aufs Meer hinaus, lauschten dem Rauschen der Brandung und spürten die Nähe des anderen. Sie mussten nichts sagen. Alles war gut. Das Glück hatte sie gefunden.